韩江洪
汪晓莉◎著

基于语料库的英文版《中国文学》（1951—1966）作品英译研究

国家社科基金项目「基于语料库的《中国文学》（英文版）作品英译研究」（13BY038）

南京大学出版社

目 录
Contents

第 1 章 绪 论 ·· 1
  1.1 引言 ·· 1
  1.2 英文版《中国文学》(1951—1966)英译作品国内外研究现状
      ·· 2
  1.3 本书的研究意义 ·· 3
  1.4 本书的主要研究内容和方法 ··· 4

第 2 章 英文版《中国文学》(1951—1966)汉英平行语料库的创建
     ·· 6
  2.1 引言 ·· 6
  2.2 汉英语料的采集 ··· 7
  2.3 语料的处理 ·· 8
  2.4 语料的分词和标注 ·· 9
  2.5 语料的平行对齐 ··· 11

第 3 章 英文版《中国文学》(1951—1966)译者翻译风格研究 ······· 14
  3.1 引言 ·· 14
  3.2 唐笙笔译风格研究——以《中国文学》(1951—1966)

　　　　唐笙英译小说为例 ·················· 15
　3.3 喻璠琴翻译风格研究——以《中国文学》(1951—1966)
　　　　中的小说为例 ························ 27
　3.4 《中国文学》(1951—1966)中的路易·艾黎"三吏""三别"
　　　　英译风格探究 ························ 36

第4章 英文版《中国文学》(1951—1966)英译作品语言特征研究
·· 50
　4.1 引言 ································ 50
　4.2 《中国文学》(1951—1966)小说散文英译特征研究 ····· 51
　4.3 《中国文学》(1951—1966)古代散文英译文语气改写研究
　　　 ···································· 63
　4.4 《中国文学》(1951—1966)戏剧语言时代风格英译研究
　　　 ···································· 76
　4.5 《中国文学》(1951—1966)英译本 there be 句型运用研究
　　　 ···································· 100
　4.6 《中国文学》(1951—1966)现当代小说散文的省译研究
　　　 ···································· 114

第5章 英文版《中国文学》(1951—1966)英译作品的翻译规范
　　　 研究 ······························· 133
　5.1 引言 ······························· 133
　5.2 《中国文学》(1951—1966)现当代作品中文化负载词的
　　　 英译规范研究 ························ 134
　5.3 《中国文学》(1951—1966)现当代作品中政治词汇英译
　　　 的意识形态规范研究 ··················· 144
　5.4 《前赤壁赋》杨、戴译本的翻译规范研究 ········· 154

第6章 英文版《中国文学》(1951—1966)英译作品的翻译策略和技巧研究 ……… 165

- 6.1 引言 ……… 165
- 6.2 《中国文学》(1951—1966)现当代作品中话语标记语的英译研究——以"可是""当然"为例 ……… 166
- 6.3 《中国文学》(1951—1966)现当代作品中称呼语的英译研究 ……… 173
- 6.4 《中国文学》(1951—1966)明喻英译策略研究 ……… 182
- 6.5 《中国文学》(1951—1966)英译文本中草原文化的传播 ……… 189
- 6.6 《中国文学》(1951—1966)作品中虚化动词"搞"的英译研究 ……… 199
- 6.7 毛泽东诗词1958年英译版翻译研究——与1976年官方英译修订版对比 ……… 209
- 6.8 《警世通言》两译本韵文翻译对比 ……… 221

第7章 结 论 ……… 231

- 7.1 本书的主要成果 ……… 231
- 7.2 本书的主要创新之处 ……… 236

参考文献 ……… 238

附录 英文版《中国文学》(1951—1966)主要作品清单 ……… 252

第 1 章 绪 论

1.1 引言

《中国文学》(*Chinese Literature*，1951—2000)是中华人民共和国成立后第一份向外国读者系统译介中国文学艺术的官方刊物。1951—1966 年是英文版《中国文学》杂志的成长期，也是中国文化对外交流相对频繁、文学输出相对较多的时期。这本刊物的发行对中国典籍和现当代文学精品的对外传播发挥了极其重要的作用，为外国读者架设了了解中国的桥梁。然而，对这一时期的《中国文学》英译作品研究的广度和深度仍然有限，未把这个时期《中国文学》发表的所有英译作品视为一个整体，对其进行系统和深入的研究。同时，对英文版《中国文学》这一时期作品研究多为定性研究，较少进行定量研究。有鉴于此，本课题组从 2013 年起开始创建《中国文学》(1951—1966)汉英平行语料库，用语料库方法对该刊 1951—1966 年间所刊登的英译作品开展系统研究，以期揭示《中国文学》该时期作品英译的特点、译者的翻译行为规范、翻译与社会文化环境之间的互动关系。

1.2　英文版《中国文学》(1951—1966)英译作品国内外研究现状

英文版《中国文学》于1951年创刊,2001年停刊,共出版394期,译介文学作品3 200篇。它的对外发行与传播为初步扭转外国文学输入和中国文学输出失衡现象做出了独特的贡献。

国内对英文版《中国文学》(1951—1966)作品英译的专门研究大致可分为两类:一类是研究英文版《中国文学》的选译策略。如林文艺(2011,2014)通过分析20世纪50—60年代《中国文学》作品选译的策略,指出政治需求、文艺政策、文学思潮、外交需要等因素对其的制约。吴自选(2012)回顾《中国文学》的发展历程和成就,从中国文学英译的选题问题等层面分析《中国文学》杂志留给中国文学对外传播事业的精神遗产,探讨中国文学英译的基本策略。另一类是研究英文版《中国文学》(1951—1966)作品的翻译。这一时期,英文版《中国文学》的主要译者是杨宪益、戴乃迭、沙博理、喻璠琴、唐笙等,英译作品翻译研究主要集中于杨宪益、戴乃迭、沙博理三位译者的译作。例如,陈莉(2008)从生态文化、语言文化、社会文化、宗教文化和物质文化五个方面探讨了杨宪益在翻译《儒林外史》时对文化负载词的处理方式。刘英梅、田英宣(2012)认为,戴乃迭的英译本《红旗谱》忠实于原著,语言简练,很好地传递了文本所承载的文化信息,保留了原文生动、形象的特征。虽然有不少论文研究了杨宪益、戴乃迭的《红楼梦》英译本,但依据的不是杨、戴二人1964年发表在《中国文学》上的《红楼梦》节译本,而是20世纪70年代末重新翻译的全译本。喻璠琴、唐笙、路易·艾黎等译者在1951—1966年间的译作鲜有学者研究。

从上述综述可以看出,学界对英文版《中国文学》(1951—1966)英译作品的翻译研究并不多见，尤其缺乏把《中国文学》这个时期发表的所有英译作品视为一个整体、系统地考察译者行为与社会文化之间互动关系的研究。这种状况与其在中国文学"走出去"过程中发挥的作用及其在中国现当代文学输出史中的地位极不相称。本书选取英文版《中国文学》1951—1966年间发表的英译作品，共94期，600多篇（部）作品，以这些英译作品及其汉语源语文本为语料，建立汉英平行语料库，研究这个时期《中国文学》英译作品的语言特征、翻译得失、翻译策略选择的制约因素和效果等内容，这对于我们当下做好中国文学"走出去"的工作无疑具有重要的借鉴意义。

1.3 本书的研究意义

1. 深化英文版《中国文学》作品英译研究

本书对英文版《中国文学》(1951—1966)发表的英译作品进行系统研究，考察其语言特征、翻译策略、翻译规范、翻译得失等内容，并依据哲学、认知科学、功能语言学、译介学等理论对其进行系统解读。

2. 推动汉英翻译研究的发展

相对于英汉翻译而言，国内对英文版《中国文学》的汉英翻译研究在广度和深度上都存在不足。本书基于汉英平行语料库对《中国文学》英译作品进行系统研究，通过原文与译文的对比、译文与原创文本的对比，可以系统呈现翻译语言英语的语言特征和风格特征，总结汉英翻译的总体特征和操作规范，丰富汉英翻译研究的内容，推动汉英翻译研究的进一步发展。

3. 促进中国当代文学作品的对外译介

中国正在推广"中国文化走出去"的文化战略，优秀当代文学作品的对外译介是其重要内容。本书对英文版《中国文学》(1951—1966)英译作品的翻译进行系统研究，可以总结优秀作品英译的典型模式和成功经验，为中国当代文学作品的对外译介提供借鉴。

1.4　本书的主要研究内容和方法

1. 英文版《中国文学》(1951—1966)英译作品的译者翻译风格研究

本课题组从语料库中分别选取唐笙、喻璠琴、路易·艾黎等译者的译作，从词和句子层面考察源语文本的形式标记和非形式标记在译本中的翻译情况，探索其风格特点；并结合译者的成长经历、翻译观念和当时的社会文化环境探索其翻译风格的成因。

2. 英文版《中国文学》(1951—1966)英译作品的语言特征研究

本书将首先统计高频的词汇、词块、句型及典型搭配，考察其分布规律和特征，客观呈现翻译英语的典型特征；其次根据语言搭配理论，重点分析某些典型特征的应用及语义变化，考察其语义韵特征；最后，依据功能语言学和认知语言学等理论，结合数据统计和定性分析，对《中国文学》(1951—1966)英译作品的语言特征进行动因阐释。

3. 英文版《中国文学》(1951—1966)英译作品的翻译规范研究

本书将对英文版《中国文学》(1951—1966)英译作品的翻译规范进行研究，重点是重构20世纪五六十年代的期待规范、责任规范、交际规范、关系规范和操作规范。首先，对句子层面的典型结构和搭配进行统计分析，揭示其总体特征和表现形式；其次，结合汉语原文，重点考察此类结构与原文的对应程度及在翻译过程中的变化规律；最后，应用对比语言学、认知语言学、功能语言学等理论,构建《中国文学》英译规范,并着重分析意识形态规范对翻译的制约。

4. 英文版《中国文学》(1951—1966)作品英译策略和技巧研究

英文版《中国文学》(1951—1966)作品语料库所收录的400多篇(部)现当代小说散文题材各异,涉及不同的时代、民族和主题,所蕴含的信息非常丰富,译者们翻译这些信息所采用的策略和技巧多种多样。本书拟选取话语标记语、称呼语、明喻、文化负载词、"搞"字等作为检索项,考察这些信息在英文译本中的翻译策略和技巧,并从影响译者的外在因素和内在因素两方面对动因进行深层次分析。此外,本书还将探讨《中国文学》(1951—1966)中诗词的翻译策略和技巧。

本书依据语料库翻译学、认知语言学、功能语言学、对比语言学、译介学等理论知识,综合应用数据统计和定性分析,对英文版《中国文学》(1951—1966)作品英译进行系统研究。主要研究方法包括四种:语料库方法、对比分析法、个案研究法、理论思辨法。

第 2 章　英文版《中国文学》(1951—1966)汉英平行语料库的创建

2.1　引言

时至今日,学界利用语料库方法对 1951—1966 年间发行的《中国文学》英译作品开展系统性研究的成果极为少见,究其原因,主要是这一期间的《中国文学》英译作品数量庞大,选译的内容种类繁多,且难以寻找到现成的电子版译本及汉语原文,将该时期的英译作品视为一个整体,系统地考察译者行为与社会文化之间互动关系的研究费时费力。对此,建设英文版《中国文学》(1951—1966)汉英平行语料库,开展基于语料库的英译研究非常重要,这不仅有助于我们总结优秀英译作品的典型模式和成功经验,还有助于为中国当代文学作品的对外译介提供借鉴。与此同时,研究人员还可以充分利用计算机的运行速度优势及储存大量数据的功能,借助语料库工具对这些语料进行系统全面的分析,进而通过数据分析和功能阐释相结合的方式,对英文版《中国文学》1951—1966 年间的英译作品进行全面分析,获得客观可信的研究结果。

为此,我们的团队自 2013 年起便开始着手建设英文版《中国文学》

第2章 英文版《中国文学》(1951—1966)汉英平行语料库的创建

(1951—1966)汉英平行语料库。经过数年的努力,我们已经建成英文版《中国文学》(1951—1966)汉英平行语料库,并开展了一系列前期研究。该汉英平行语料库包括1个大型子库和4个小型子库。1个大型子库是现当代小说散文汉英平行语料库,4个小型子库分别是古代散文汉英平行语料库、古诗汉英平行语料库、当代戏剧汉英平行语料库、毛泽东诗词汉英平行语料库。我们的研究主要基于英文版《中国文学》(1951—1966)现当代小说散文汉英平行语料库这个大型子库,但不限于此子库,还兼及其他4个小型子库。由于《中国文学》在1951—1966年间发行的现当代小说散文英译作品来源广泛,时间跨度大,选译作者众多,且译文未注明原文来源,导致少量原文篇目无迹可寻,无法入库。最终,该语料库收入作品合计431篇(部),总库容为6 635 300字(词)。建设平行语料库,尤其建设能够实现这么多篇英译作品与汉语源语文本的句级对齐,且库容达数百万字的语料库,不仅要消耗大量的人力和物力,而且技术层面也具有较大难度。本章拟介绍英文版《中国文学》(1951—1966)现当代小说散文汉英平行语料库的创建过程。

汉英平行语料库的创建步骤主要为:(1)中英文语料的采集,包括文本的选择和输入;(2)语料文本的处理;(3)语料的标注和分词;(4)语料的平行对齐。英文版《中国文学》(1951—1966)现当代小说散文汉英平行语料库收录的作品数较多,为了便于后期检索、研究和语料处理,我们将语料按作品名进行分类处理保存后再进行合并。

2.2 汉英语料的采集

英文版《中国文学》(1951—1966)汉英平行语料库中的英文语料选自1951—1966年间出版的《中国文学》中的英译作品,这些英译作品的中文源语文本作为中文语料。确定好语料库的中英文文本之后,我们便开始进行中英文语料的输入。

　　一般来说,语料的输入主要分为两种:一是传统的方法,即印刷文稿＋扫描仪＋文字识别软件,并进行人工校对,制成电子文本;二是直接从网络上获取电子文档并视情况进行格式转换。由于1951—1966年间出版发行的《中国文学》目前未见官方电子版且其收录的英译作品难以找到电子文档,所以英文语料的输入全部采用第一种传统方法。我们先用扫描仪将1951—1966年间的《中国文学》纸质版逐页扫描成图片(jpg.格式)后,利用 ABBYY FineReader 文字识别软件转化成可编辑文档。对于中文语料,为保证语料的质量,语料均选自正规出版社出版的中文文本,对于那些可直接从网上获得电子文档的作品我们都进行了仔细甄别,以确保语料的可靠性及与译文版本的一致性。无论是采用第一种传统方法还是直接借助网上现成的电子文档,输入的语料往往都存在各种各样的错误。为保证语料库的语料质量以及研究的可靠性,我们组织人力对语料进行逐字逐句核对,检查语料是否有乱码、拼写错误以及具体内容与蓝本是否存在出入等现象,并及时更正,确保文本的准确性。

　　在确定所选作品中英文文本准确无误后,我们将每篇(部)作品的中英文语料分存,分存的文件需交代作品名、作者及语言等信息,英文语料还需说明译者的姓名,如《在暴风雪中》英文语料文件名为"在暴风雪中_玛拉沁夫_Gladys Yang_en.txt",中文语料文件名为"在暴风雪中_玛拉沁夫_cn.txt"。其中,cn 表示"中文",en 表示"英文",以这两种形式标注文本语言。同时,中文语料以 gb 格式保存,英文语料以 utf-8 无签名格式保存。

2.3　语料的处理

　　语料文本的处理又称"文本去噪",即清除无关的内容,以便得到干

第2章 英文版《中国文学》(1951—1966)汉英平行语料库的创建

净的语料文本。无论是从网上下载的文本,还是通过扫描转化而成的电子文本,通常都存在格式问题和多余的杂质,如果不对语料进行处理,会直接影响后续的语料对齐、词性标注和检索的质量。为此,我们首先确保所选取的1951—1966年间《中国文学》的英译文本和汉语源语文本格式统一。然后,对文本中存在的多余杂质进行处理,删除多余空行和空格、多余硬回车和软回车等不符合规范的符号。

我们采用EmEditor软件,打开"搜索"菜单中"替换"的对话框,选中"正则表达式"后按照需要在"查找"和"替换为"的对话框中输入相应标记,单击"全部替换"即可。去除多余空行,在"查找"框中输入"^[\t]*\n","替换为"框留空;去除中文文本中多余的空格,在"查找"框中输入"\s*","替换为"框留空;去除英文文本中多余的空格,在"查找"框中输入"\s+","替换为"框键入空格;去除文本中的软回车,在"查找"框中输入"\n","替换为"框留空。另外,有些作品的英译文本中附有一些注释,与研究内容没有多大关联的,则选择将其删除。

2.4 语料的分词和标注

语料的分词和标注为语料库增添一些语言学信息,是建构语料库的一个重要环节。对原始语料词性进行划分标注,把表示语言特征的附码添加在相应的语言成分上,从而进一步强化语料库的分析和检索功能。英文版《中国文学》(1951—1966)汉英平行语料库采用ParaConc软件对中英文语料进行平行处理。汉字之间没有空格,ParaConc软件不能对汉字进行识别和自动计算,因此常常出现乱码现象。对此,我们选用教育部语言文字应用研究所开发的软件CorpusWordParser对中文语料进行词汇切分和词性标注。进入该软件后,点击"文件",选择"打开文件",在对话框中添加需做词汇切分和词性标注的中文语料后，点击"切分标注"，这样，中文语料的分词和词性标注便可自动完成。英文语料采用 Tree Tagger 软件进行分词和词性标注。

除此之外，为了实现句级层面的对齐，我们还运用 EmEditor 软件对中英文语料进行界定标注处理。在英文版《中国文学》(1951—1966)汉英平行语料库中，我们以句号、问号、感叹号、省略号、分号、冒号作为界定对齐标志，借助该软件的查找替换功能，实现界定标注。如在处理叹号时，打开"搜索"菜单中"替换"的对话框，选中"正则表达式"后，在"查找"框内输入"\!"，在"替换为"框内输入"！</seg>\n<seg>"，点击"全部替换"，即可完成标记。此处的<seg>标记表示"segment"。

经过分词、词性标注和界定标注处理后的中英文语料分别如图 2.1 和图 2.2 所示。

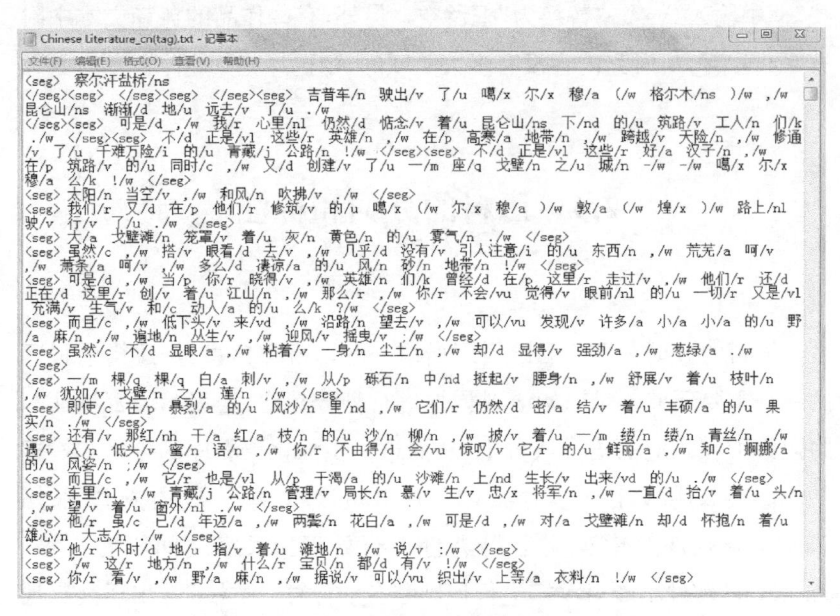

图 2.1 进行分词和界定标注处理的中文语料

图 2.2　进行分词和界定标注处理的英文语料

2.5　语料的平行对齐

在英文版《中国文学》(1951—1966)汉英平行语料库中,我们采用 ParaConc 软件和人工校对相结合的方式来实现英译本和源语文本之间句级层面的对齐。本语料库的对齐原则是以中文源语文本的句子划分为基准,对译文进行适当调整以适应原文,将问号、感叹号、句号、分号、冒号以及句末的省略号作为划分中英文本最小标注单位的依据。

进入 ParaConc 软件后,点击软件界面左上方的"File"(文件)选项中的"Load Corpus Files"(加载语料库文件),便会弹出语料库文件加载对话框(见图 2.3)。首先,在"Parallel texts"(平行文本)选项处选择需要对齐的文本数目。本语料库旨在实现英语译本与中文源语文本的对齐,所以需要对齐的文本数应设定为 2。然后分别点击"Add"(添加文本)选项,将需要对齐的英汉语料文本加载进来,并将"Align format"(对齐格式)设定为"Start/stop tags"(标记对齐)。最后,点击"Options"(选项)将界定标注的格式设定为"seg"和"/seg",并单击"OK"。这样,ParaConc 自动对导入的汉英语料进行对齐处理。之后,单击"Files"(文件)菜单,选择"View Corpus Alignment",在弹出的窗口中选择需要查看对齐状态的汉英语料,并点击"Alignment",就会弹出语料平行对齐浏览窗口。

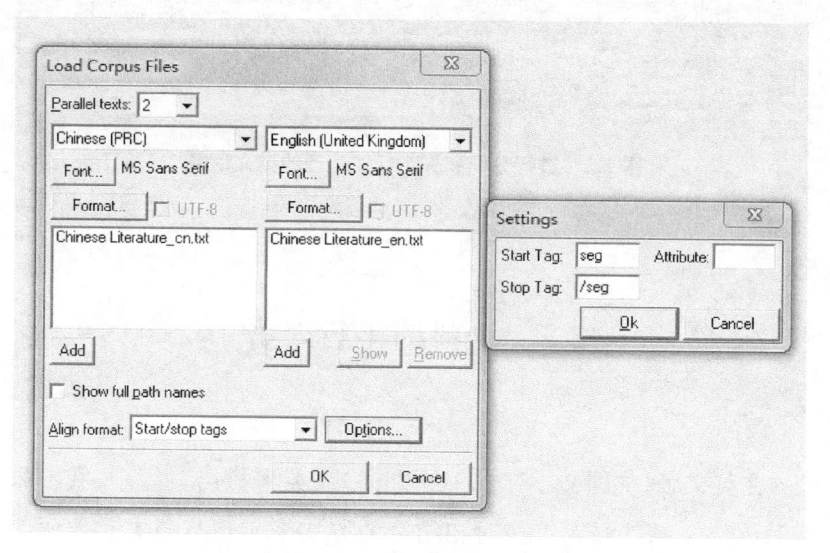

图 2.3 ParaConc 语料库文件加载对话框

接下来,我们就在这个平行对齐浏览窗口里通过手工对齐的方式实现汉英语料之间的句级层面对齐。在句子的开头或结尾,单击鼠标右键,就会弹出语料库句级对齐处理窗口(见图 2.4)。然后参照中文原文点击"Split Segment"(分割对齐单位)、"Merge with Next Segment"(向下并对齐单位)、"Merge with Previous Segment"(向上并对齐单位)、"Insert Empty Segment"(插入空白单位)等选项,便可以对译文语句进行拆解或合并处理。

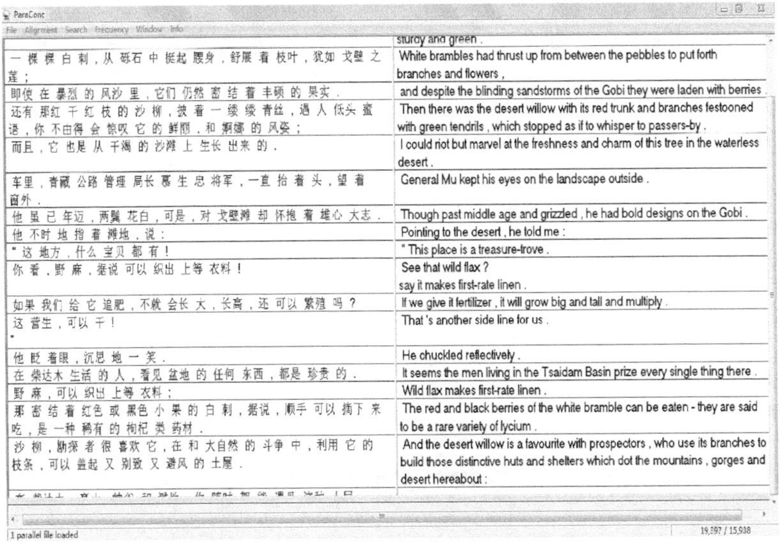

图 2.4　ParaConc 语料句级对齐处理窗口

第 3 章　英文版《中国文学》(1951—1966)译者翻译风格研究

3.1　引言

　　文学作品风格具有客观可感性,因而可以再现。原文作品的风格可从多个方面表现出来,读者能够感觉和辨识作品的风格,其独特的遣词造句方式具体而实在。译者只有深入字里行间去把握原作者的意图,才能辨识原作的风格。同时,译作也有自身的风格。译者在理解原作的过程中必然受到自己的审美情趣、艺术感受力、文化修养等方面的影响,在翻译过程中,势必带有自身的风格,发挥自己的主观能动性。

　　近年来,学界对于翻译风格或译作风格的研究方法取得了长足进展,克服了先前的以随感式、印象式和典型译例式为代表的研究方法的主观性太强等弊端,取而代之以包括语料库方法在内的较为科学客观的实证方法。《红楼梦》等一批汉语名著的英文译作翻译风格得到了深入研究。英文版《中国文学》(1951—1966)的译者译作风格也受到了关注,但主要集中于探讨杨宪益、戴乃迭、沙博理的翻译风格,为英文版《中国文学》出版发行做出重要贡献的其他译者却被有意无意地遮蔽,学界几乎无人问津。本章聚焦于英文版《中国文学》(1951—1966)的重要译者唐笙、喻璠琴和路易·艾黎,探讨他们译作的翻译风格,试图揭示风格背后的成因。

3.2 唐笙笔译风格研究——以《中国文学》(1951—1966)唐笙英译小说为例

3.2.1 引言

唐笙是主持英语口译的第一位中国女性,是我国同声传译的先驱(符家钦,2004:51)。唐笙的口译成就学界关注较多,然而她的笔译事业却鲜少受到翻译界的关注。事实上,唐笙笔译事业在中国文学"走出去"的过程中也有着重要意义,杨宪益在谈及他回国后参与的文学作品英译时曾说:"现代的东西不需要我翻,有喻璠琴有唐笙,他们在那儿翻,让乃迭改稿。"(杨宪益,2011:219)可见唐笙的笔译工作对于当时中国文学向外传播不可或缺,具有重要地位。《中国文学》是老一辈翻译家们在新中国成立不久后欲使中国文学发声于世界所做出的努力,反观参与其中的译者们当时采取的翻译策略以及由此反映出的翻译风格,可以为当今致力于中国文学"走出去"的翻译者们提供一定的借鉴。

本书拟运用语料库方法研究唐笙笔译风格。语料库翻译学的问世不仅实现了译学研究方法的重要变革,而且在很大程度上丰富了译学研究的内涵,催生了一些新的译学研究领域,如批评译学、具体语言对语言特征和译者风格等领域的研究(胡开宝,2012:59)。而描写性译学对译者翻译风格的描写又亟须科学方法来避免主观和随意,语料库通过提供大规模的描写性数据,大大增加了译者翻译风格研究的说服力

(张莹,2012:54)。采用语料库方法开展译者翻译风格研究可以将该领域的研究建立在语料分析和数据统计的基础上,从而避免译者翻译风格研究的主观性和随意性(胡开宝,2011:115)。

3.2.2 研究设计

3.2.2.1 研究语料

唐笙共参与英文版《中国文学》1951—1966年间文学作品翻译约30篇,其中包括27篇小说作品。《中国文学》选译材料来源广泛,选译作品种类繁杂,选译作品的作者也很多,其选译原文分布零散且未注明来源,导致某些原文篇目无迹可寻,唐译27篇小说中有3篇未能找到可对照的汉语原文,或找到的版本不够完整,因此本书通过自建剩余24篇文本的平行语料库来初步研究探讨唐笙的翻译风格。其中汉语语料使用 ICTCLAS 3.0 进行分词赋码处理,英语语料使用 Tree Tagger 进行词性赋码处理,通过语料库软件 ParaConc 并辅以人工处理在汉语原文与英语译文的句子层面实现了平行对齐。24篇唐笙英译小说的中英文平行语料库概况见表3.1。

表3.1 《中国文学》1951—1966年间唐笙英译24篇小说的平行语料库概况

	汉语原文	英文译本
类符总计	8 290	31 739
形符总计	395 005	169 069

3.2.2.2 研究步骤

本书拟从风格标记角度考察唐笙翻译风格。风格意义的可知性、译者对原文风格的认识和鉴别,只有建立在结构分析的基础上才可能接近于准确和对应。译者只有对原文进行结构分析并与非形式标志模糊集合的审美活动相结合,原文的风格才能显现,并使风格意义成为可知(刘宓庆,1990:1)。风格的结构分析概念具象化了风格意义,而语料库则为风格的具象化特征考察提供了可操作手段。风格标记分为形式标记与非形式标记两类。风格被语言符号化后,体现在六个类属性标记上,即音系标记、语域标记、章法标记、词语标记、句法标记、修辞标记(刘宓庆,1990:1)。音系标记指语言的音系特征,音系即语言的语音系统,英语语音的中心是单位单词内的元音,元音数直接决定了单个单词的音节数以至长度与难度。小说中词汇音节数的多少首先决定了词汇本身的长度与难度,其次也会直接影响读者的阅读感受,增大或减小阅读难度。语域标记指词语的使用范围,是文章在选词方面词汇域的特征,在某一特定的使用范围中流通的词语常常具有共同的特色(刘宓庆,1990:2)。小说作为一种通俗文学,选词特征不会体现出较多的专有词汇,而是尽量选用常用词汇传达信息。常用词汇的词义难度较小,在文本中的比例可以反映文本的亲民度,即阅读容易程度,从而透露出译者的用词偏好。章法标记指章句组织程式,在句长方面,作为源语的汉语句子只要由逗号分隔,就会形成若干个小短句,且一般情况下小短句之间结构上相互独立,可以独立传达意义。在《中国文学》选译的许多源语文本中可以见到一句中使用很多句号、句长较长的表述。而转换成英文之后,逗号便失去了在汉语中仅有分隔作用的意义,逗号两边的句子不能独立传达意义,英语文本往往需要一个完整的句子才能将意义传达明了,其句长很大程度上决定了文本的阅读难度。章法标记可以体现在文本句子长短特征上,也可以体现在句段内部的意义连贯方面。词语标记显示作者的用词倾向,句法标记表现为各有特色的句法型式(刘宓庆,1990:3),修辞标记指译者倾向于使用的修辞手法。风格的非形式标记包括表现法、作品的内在素质,也就是作品的格调、作家的精神气质、接收者的审美个性。表现法标记就是作家对题材的选择、对文本的处理方式、技法(刘宓庆,1990:51)。限于篇幅,本书在形式标记方面主要考察文本的音系、语域、章法标记,非形式标记方面考察文本的表现法特征。

形式标记方面,本书首先统计英文译本的平均每词音节数来考察英译文本的音系标记,其次通过 AntWordProfile（AWP）统计英文译本的词汇分布等级来考察英译文本的语域标记。该软件是 Anthony Laurence 于 2008 年开发的测量网页易读性的软件。此软件是根据词频的原理开发的,其自带的覆盖对比文本语料词族表共有三个,这三个词族表中的单词难度等级不同,词族表 1 最常用,词族表 2 次之,词族表 3 属于学术型词汇(王正胜,2010：42)。该软件为统计文本中不同难度级别的词汇所占比例提供了便捷的考察方法。本课题组在研究过程中利用该软件的这项功能将译文中的词汇分级,并得到各级词汇所占文本中词汇的比例,从而考察其词义特征,得到文本语域标记特征。在章法标记方面,本课题组一方面统计译文句长,并参照同一时期在美国影响巨大的小说《了不起的盖茨比》的相关参数,来探讨译文平均句长特征;另一方面考察译文在实现与原文的句句对应时小范围内的句序调整现象来探讨译文的章法标记。

非形式标记方面,译文与原文实现可视化的句句对应后,最直观的信息是译文与原文信息的对等与不对等。句子层面上,译文有可能多于、等于或少于原文信息。这种句子层面上相对于原文的少与多,体现在翻译策略中就是省译与增译。省译与增译是翻译过程中比较常用的两种策略,两种策略各有所长,在译文中会有明显的特征展现,不同译者在这两个方法之间的取舍也能够为我们研究不同译者的风格提供依据。本文通过统计 ParaConc 中汉英实现平行对应的情况,探讨唐笙英译文体现出的特点,即风格的非形式标记。ParaConc 软件基本实现了原文与译文的句句对应,为研究译者倾向于省译或是增译提供了具象的数据依据。本研究所用语料库本着尽量不拆分或合并源语文本的原则,相应地对译文进行拆分、合并。利用 ParaConc 软件实现唐笙译文与原文的句句对应后,统计译文在对应原文时 1 对 0(省译)、1 对 2(一句原文拆分为两句译文)、1 对多(一句原文拆分为两句以上译文)、0 对 1(增译)的情况,从而考察译者的翻译风格。

3.2.3 结果与讨论

3.2.3.1 唐笙英译文形式标记

（一）音系标记

表 3.2 唐笙英译文音节数统计 S/W(syllables per word)

作品	S/W	作品	S/W	作品	S/W
《冰化雪消》	1.22	《大木匠》	1.23	《悬崖标灯》	1.19
《达吉和她的父亲》	1.24	《丰收》	1.24	《扬着灰尘的路上》	1.20
《枫》	1.23	《红色的夜》	1.24	《长辈吴松明》	1.23
《歌声与笛声》	1.20	《井台上》	1.20	《珀苏颇》	1.24
《化雪的日子》	1.23	《老陶》	1.26	《宋老大进城》	1.19
《静静的产院》	1.25	《潘先生在难中》	1.23	《西双版纳漫记》	1.30
《李二嫂改嫁》	1.25	《社长的头发》	1.22	《阳光灿烂》	1.19
《春风沉醉的晚上》	1.21	《无声的旅行》	1.30	《玉姑山下的故事》	1.21

由表 3.2 可见，《中国文学》(1951—1966)中唐笙翻译的小说在平均每词音节数上没有大的波动，基本上在 1.2 个音节±0.1 个音节内浮动。这种用词特征说明唐笙在这一时期已基本形成了相对稳定的选词习惯，为研究其该时期内的翻译风格提供了可能。具体来说，唐笙英译文平均每词音节数最多的为 1.30，平均每词音节数最少的为 1.19，平均每词音节数均少于两个音节，分布在 1.1—1.3 个音节区间。从英文单词构词来说，只有一个音节的单词在发音和拼写方面最为简易，音节数越多，相应的发音与拼写的难度就越大。唐译文总体的用词音节数较少，小于 1.50，可见其选取的音节数较多的单词数量较少，总体文本单词较为短小简单。这样的特征减小了阅读难度，对目标读者的阅读能力要求较低，更容易吸引目标读者阅读的兴趣。

(二)语域标记

表3.3 唐笙英译文一级词汇所占比例统计

作品	(%)	作品	(%)	作品	(%)
《冰化雪消》	80.9	《大木匠》	80.7	《悬崖标灯》	80.6
《达吉和她的父亲》	80.0	《丰收》	80.0	《扬着灰尘的路上》	84.1
《枫》	78.7	《红色的夜》	80.1	《长辈吴松明》	80.0
《歌声与笛声》	78.2	《井台上》	73.5	《珀苏颇》	82.5
《化雪的日子》	85.3	《老陶》	81.0	《宋老大进城》	84.6
《静静的产院》	78.1	《潘先生在难中》	84.6	《西双版纳漫记》	76.2
《李二嫂改嫁》	83.8	《社长的头发》	83.1	《阳光灿烂》	81.9
《春风沉醉的晚上》	86.0	《无声的旅行》	78.9	《玉姑山下的故事》	81.8

一级词汇在一般文本中约占81.3%。从表3.3可知,唐笙英译作品的一级词汇所占比例普遍较高,在24篇译文中一级词汇比例高于一般文本的有10篇,所占比例最高的为《春风沉醉的晚上》,高达86.0%,此外较高的还有《化雪的日子》(85.3%)、《潘先生在难中》(84.6%)、《宋老大进城》(84.6%)以及《扬着灰尘的路上》(84.1%)。这几篇译文整体选用的词汇词义难度比较小,生僻词较少,阅读难度较低。比例略低于80%的仅有6篇:《枫》《歌声与笛声》《静静的产院》《井台上》《无声的旅行》《西双版纳漫记》。一级词汇比例较低并不意味着文本选词难度大,词义难以理解。客观上,由于词族表1不能辨别中文地名以及人名的拼音翻译,当译文中地名、人名出现次数较多时,就会相应地影响一级词汇在这些文本中所占的比例,因而文本本身阅读难度比一级词汇所占比例反映的文本阅读难度相对要小。其余篇目一级词汇所占比例都接近于81.3%,二级词汇及专业词汇所占比例很小,与一般文本阅读难度相差不大。综上所述,在语域标记方面,唐译文本的常用词比例较高,译文阅读难度较小。

(三)章法标记

1. 平均句长特征

据统计,《了不起的盖茨比》全文的平均句长为15.15,而《中国文学》(1951—1966)唐笙英译文全部作品的平均句长为14.64,具体结果如图3.1所示。唐译作品平均句长总体来说在15词上下浮动,在全部24篇作品中只有8篇译文平均句长大于15词,在平均句长多于15词的译文中,《扬着灰尘的路上》19词,《井台上》18.27词,《西双版纳漫记》17.9词,数值略高,其余5篇只是略大于15词。余下16篇译文平均句长都少于15词,数值最小的为《玉姑山下的故事》11.76词,其他译文大多为12—14词。唐译文与英文原版小说《了不起的盖茨比》在平均句长上相差不大,说明唐笙英译小说在句长上与目标语国家流行小说基本一致,能够符合目标语读者的阅读习惯。唐译文句长总体还略小于《了不起的盖茨比》的相应数值,阅读难度因而相应小于《了不起的盖茨比》。

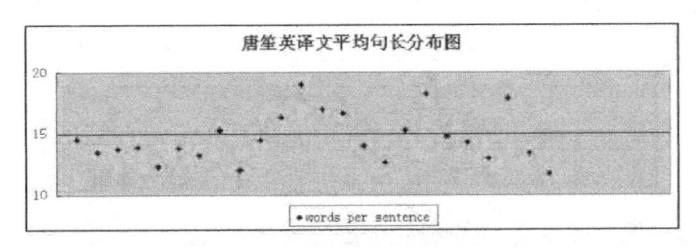

图3.1 唐笙英译文平均句长分布图

2. 小范围内句序微调

唐笙英译文本总体上与原文句句对应,秉持着高度忠实于原文的原则,但也在小范围内体现出了不忠实现象,如人物话语中较长的句子被拆分,将说话者的神情、动作、语气等肢体语言插入话语中间,避免了译文冗长,更易于理解。例如:

又随手拔了把乱草,揩抹干净。他不禁又好气又好笑,便自言

自语说:"阿根这榜小子,刚才没了扛棒,急得那个样,硬要一个人背一筐,刘书记劝也劝不住……"(《红色的夜》)

"What a one that Ah-ken is," he told himself half laughing and half cursing as he wiped the pole clean with a handful of grass. "Got so worked up just now when he couldn't find his carrying-pole. Wanted to carry a whole basket on his back. Even the Party secretary couldn't stop him."

译文将修饰陈老松自言自语时的动作及心理过程"又随手拔了把乱草,揩抹干净。他不禁又好气又好笑"插入他说的一个长句中间,使得句子更加生动,减轻了读者的阅读压力,也使得场景更加生动。

但他仍然显得委屈地说:"可你总是用鞭子赶我一个跑,还有别的党团员、社员们呢……"(《老陶》)

"But why do you always have to pick on me?" he said reproachfully. "What about the other Party members and the Youth Leaguers, and come to that, some of the other co-op members?"

译文将原文萧福明说话时的语气状态描述调整至说的话中间,将原来的一个长句拆分成两个短句,reproachfully 放在萧福明的问句后更增强了说话的语气,也更符合英语的表达方式。

他把脑袋一拍,高兴地说:"要不看见这牌子,差点忘了大事。"(《宋老大进城》)

"Good thing I saw the sign," he ejaculated. "Otherwise I'd have forgotten all about it."

译文将宋老大说话时的动作插入话语中间,符合英语表达方式,也使得主人公说话的场景更加生动。

想到这里,他简直要笑出声来,于是就自语道:"我们国家发展得真快啊,真像十八岁的姑娘,一天一个样,越长越好看。"(《红色的夜》)

When he recalled these changes, Old Chen could have laughed aloud for joy. "How fast our country has developed," he said to himself. "Like a girl in her late teens, who changes with every passing day and gets prettier and prettier."

译文将陈师傅"自语道"插入他说的一个长句中间显得更加生动。上述例子显示,唐笙在处理译文时小范围内调整句序是秉持使表达更为流畅、更符合英文表达习惯以及减少目标读者阅读压力的原则的。汉语作为一种高语境文化语言,逗号分隔的句子都能表达一个相对完整的信息,而英语却需要相应的连接词来将逗号左右的句子连接起来作为一个整体来传达信息。译者在处理汉语原文中这种多个逗号并列的话语时就有意通过插入说话人的神情、动作等描述来将长句拆分,以减轻读者的阅读难度。

3.2.3.2 唐笙英译文非形式标记

通过 ParaConc 软件实现唐笙译文平行后,可以发现其译文大部分都与原文句句对应,这说明唐笙在翻译过程中没有大范围地对原文进行改写,而是秉持高度忠实于原文的准则,传达原作精神。然而,原文与译文完美的对应几乎不可能实现,唐译文中的不忠实现象体现为译者对原文的省略、拆分及补充。

表 3.4 唐笙英译文与原文句子层面不对应情况统计

作品	1 对 0	1 对 2	1 对多	0 对 1	原文句数
《冰化雪消》	115	414	140	0	2 052
《春风沉醉的晚上》	3	58	13	0	586
《达吉和她的父亲》	168	101	23	0	740

续 表

作品	1对0	1对2	1对多	0对1	原文句数
《大木匠》	113	101	26	2	678
《枫》	14	67	22	0	274
《丰收》	65	219	32	0	2 747
《歌声与笛声》	60	58	16	3	776
《红色的夜》	3	33	8	0	391
《化雪的日子》	9	46	9	0	989
《井台上》	3	23	9	0	98
《静静的产院》	82	78	39	1	387
《老陶》	0	49	15	1	715
《李二嫂改嫁》	154	161	81	5	711
《潘先生在难中》	1	97	27	0	1 082
《珀苏颇》	117	170	85	0	618
《社长的头发》	8	31	12	0	158
《宋老大进城》	9	119	74	0	1 199
《无声的旅行》	16	34	7	3	348
《西双版纳漫记》	97	17	1	0	491
《悬崖标灯》	104	37	16	8	641
《阳光灿烂》	152	54	14	38	414
《扬着灰尘的路上》	48	34	15	7	508
《玉姑山下的故事》	50	70	32	18	760
《长辈吴松明》	40	78	21	14	1 019
总计	1 431	2 149	737	100	18 382
比例(%)	7.78	11.69	4.00	0.54	100
			24.01		

由表 3.4 可看出,约 24.01%的译文句子与原文句子不对应,约 75.99%的译文句子基本与原文句句对应,这体现了唐笙译文高度忠实

于原文的基本特征。在不对应的情况中,占比例最大的是将原文一句拆分为译文两句的情况,约占11.69%;将一句原文拆分为两句以上译文的比例约为4%,这一结果与上文唐笙译文平均句长较短的特征相吻合。1对0的情况约占7.78%,相对于0对1的0.54%,说明在唐译文中较多采取省译的策略,增译的情况较少。在24篇译文中有13篇译文0对1的情况为0,即全文未使用增译的策略,其余11篇译者增译的译文中仅有3篇增译句数多于10句。且在ParaConc中对应原译文时,0对1的情况还表现为译文将原文大段的描写或情节压缩总结为简短的介绍,因而未能实现与原文在句子层面上的对应,不能视为实际意义上的增译。综上可以发现,唐笙在处理译文时较多地采用了省译的翻译策略,很少或几乎不采用增译的方法。

3.2.3.3 唐笙英译文风格

综合考察文本的各项参数不难发现,在形式标记方面,唐笙在翻译过程中的音系标记为倾向于较简洁短小、音节数较少的词汇。语域标记上,唐译文文本中常用词所占比例还要略高于一般文本;章法标记上,唐笙英译文平均句长略短于同一时期美国流行小说的平均句长,此外还体现为小范围内的长句拆分、句序微调。唐笙英译文的非形式标记特征体现为在总体高度忠实于原文基础上多用省译的策略,在翻译过程中剔除了部分原文内容,还倾向于将一句原文拆分为两句或多句译文,而增译策略却很少用到。综上所述,唐笙的笔译风格可以概括为词句简洁、明了易懂。

3.2.4 口译工作对唐笙笔译风格的影响

唐笙的笔译翻译风格是否受到了其本人口译生涯的影响呢?在总结自己的口译工作经验时,她曾提到口译一般需要在很短的时间内进行翻译,并且是用口而不是笔来传达,这就需要思维敏捷,所用的语言一般也应该简单明了,使人一听就懂(唐笙、周珏良,1958:321)。唐笙在做口译工作时秉持的翻译原则是简单明了。这种简单明了的口译风格体现在以下两个方面：首先，口译工作要求速度快，不允许慢慢推敲，要求头脑转换速度较快。其次是选词以及句式。口译工作者在实地进行翻译中因条件的限制一般推敲较少，倾向于用简单、平行的句子，多半用通用的字，使用的语法结构可能不很精确，用词也可能不够洗练，笔译时就有一定的缺点(唐笙、周珏良，1958：321)。

翻译风格是译者在长期的生活实践与翻译创作中逐步形成的(但汉源，1996：29)。一位译者的笔译工作以及口译实践体现出的风格不是割裂的。由于头脑转换速度较快，可能稍有利于提高产量，而笔译反过来又可以加强文字素养，有助于提高口译"达"和"雅"的水平(唐建文、唐笙，1984：9)。由于口译工作要求速度，不允许慢慢推敲，这种锻炼也会提高笔译工作的效率(唐笙、周珏良，1958：321)。口译与笔译是不可分割且相互影响的。口译经历对翻译者进行笔译既有利又有弊，利是口译高效、快速的思维方式会相应提高翻译者笔译的效率，弊则是口译的这种快速难免会使得翻译者疏于雕琢字句。唐笙个人口译工作的经历以及她在从事口译工作过程中秉持的简单明了的原则在很大程度上影响了她的笔译实践，反映在唐译小说中体现出的特征就是选用较为短小、简单的词汇，远离复杂的句子和章法结构，以及对原文一些信息的删减处理。

3.2.5　结语

本书在自建语料库基础上探讨唐笙笔译风格，通过考察唐笙英译文的形式标记特征，包括音系标记、语域标记、章法标记以及非形式标记特征中的表现法特征，发现唐笙英译文在形式标记方面体现出用词简短、词义简单、平均句长较短，且在小范围内拆分长句、调节句序的特征；非形式标记方面，唐笙在高度忠实于原文的基础上倾向于采用省译的翻译策略。简言之，唐笙的笔译译文体现出简洁明了的风格，这种风格与唐笙长期从事口译工作的经历不可分割。口译工作的思维方式以及其在行文选词与句式选择上的作用不可避免地影响了唐笙的笔译风格。

3.3 喻璠琴翻译风格研究——以《中国文学》(1951—1966年)中的小说为例

3.3.1 引言

文学的传播力是衡量一个国家文化是否具有世界影响力的标志之一(魏泓,2016:241-245)。《中国文学》为中国文学对外传播做出了卓越贡献,其意义深远且持久。在其办刊过程中,编辑组及翻译群体功不可没。除了以杨宪益和戴乃迭为代表的老一辈翻译家,后来的译者还包括喻璠琴、唐笙等。

喻璠琴1954年于北京大学西语系毕业后,到外文出版社工作,负责《中国文学》英文翻译和定稿(林煌天,1997:886)。由于其贡献突出,1992年喻璠琴开始享受政府特殊津贴,并于2005年受到中国译协表彰。喻璠琴作为致力于英文版《中国文学》翻译工作的资深翻译家,其翻译的小说入选《美国国际短篇小说选》,其他一些译作至今仍被称颂。但喻璠琴的翻译工作及译者风格鲜有学者研究,本书尝试对其翻译风格和翻译策略进行研究,应该对中国文学走向世界有一定意义。

本书通过语料库的方法考察喻璠琴的译者风格。除了笔者自建的《中国文学》喻译小说中英平行语料库外,在数据分析过程中,还分别选取了布朗语料库和BNC小说语料库作为对照。狭义上,译者风格指译者语言应用或语言表达的偏好,或在译本中反复出现的语言表达方式(胡开宝,2011:109-115)。而"自建语料库具有建库周期短、易于操作、针对性强的特点,不仅可以用于探讨'翻译总特征',还适用于量化分析译者个体的翻译风格和译本特点,为通过传统译本研究得出的观点提供直观的数据参考"(杨柳、朱安博,2013:77-85)。因此,采用语料库方法开展译者风格研究,可以将相关方面的研究建立在语料分析和数据统计的基础上,避免了译者风格研究的主观性和随意性(胡开宝,2011:109-115),从而使研究具有高度的科学性和客观性。

3.3.2 研究语料

1951—1966 年间喻璠琴共计参与英文版《中国文学》作品翻译 33 篇,其中包括小说 16 篇、散文 4 篇、寓言故事 13 篇。由于散文篇幅较少,寓言故事涉及内容广泛,源语文本种类复杂多样,故笔者将在自建的 16 篇小说语料库基础上考察研究喻璠琴译者风格。语料库建成后,利用语料库软件 ParaConc 加上人工处理实现了原文与译文在句子层面的平行。语料库概况见表 3.5。

表 3.5 《中国文学》喻璠琴英译小说语料库容量概况

语料库种类	类符总数	形符总数
中文	11 973	25 148
英文	6 898	66 972

3.3.3 研究步骤

一般而言,基于语料库的译者风格研究可以从翻译语言特征分析和翻译策略与方法运用两个方面入手。前者包括词汇层面、句法层面、语义搭配和篇章组织层面等(胡开宝,2011:109-115)。本书将运用语料库的方法,从词汇、句法两个层面对喻璠琴小说译本进行定量分析和定性分析,具体考察喻璠琴译者风格。

词汇层面

词汇层面考察译者风格主要从 3 个参数展开,即词汇分布、平均词长、高频词。该部分研究主要用到的语料库软件有 AntConc Tools、在线 Word Frequency Text Profile 以及 Word Smith Tools。其中词汇分布的考察主要用到 Word Frequency Text Profile,平均词长的考察主要依靠 Word Smith Tools,高频词的考察则要通过 AntConc Tools 实现。

1. 词汇分布

使用 Word Frequency Text Profile 软件中的 Profile 3,将喻璠琴译文粘贴到指定方框里面,该在线分析软件会自动将输入的文本与英语中最常见的 2 000 单词表(由布朗语料库[①]提供)及学术英语最常见 1 000 词汇表和次常见 1 000 词汇表(由新西兰惠灵顿维多利亚大学提供)做对比。英国国家语料库(British National Corpus,简称 BNC)是目前世界上最具代表性的英语语料库之一。笔者提取了其中的英语小说文本建成了 BNC 小说语料库以便于对比。将 BNC 小说语料库使用同样方法输入,得出的具体数据见表3.6。

表3.6 英译文本词汇分布一览表

文本	总词数	最常用 2 000 词表的总词数	学术词表常见 1 000 词的总词数	不属于前两个词表的总词数
喻璠琴译本	66 972	57 897	392	8 683
BNC 小说语料库	1 641 001	12 367 404	1 673 525	2 378 072

由表3.6可见,参照普通英语最常见 2 000 词表,喻璠琴 16 篇英译文本中使用词汇属于其范围内的高达 57 897 个(此处的 57 897 个词包括重复出现的词,属于最常见 2 000 词表),占 16 篇英译文本总词数的 84.45%,而属于学术英语常见 1 000 词的只有 392 个,占比为 0.58%。BNC 小说语料库中,属于最常用 2 000 词表中的词占 BNC 小说语料库总词数百分比相对较低,为 75.32%,属于学术词表常见 1 000 词中的词占比相对较高,为 10.19%。由此可见,喻译文选词倾向于英语中的常见词,行文语言正式化程度偏低,更为简单、通俗易懂。

[①] 布朗.语料库 Brown Corpus 中的语料均采集于在美国发表的文本材料,容量为 100 万词。布朗语料库常被看作英语本族语语料库的代表。

2. 平均词长

平均词长与文本的深奥程度一般来说成正相关,可以反映文本用词的复杂程度。平均词长(mean word length)是指文本中词的平均长度,以字母数为单位。平均词长较长,说明用的长词较多。词长标准差(word length std.dev.)可以反映文本中每个单词长度与文本平均词长的差异,标准差越大,说明文本中各单词词长之间的差异就越大。通过Word Smith检索即可得出两个译本关于平均词长的数据及从1-letter～14-letter单词的数量使用情况,从而反映译者在翻译过程中对用词难易程度的选择。通过Word Smith Tools检索《中国文学》喻璠琴译本16篇小说及BNC小说语料库的数据进行对比,平均词长及词长标准差参数见表3.7。

表3.7 《中国文学》喻璠琴小说译本与BNC小说语料库Word Smith检索数据比较

语料库	平均词长	词长标准差
《中国文学》	4	2.10
BNC小说	4	2.21

观察表3.7发现,16个英译文本中每个文本平均词长都是4,即喻璠琴在翻译过程中大多使用的都是常见词。查看词长标准差参数,16篇译文中除了最大值2.42和最小值1.85,其余14个英译文本都等于或极接近于2.00,说明在选词方面喻璠琴倾向于词长非常均衡的常见词,以降低阅读难度,增加文本的易读性,从而吸引目标读者。喻译小说词长数据与BNC小说语料库相比,两者平均词长和词长标准差几乎没有差异,可见在翻译过程中喻璠琴选词的难易程度和词长都接近英语国家小说。另外,从16篇英译文本统计出的1-letter～6-letter数据可以发现,其中2-letter、3-letter、4-letter单词数量排前三位,在数量上占绝对优势,说明在词汇层面,喻璠琴倾向于选用短小简单的词汇来降低阅读难度,其翻译语言风格较为干脆利落,简洁浅显。

3. 高频词

冯庆华在研究《红楼梦》的英译本风格时曾指出:句子结构及词组的复杂程度可以由类似 the、of 的词频反映出来。也就是说,如果译本中 the、of 的词频占比相对较高,则说明该译本的语体偏正式化(冯庆华,2008:225)。根据这一发现,笔者将喻璠琴英译文本中出现的高频词统计如表 3.8。

表 3.8 喻璠琴英译文本高频词统计(前 5)

序号	词	词频/次	百分比(%)
1	the	4 115	6.1
2	to	1 808	2.7
3	and	1 579	2.3
4	a	1 563	2.2
5	of	1 363	2.0

表 3.9 布朗语料库高频词统计(前 5)

序号	词	词频/次	百分比(%)
1	the	69 970	6.9
2	of	36 410	3.6
3	and	28 854	2.8
4	to	26 154	2.6
5	a	23 363	2.3

为了确立一个对比对象,将布朗语料库前 2 000 常见词高频词加以统计,见表 3.9。对比表 3.8 和表 3.9 两个语料库 the、of 词频占比情况发现:喻译文中 the 词频百分比为 6.1%,布朗语料库中为 6.9%;喻译文使用 of 所占百分比为 2.0%,而布朗语料库中 of 占比为 3.6%;喻译文中这两个词使用频率百分比低于布朗语料库。这两个词反映句子结构和词组的复杂性,是属于偏正式化的词语,由此可知,喻璠琴英译

文本正式化程度略低。

句法层面

句法层面的喻璠琴译者风格研究主要从两个方面考察:平均句长和句长标准差、句子的翻译策略选择。使用的语料库软件包括 AntConc、CUC_ParaConc 及 Word Smith Tools,句长的数据分析可以综合 AntConc 和 Word Smith Tools 得出的英译文本数据。

1. 平均句长和句长标准差

与易读性高度关联的一个主要因素是句法难度。最具有代表性的句法难度指标是句子长度,"平均句长是指文本中的句子的平均长度。虽然句子的长度与句子的复杂程度并不是同一回事(如简单句也可写得很长),但就整个语料库而言,句子的长短在一定程度上反映了句子的复杂程度"(杨惠中,2002:159-162)。一般而言,句子长度越长,目标读者的阅读难度相对就越大。BNC 小说语料库平均句长为 17 词,句长标准差为 14.85 词。《中国文学》喻璠琴 16 篇小说译本的句子层面相关统计数据见表 3.10。

表 3.10 《中国文学》喻璠琴 16 篇小说译本的平均句长及句长标准差

作品	句子数量(句)	平均句长(词)	句长标准差
《一篇宣言》	217	10	7.25
《草原即景》	193	19	10.30
《和平的果园》	366	16	8.70
《老车夫》	300	12	7.32
《篆竹山房》	177	19	9.84
《月照东墙》	266	10	6.29
《我的引路人》	525	10	5.27
《父女俩》	965	14	9.70
《小胜儿》	274	11	6.80

续 表

作品	句子数量（句）	平均句长（词）	句长标准差
《万妞》	420	12	7.37
《刘嫂》	196	12	7.53
《从镰仓带回的照片》	132	16	8.55
《路考》	430	11	7.44
《山那面人家》	235	11	8.07
《烧炭奇遇记》	366	14	8.60
《前辈》	263	10	7.07

由表 3.10 可以看出，在平均句长方面，16 篇英译文本中除了有 2 篇平均句长为 19 词，其余 14 篇均分布在 10—16 之间。与 BNC 小说语料库平均句长 17 词相比差异相对较小，说明翻译过程中喻璠琴倾向于使用平均句长较短的句子，较为接近英语国家常见小说。句长标准差是指文本中不同长度句子的分布情况，标准差越小，文本中句子长度越接近。从句长标准差层面来观察，除了《草原即景》为 10.30，《篆竹山房》为 9.84，《父女俩》为 9.70，其余 13 篇译文都远远小于 BNC 小说语料库的 14.85，可以看出，喻璠琴翻译的句子长度比较稳定，这与西方国家小说平均句长较长且长短分布差异较大的特点差别较大。从平均句子长度和句长标准差角度综合来看，喻璠琴翻译过程中倾向于使用短句子再现源语文本语言简洁白话的特点。

2. 句子的翻译策略选择

翻译策略中的省译与增译能体现句子层面译文与原文不对等的情况。省译与增译两种策略各有所长，且在译文中会有明显的特征展现，不同译者对这两个方法的取舍也能够为研究其风格提供依据(韩江洪，2016:34-39)。利用 ParaConc 软件统计原文在对应译文时"1 对 0"（省译）、"2 对 1"（两句整合为一句译文）、"多对 1"（两句及两句以上被整合为一句）、"0 对 1"（增译）的情况具体见表 3.11。

表 3.11 《中国文学》喻璠琴译文与原文不对等统计表

作品	1对0	2对1	多对1	0对1	总句数
《一篇宣言》	23	10	4	5	217
《草原即景》	16	7	6	9	193
《和平的果园》	29	12	7	6	366
《老车夫》	24	8	11	13	300
《箓竹山房》	15	8	7	10	177
《月照东墙》	17	9	9	5	266
《我的引路人》	30	10	12	0	525
《父女俩》	11	7	14	2	965
《小胜儿》	6	10	4	2	274
《万妞》	22	2	10	3	420
《刘嫂》	12	6	3	1	196
《从镰仓带回的照片》	10	4	6	1	132
《路考》	27	7	12	4	430
《山那面人家》	20	8	6	11	235
《烧炭奇遇记》	21	10	10	2	366
《前辈》	15	4	7	7	263

在表 3.11 基础上,笔者计算了《中国文学》喻璠琴的译文与原文不一一对应的比例,以便更直观反映译文与原文句子层面不完全对等的情况,具体数据见表 3.12。

表 3.12 译文与原文不对等占比统计

指标	1对0	2对1	多对1	0对1
总占比(%)	15.5	3.5	2.4	1.5

综合表 3.11 和表 3.12 并通过计算,除去译文与原文不对等的句

子,可以发现,喻璠琴在翻译过程中实现了77.1%的原文与译文的句句对应,说明译者在翻译时高度忠实原文,没有对原文进行大规模改写,很大程度上保留了原文特色。当然,译文与原文不可能完全对等,喻璠琴的译文与原文不对等,主要体现为对原文句子的省略、整合及增译。"1对0"所占比例最高为15.5%,相对于"0对1"的1.5%,喻璠琴很大程度上选择了省译的翻译策略,极少使用增译的翻译策略。再者,"2对1"占3.5%,"多对1"占2.4%,说明喻璠琴在翻译时较多使用整句省译,而极少使用整句增译的翻译策略。这样做会减少一些目的语读者不太熟悉的部分,一定程度上排除了读者阅读时的文化障碍,降低了译文读者的阅读难度。

3.3.4 研究结论

本书从词汇层面、句法层面来考察分析喻璠琴翻译风格。综合各项研究参数不难发现,在词汇层面,喻璠琴用词倾向于简短,且常见词占比较高,正式化程度低;在句法层面,其英译本平均句长同BNC小说语料库平均句长相比较短,且句长分布较为均匀,很大程度上保留了源语文本语言简洁白话的特点;在高度保留原文特色的基础上,喻璠琴倾向于整句省译而非整句增译。喻璠琴翻译风格呈现词句简洁、通俗明了的特点。

翻译是一种行为,任何行为都有一定的目的,那么翻译也必然有其目的(吴蒙,2015:838-841)。喻璠琴翻译风格呈现出简洁通俗的特点,与其所处时代有一定的关系。

1952年,外文出版社社长刘尊棋在总结全社工作会议上提出翻译的标准是信、达、雅,译者要严格忠实原文语言和含义。1954年,第一届全国文学翻译工作会议召开,茅盾指出,在文学翻译工作中,提高翻译质量是主要问题,译者必须用明白畅达的语言翻译文学作品,忠实正确地传达原作的内容,并力求用文学语言把原作的风格传达出来,使读者读了译文能像读原作一样得到启发、感动和美的感受(郑晔,2012:

42-45)。喻璠琴参与翻译的1951—1966年间《中国文学》中的16篇均为篇幅短小的小说或小说节选,除了《父女俩》篇幅较长,总句数为965句,其余总句数均在132—525之间。这16篇小说的原文也语言简洁,多数句长在每句10词左右,喻译很大程度上尊重了小说原文简短明了的风格特点。

  本书在自建语料库基础上,利用计算机语料库软件数据定量分析后再定性分析,从词汇层面、句法层面考察分析了喻璠琴翻译风格,发现喻璠琴在翻译过程中词汇选择和语言构建均较为简洁明了,很大程度上保留了原文的语言特点,即词汇简单,语言简短白话。喻璠琴译者风格的形成应该是受原作风格的影响,同时也受当时翻译政策的制约。

3.4 《中国文学》(1951—1966)中的路易·艾黎"三吏""三别"英译风格探究

3.4.1 引言

  在唐代大诗人杜甫的众多诗作中,"三吏""三别"一直作为其表达民生疾苦的代表作品,被视为"诗史",学界甚至认为杜甫所叙之"时事""可与正史相互印证"(苏雪林,1947:85)。这六首诗分别选取了不同的角度和题材,将社会历史和个人经历在无形中高度融合,以独特的文学方式反映了当时的时代内容和精神面貌。杜甫的这组名篇之作历来为文学史家所必称、选注家所必选,对这一组诗的研究已是数不胜数。但是,对这一组诗的英译研究却寥寥无几,多数学者(如文军、李培甲、陈梅等)只是在研究杜甫诗歌的过程中将其囊括在内,而对这一组诗英译缺乏专门的研究。(文军、李培甲,2012)

  作者有风格,译者也有其风格。(袁洪庚,1988:109-116)对比分析不同译者在翻译中的风格,是对译者主体性因素的彰显,既肯定了译者在文化构建中的作用,也为翻译批评提供了可靠的依据和新的思路。(严苡丹,2011:145)本书选取不同时代、不同译者的译本,从语料库软件检索结果出发,分析其差异并探讨产生差异的原因,以期给读者以及未来对杜甫诗歌乃至中国古典诗歌研究的学者一点启发与参考,拓宽、加深读者对路易·艾黎和许渊冲两位译者译诗风格的认识。

3.4.2 研究设计

3.4.2.1 语料选取

本书选取《中国文学》1955年收录的杜甫诗"三吏""三别"路易·艾黎(Rewi Alley)英译本(以下简称艾译)以及2013年出版的《古代诗歌1000首》中的"三吏""三别"许渊冲英译本(以下简称许译)作为研究的文本,通过对汉语原文以及英语译文去噪、平行,建成研究所需的小型语料库。

3.4.2.2 研究步骤

运用语料库检索软件 Word Smith 4.0 和 AntConc 3.3 对研究文本进行检索,从词汇和句子层面对检索结果进行分析,并探究产生该结果的原因。

1. 词汇层面

词汇层面将考察两个译本的平均词长、词长分布以及词汇密度,利用检索结果解释两个译本的用词特点。

词长分布可以反映各长度单词在文本中的使用情况。使用 Word Smith 软件检索两个文本,可以得到两个文本词长分布的统计结果。但由于不同的语料库库容不一样,语料库实际词长的出现次数不具有可比性,因此本书选择各长度单词每千词出现的次数,并以布朗语料库中各长度单词每千词出现的频率作为参考,使检索结果更具客观性。

词汇密度是指在特定的语料库中实词与总词数的比例。本书对比两个译本与汉语原文的词汇密度以及两个译本的词汇密度,以期总结出两个译本的用词特征。计算词汇密度的公式通常有两种,分别由 Ure(1971)和 Halliday(1985)提出。本书采用的是 Ure 提出的计算方法,即词汇密度＝实词数量/总词数×100％。实词在句子中所传达的信息量往往高于虚词,根据 Baker(1995)的观点,词汇密度的大小是衡量文本信息的标准之一,反映了译文中的信息承载量。词汇密度还可以反映文本的难易程度,词汇密度越高,说明该文本实词所占比例越大,信息量也越大,难度也相应增加,反之,文本难度较低,更易理解。本书的英语语料使用 CLAWS5[①] 进行词性赋码处理,汉语原文使用 ICTCLAS 2015 版进行分词赋码处理并辅以人工操作。学界对于汉语实词、虚词的界定还存在一定的争议。实词(lexical word 或 content word)包括名词、实义动词、形容词和副词四类。(Biber et al.,1999)国内学者也比较认可英语中的实义词是指具有稳定词汇意义的词,包括名词、动词、形容词和副词四个词类;功能词(grammatical word 或 function word)指不具备稳定词义或意义模糊而主要起语法功能的词语,主要包括代词、介词、连词、冠词、助动词等词类。(胡显耀,2007)对于汉语实词与虚词的分类标准,争议最大的是副词和代词。在进行词汇密度统计时,有些学者采取了王力、吕叔湘与朱德熙先生的观点,将名词、动词、形容词三类归为实词,而将副词、代词、介词、连词、助词和叹词等归为虚词。(胡显耀、曾佳,2009)另外一些学者采取与英语相似的分类,将副词归为实词类。本书并不讨论实词、虚词的分类,因此将按两种分类方法进行统计。

2. 句子层面

句子层面主要考察译文文本的句子个数、平均句长以及句长标

[①] 英语语料利用 CLAWS5 Tagset 进行词性赋码处理,汉语语料使用中国科学院计算机技术研究所研发的 ICTCLAS 2015 版进行分词赋码处理。ICTCLAS 软件是目前最好的中文分词软件之一,速度快、精度高且使用方便,参见 http://ictclas.org/index.html,该链接提供操作指南和最新版本软件的下载。

准差。

从句子个数可以直观看出两个文本句子数量上的差异,结合文本容量可以得出两个译本句长的差异,这一点可以通过平均句长的检索结果来检验。句子的长短一定程度上反映了句子的复杂程度。句长标准差反映文本中每个句子长度与文本平均句长的差异,标准差越大,说明文本中各句子句长之间的差异就越大。

通过对两个译本词汇和句子层面的考察,可以初步了解两位译者在译诗方面的风格差异。

3.4.3 结果与讨论

按照上述步骤与方法对语料检索,并对检索结果进行整理和归纳。

3.4.3.1 词汇层面

词汇层面主要考察了艾译和许译两个译本的平均词长、词长标准差以及词汇密度三个方面。

1. 平均词长和词长标准差

表 3.13 许译和艾译的平均词长和词长标准差

	许译	艾译
平均词长	3.92	4.09
词长标准差	1.89	2.07

从表 3.13 可以看出,两个译本平均词长的差异较小,艾译本的平均词长 4.09,略大于许译本的 3.92。说明在文本用词的复杂程度上,二译本相差不大。从表 3.13 可以看出艾译本的词长标准差为 2.07,大于许译本的 1.89,说明艾译本中单词词长之间的差异比较大。WordSmith 的检索结果也可以印证这点,表 3.14 中艾译本中词长跨度为 1 个字母单词到 14 个字母单词,而许译本则相对较小,为 1 个字母单词到 11 个字母单词。这点可以说明许译本相对于艾译本而言用词的词

长较为平稳,从而在音节和节奏上更接近于诗歌的题材。诗歌的最大特点之一就是其在形式上比较统一、朗朗上口,而这一点在许渊冲翻译的"三吏""三别"中体现得非常明显。

表 3.14　许译和艾译与布朗语料库 7 个字母及以上的长词数量比较

词长	每 1 000 词出现的频率		
	许译	艾译	布朗
7-letter words	46.59	60.74	65.2
8-letter words	32.45	49.35	47.3
9-letter words	14.98	18.22	33.5
10-letter words	7.49	9.87	22.6
11-letter words	2.50	1.52	12.6
12-letter words	0	0.76	7.1
13-letter words	0	0	3.7
14-letter words	0	1.52	1.9
总计	107.01	141.98	193.9

由于常见文本中由 2—6 个字母组成的单词居多,表 3.14 仅列出了 7 个字母及以上的长单词使用情况。从表 3.14 中可以看出,许译和艾译的长词使用频率分别是 107.01/千词和 141.98/千词,二者之间存在较大的差异,而本族语语料库中的长词使用频率为 193.9/千词。这说明诗歌翻译与其他题材的翻译词汇相比存在相对简化(simplification)的特征。而两译本之间也存在较大的差异,艾译的用词较许译更为复杂,长词的出现频率较高,更接近于本族语的长词出现频率,而许译则避开使用长词,选择较为简单的词汇,从而使译文更加简洁流畅。例如《无家别》中:

生我不得力,终身两酸嘶。

艾译:She who bore me getting no recompense.

Both of us led a life of misery.

许译：She gave birth tome, is it wrong?

How to repay her life long?

艾译文中，对于"不得力"的翻译是 getting no recompense，使用了 recompense（补偿、赔偿），而许译文中使用一个疑问句"is it wrong?"来反映母亲含辛茹苦，给予"我"生命和照顾，却得不到"我"的回报。二者在用词和句式方面的区别十分明显，许译采用更加简洁的表达，而艾译文则相对复杂。

2. 词汇密度

表 3.15　许译和艾译及原文词汇密度对比

许译	艾译	原文	
		副词标记为实词	副词标记为虚词
61.3%	62.0%	86.0%	77.7%

由表 3.15 可以看出许译和艾译在词汇密度上趋于一致，艾译文略高于许译文，说明艾译文所承载的信息量略微高于许译文。这一点，在前面的平均词长和词长分布统计中已经体现出来。但是相对于原文的词汇密度，不论是副词标记为实词还是虚词，两位译者的译文都远低于原作。这说明两位译者在翻译的过程中都倾向于将原文信息用更简练的语言表达出来，尤其是对一些文化负载词和典故的翻译体现出简化的特征。例如《潼关吏》中：

哀哉桃林战，百万化为鱼。

请嘱防关将，慎勿学哥舒。

艾译：

He should remember the battle of Taolin,

Where many thousands drowned in the Yellow River,
And tell all commanders to be vigilant
And avoid the fault of Ko-shu Han.*

* In an earlier battle against the tribesmen at Taolin, General Ko-shu Han led his troops out of Tungkwan and escaped on the western plain of Lingpao Country. The enemy took him by surprise, and in the resultant melee thousands fell into the Yellow River and were drowned.

许译：

But defeated at Peach Grove, alas!
Ten thousand men slain at the pass.
Please tell the general guarding here：
But not defeated as last year!

原文中"桃林"指的就是潼关一带，"桃林战"这一历史事件指的是占据洛阳的安禄山派兵攻打潼关，当时守将哥舒翰本拟坚守，但为杨国忠所疑忌。在杨国忠的怂恿下，唐玄宗派宦官至潼关督战。哥舒翰不得已领兵出战，结果全军覆没，许多将士被淹死在黄河里。睹今思昔，杜甫余哀未尽，深深觉得要特别注意吸取上次失败的教训，避免重蹈覆辙。

路易·艾黎对"桃林战"的翻译采取了直译加注释的策略，保留了原文中的地名、人名，用一个从句将原诗所包含的历史事件解释清楚。另对"慎勿学哥舒"一句中的"哥舒"做了脚注，以便于读者能够清楚地了解当时的历史背景，同时也不失原诗的异国风味。而许渊冲的译文则删减了原文包含的许多信息，直截了当地道出作者的主要意思，使目的语读者快速了解诗词大意，并且在形式上保留了原诗的韵律之美。

3.4.3.2 句子层面

除了词汇层面的差异，句子层面的检索结果也显示了两个译本之间的不同。

表 3.16 许译和艾译句子层面重要指标对比

	许译	艾译
句子个数	98	67
平均句长	12.27	19.66
句长标准差	4.35	9.93

表 3.16 显示，许译本的句子个数为 98，而艾译本中的句子数为 67，相对于其文本容量而言，艾译本大于许译本，而句子数量却少于许译本，说明艾译本句子要长于许译本的句子。对于中国古典诗歌，想要完整地将原文意思传递给英文读者并非易事，势必要在译文中加入大量对原文内在信息的解释，这就造成艾译本句子长度的增加。平均句长也验证了这一点，艾译本为 19.66，许译本为 12.27。虽然句子的长度并不等同于句子的复杂程度，但就整个语料库而言，句子的长短在一定程度上反映了句子的复杂程度。

表 3.16 中，艾译本的句长标准差是 9.93，许译本是 4.35，艾译本明显大于许译本，说明艾译本中句子之间的长度差异较大。这一点与上文提到的词长标准差十分类似，体现出艾译本的散文改写风格，同样也表明许译本整体上要更加简明凝练。例如，艾译本将原文对话形式的诗句改写成散文形式的对话，而许译本则一直保留诗歌押韵、对仗工整的形式，力求译文在诗意和音韵上与原文保持一致。如：

借问新安吏："县小更无丁？"
"府帖昨夜下，次选中男行。"
"中男绝短小，何以守王城？"

许译：

I ask one of this county small
If he can draft adults at all.

Last night came order for hands green,
Draft age is lowered to eighteen.
The teenagers are small and short,
How can they hold the royal fort?

艾译：

"Yours," I said, "is a tiny place.
I wonder you have men to be sent away."
"Last evening," he made answer, "came the order
For the younger lads to be called up."
"The lads," said I, "are short and puny.
How can they help to defend cities?"

  这一节是"客"向"吏"问征兵事由的一段对话。对比两个译文不难看出，艾译文将原诗的对话形式以直接引语的形式保留了下来，并加上"I said""said I"等词来指明说话人。译文长句短句错落有致，能直接体现表 3.16 中的软件检索结果。而许译本则最大限度保留了原诗的风格，每句的句长保持相当，用词和内容上更加简洁凝练。

  通过以上对检索结果的词汇及句子两个方面的分析可以看出，许译本用词较简单、凝练，避免使用较难的词汇，单词之间的长度差异较小；艾译本用词相对而言比较复杂，与原文的阅读体验相似，将原文中所包含的典故、文化负载词以及历史事件等尽可能多地还原。词汇密度方面，两位译者的译文都体现出简化的特征，一定程度上将原文的信息用更为简单、易理解的方式传达出来；句子层面，许译本的平均句长低于艾译本，句子之间的长度差异远低于艾译本，反映出许译本在其形式方面与原文的诗歌题材更加接近，而艾译本则极力传递原文内容的全部信息，包括问答的形式和对话的形式等。这就使艾黎的译文看起来不那么"像"诗歌，更像是一种散文式的改写。

3.4.4 原因探究

上述分析结果显示,许渊冲的译文总体上倾向于注重音律和形式,用词简单,句长较短;路易·艾黎的译文更加注重原文信息的传达,用词相对复杂,句长较长。那么,为什么两位译者的译文风格会有以上差异呢? 根据分析结果,笔者尝试从以下三方面探究原因。

3.4.4.1 译者的翻译目的

任何的翻译都有其目的,是目标文本的具体化。(Vermeer,2000)由于所处的时代背景不同,驱使译者进行翻译的目的和动力也不尽相同。

1951 年创刊的《中国文学》是新中国第一份、也是唯一一份向国外及时系统地译介中国文学艺术作品的官方刊物,代表着 20 世纪后半叶我国为对外传播优秀文学作品所做的最大努力,其规模和效应至今没有任何一个机构能够超越。(吴自选,2012)驱使《中国文学》诞生的主要动力是迫切要向国外介绍中国文化,特别是 19 世纪 40 年代初到新中国建立十年间的文学的这一需求,其面向的读者群绝大多数是海外读者,因此路易·艾黎译文在词语和句子方面并没有避开较长、较难的词汇和句式,更注重的是原文所包含的信息。艾黎的译文试图传达原文的全部信息也是基于想要忠实、完整地向海外读者介绍中国文学作品的目的。20 世纪 80 年代后,许渊冲的多部古诗译著得以出版,包括《唐诗三百首》(1987,香港)、《唐宋词一百五十首》(1990,北京)、《元明清诗一百五十首》(1997,北京)等。改革开放后,东西方国家之间的交流活动日益频繁。新时期的古诗英译领域异彩纷呈,取得了令人瞩目的成绩。然而,新时期中西方文学交流中的失衡现象仍然十分明显。在此情况下,中国政府和文化工作者为适应改善中西文化交流现状的迫切需要,做出了许多努力。(陈奇敏,2012:70-79)受这一时期的主流诗学的影响,许渊冲将原作的诗学规范置于目标语当前的主流诗学规范之上,选择有韵的格律诗体裁而非无韵的自由诗体裁,力求在内容和形式上贴近唐诗的本质美学特征、凸显原作风貌。(陈奇敏,2012:129)

许渊冲译本的封面说明中称:"本书从浩如烟海的中华文化古籍中精选在历史上影响至巨且深为西方读者瞩目的经典,作为了解中国传统文化的必读书目,在保持当下最新的学术研究水准的前提下,以汉英对照版本,让国内外读者一睹古代典籍的原貌,原汁原味地汲取中华文明的精华和真谛。"许渊冲本人在英译《唐诗三百首》一书的序言中提及,他翻译诗歌典籍,希望能够帮助世界更好地了解中国,并使读者在了解的过程中得到乐趣。(陈奇敏,2012:144)在此基础之上就不难理解许渊冲的译文所体现出的风格特点:讲求押韵、用词简洁,最大程度地保留原诗的韵体诗特点,让读者能够原汁原味地汲取中国古典诗歌的真谛。

3.4.4.2 译者的翻译理念

译者作为翻译行为的主体,参与整个翻译过程,译者对原作的阐释与转换不可避免地留下了个人的痕迹。(冷惠玲,2008:29)因而,译者的生平以及所秉持的翻译思想和理念都会对译文产生一定的影响。

路易·艾黎是新西兰一个普通教师的儿子,1927年辗转来到中国,此后长期定居中国,不仅积极投身于中国人民解放事业和建设事业,同时还是一位热诚的诗人、出色的翻译家、作家。艾黎热爱中国文化,尊崇杜甫。为了将自己喜爱的杜诗介绍给英语世界的人民,20世纪50年代,艾黎开始系统翻译杜甫诗歌。首先,艾黎翻译杜诗采用自由体,用散文式自由流畅的语言重新解读杜甫诗歌,包含了翻译者对诗歌的个人化解读,是译者的再次创作。(刘晓凤、王祝英,2009)此外,艾黎译作重在传达原作精神,语言流畅自然。他认为好的翻译语言就如同流水流过圆石一般。艾黎曾在自传里明确阐释自己的翻译理念:"翻译中国古典诗歌最终是要领会诗歌的意思。中国诗译者的首要任务是把原作的精神表达出来,即使不能译出原作的力量和音律,如译文能在这方面取得成功,读者就能更好地了解诗人的伟大。"(艾黎,1997)他认为中文与英文的语言形式的确不同,但是翻译必须"把原作的精神表达出来",艾黎的老朋友茅盾也说艾黎的译作"可以说是'再创造'而又不失原作的神韵",对他的译诗给予了很高的评价。(转引自刘晓凤、王祝英,2009)

许渊冲是我国著名的翻译家和翻译理论家,学识渊博,用译作等身来评价他毫不夸张,其译作主要是古典诗词的翻译。根据许渊冲的翻译理论,翻译求似(或真)而诗求美。他认为,译诗应该在真的基础上求美,即求真是低标准,求美是高标准;在真与美有矛盾的情况下,译得似的诗远不如原诗美,就是得不偿失;如果译得"失真"却可以和原诗比美,即是以得补失。(许渊冲,2000)许渊冲正是基于自己的这一原则,对于原文的翻译力图保持诗歌的音韵之美,在用词方面尽量简洁、押韵,句子层面保持与原文句子长度相近;然而在内容方面,尤其是对典故、文化负载词以及历史事件阐释方面,则做了大量的简译。

3.4.4.3 译者的文化身份

加拿大华裔社会学家张裕禾认为,文化身份是一个个人,一个集体,一个民族在与他人、他群体、他民族比较之下所认识到的自我形象。(张裕禾、钱林森,2009:177)对自身文化身份的认知必定会影响个人的价值判断和行为取向。就翻译活动而言,译者的文化身份(包括民族、职业、语言、性别等)必然会对其译介产生决定性影响,并导致不同的译介行为和译介结果。(付文慧,2011)

童年时期的艾黎酷爱读书,十四五岁时已读了大量的英国作品。19世纪下半叶自由诗应运而生,在西方诗歌史上产生了巨大的影响。第一次世界大战到第二次世界大战之间的20年是自由诗迅猛的大发展时期。在这期间自由诗不但在诗坛上取得了与格律诗平起平坐的地位,而且开始超过格律诗,成为20世纪主要的诗歌表现形式。(吴翔林,1993:254)对于教师之家出生并且热爱读书的艾黎来说,英语世界主流诗学不可避免地会给他带来或大或小的影响。这种影响在艾黎后来的创作和翻译中都有所体现。艾黎在其自传中说"形式参差不齐的诗句,随着我的手指拨动打字机的键盘,像阵风或火山般迸发出来","我的目标是用清晰、简明、直接的语言表达一种意境,不使用音韵技巧,不写学院式的冗长诗篇"(艾黎,1997:244)。在翻译杜甫这组现实主义诗歌的过程中,艾黎选择自由体的译诗方式,用散文式的改写突破格律体诗歌形式上的限制,自由而又深刻地抒发内心的情感,更全面地表现了杜甫诗歌的精髓;并且选择使用较复杂的单词以传递更多的原文信息,这些都与他独特的经历所形成的文化身份密不可分。

许渊冲1921年生于南昌,自幼酷爱文学,钟情中国古典文学。1938年许渊冲考入昆明西南联合大学外文系,在那里许渊冲与钱钟书、柳无忌、萧乾、闻一多、卞之琳等交流,愈发增强了他对古典文学的热爱,进而萌发将古典诗词译成韵文的想法。

在许渊冲的回忆录《逝水年华》中,他写到他小学六年级的时候读过朱自清的《背影》,但他喜欢的并不是这篇描写父子真情、朴实无华的课文,而是更能打动幼小心灵的那一篇《匆匆》。"我在作文中模仿了开头这几句,结果得了95分。可见我小时候就喜欢比喻和对仗,这为我后来的诗词翻译打下了基础。"(许渊冲,2011:17)美学大师朱光潜在给许渊冲关于毛泽东诗词英译的回信中说道:"意美、音美和形美确实是作诗和译诗所遵循的。""这给了我很大的鼓舞,因为当时的译坛是分行散文一统天下。"(许渊冲,2011:17)。

许渊冲对于中华文化有着极高的认同感。"89岁的老翻译家许渊冲,说话爱以'我们中国人'开头。在他那里,'我'与'我们中国人'几乎是同一个主语。"(刘文嘉,2010)他的老同学何兆武谈起他这种"民族情怀"时说:"我们那一代人,曾面临过亡国灭种的危机,所以个人理想总是和国家理想一致。"许渊冲评价中西文化:"希腊罗马都是小国;美国历史不长,才两百多年。中国5 000年文化要走出去。""西方对中国文化了解得很不够,中国的文化博大精深,世界独一。"(刘文嘉,2010)正是在这种文化身份带来的认同感的驱使之下,许渊冲不遗余力地将中国的古诗词译成韵文,以期更接近原诗的意境和效果,实现中华文化"走出去"。

3.4.5 结语

本书选取路易·艾黎和许渊冲对杜甫的"三吏""三别"的英译作为研究对象,通过语料库的方法从词汇和句子两个层面考察了两个译本的风格,并探讨原因。艾黎译本所传递的原文信息更加丰富,对于文化负载词以及典故等的翻译十分充分,翻译风格倾向于散文式的改写。许渊冲译文则更加注重形式上的统一,保留了原文的诗歌形式,讲求押韵。产生上述两种译文风格差异的可能原因主要有三点:译者的不同翻译目的、译者的不同翻译理念以及译者的不同文化身份。

第 4 章　英文版《中国文学》(1951—1966)英译作品语言特征研究

4.1　引言

20世纪90年代以来,随着语料库翻译学研究的兴起与发展,国内外翻译学界开展了一系列基于语料库的翻译语言特征研究。Mona Baker(1995)率先基于可比语料库探讨翻译文体特征,尤其是从类符/形符比、平均句长等方面分析翻译语言特征。国内学者也开展了一系列基于语料库的翻译语言特征研究。相比之下,国内学者做得较多的是基于语料库的汉译语言特征研究,基于语料库的英译语言特征研究则较为少见。

英文版《中国文学》对20世纪中国文学对外传播起到了至关重要的作用,但目前学界对其汉语作品英译文的语言特征研究尚付阙如。我们运用《中国文学》(1951—1966)汉英平行语料库,结合相关语料库软件,分析小说散文英译文的语言总体特征,探讨当代戏剧英译文的语言时代风格,并分析英译文中 there be 结构运用、漏译/省译、古代散文语气改写等情况。

4.2 《中国文学》(1951—1966)小说散文英译特征研究

4.2.1 引言

英文版《中国文学》自1951年创刊至2001年停刊,在这50年间共出版590期,介绍作家、艺术家2 000多人次,译载文学作品3 200篇,涵盖小说、散文、诗歌、评论及时事简讯等体裁。它是外国人了解中国文学的一副望远镜,对中国文化的传播起到了至关重要的作用。"十七年"是中国文学对外译介的特殊时段,而学界对其研究却不够充分。学界已有一些学者对《中国文学》(1951—1966)的译介活动给予了关注,如田文文(2009)联系当时的时代背景、文学生态及中外文学交流关系讨论了1951—1966年间《中国文学》的内容、形式、翻译及影响;林文艺(2011)考察了《中国文学》作品选择策略;倪秀华(2013)探讨了《中国文学》与冷战时期新中国民族国家建构之间的关系,指出这一刊物在特定历史时期的重要作用;郑晔(2012)提及这一时期《中国文学》的译介内容、译介效果等。但很少有人描述过这一时期《中国文学》英译作品所表现出来的总体翻译特征,而了解其英译作品的总体翻译特征对于我们深究"十七年"政治文化背景对译介活动的影响,更加透彻地解读《中国文学》英译作品具有十分重要的意义。笔者选取《中国文学》(1951—1966)的小说散文英译作品进行这一尝试。

笔者通过对比阅读《中国文学》(1951—1966)小说散文汉英两类文本,发现三点普遍存在于小说散文英译文本中的翻译特征,且这些特征具有当时特定时代背景下的特殊性。

4.2.2 译文正面主题强化

《中国文学》作为国家外宣刊物,其源语底稿一般会经过外文出版社中文编辑的加工,避免与主流意识不符的内容流传出去,不适合对外宣传的负面形象也会删除。由源语社会发起并从事的翻译活动多倾向于立足本土社会的意识形态与诗学规范(倪秀华,2013)。既然《中国文学》在选择编辑作品时就注重避免负面形象的树立,那么译者在翻译作品过程中是否也会受到国家外宣政策的影响,在有意无意之中将译文的正面主题强化呢?

我们知道,一个汉语词语可有多个相对应的英文表达法,如"喜欢"可译为 like、love、adore 等,但这看似意义相同的单词却在语义上有细微的差别。Martin 的评价理论就注意到了这一点。

评价理论是功能语言学对人际意义研究的新发展,它关注语篇中可以协商的各种态度(李战子,2004)。借助评价系统的三大子系统之一的态度系统中的情感(affect)可以考察词汇深层的意义。情感系统分为"品质"情感(affect as "quality")、"过程"情感(affect as "process")与"评注"情感(affect as "comment")。"品质"情感是指用表品质的词汇或短语表达的情感,包括以-ly 副词为中心的副词短语、疑问词 how、how+适当的副词及修饰名词中心词的品质形容词,如 the brave boy 中 brave 作为品质形容词修饰参与者 the boy。情感意义有肯定和否定两种,肯定的品质词表达正面意义,而否定的品质词则表达负面意义。无论是肯定还是否定,意义又都可根据强度分为低、中、高三个级别(王振华,2001)。如:

(1) The girl likes the doll.

(2) The girl loves the doll.

(3) The girl adores the doll.

以上三句话虽都可由"这个女孩儿喜欢洋娃娃"翻译而来,但是句(1)的"喜欢"程度为低级,句(2)的喜欢程度为中级,句(3)的喜欢程度为高级。因此,观察译者在源语中对同一源语品质词的翻译选词,可以窥见译者向读者传达的品质词强度,从而知道译文相较于原文是否有情感意义上的强化。

欲知译文正面主题是否强化,就得先弄清楚1951—1966年间《中国文学》所译介的小说散文主要涉及什么题材。郑晔(2012)指出,1951—1966年间《中国文学》译介作品主要为工农兵服务,其题材主要是战争和工农兵生活。20世纪50年代,《中国文学》编辑部在其赞助人的指示下明确规定该刊物的题材必须是"介绍中国人民在解放事业中所做的英勇斗争;介绍中国人民为建设社会主义社会和争取世界和平所做的辛勤努力;介绍在毛泽东的文艺方针指导下的文艺创作经验和文艺理论;介绍我国整理文学遗产的成果"。而20世纪60年代前期,外文社又规定《中国文学》将重点放在"反映中国人民的革命斗争和社会主义建设的伟大成就上"(郑晔,2012)。

笔者在观察语料库中的高频词后,选取处于高频词表前列并与战争和工农兵生活密切相关的词语"勇敢""幸福"来分析译文对应翻译词语的情感强弱。当然,高频词中还有其他品质形容词可供选择,如"好""老""黑""聪明",等等,但是选择"勇敢""幸福"能够保证反映主题的代表性及正面性,"勇敢"所修饰的主要为我方战士,"幸福"修饰的主体主要为我国人民。

通过在ParaConc中输入"勇敢"得到汉英平行句219对,从中筛选出含有正面意义的品质词汇或短语表达的句子155对,统计归类后得到35种不同的表达。由于同根词如brave、bravery、bravely表达的情感强度相同,故归为同一强度。如何评估词汇强度呢?通过查阅《柯林斯COBUILD高级英语词典》,发现选择不同翻译词汇可以表达不同强度的"勇敢"。如brave的定义为"someone who is willing to do things which are dangerous, and does not show fear in difficult or dangerous situations"; heroic 的定义为"if you describe a person or their actions as heroic, you admire them because they show extreme bravery"; undaunted 的定义为"if you are undaunted, you are not at all afraid or worried about dealing with something, especially something that would frighten or worry most people"。通过分析可以发现，heroic 的情感强度比 brave 高，因为 heroes "show extreme bravery"; undaunted 比 brave 情感强度高，因为 undaunted 强调的是"most people are worried and frightened"的情景下表现出的勇敢。因此，笔者根据定义把这 35 种不同的表达进行强度归类。由于不同表达之间的强度界限模糊，笔者仅根据需要把 brave 作为参考，归为中级强度。低级强度比 brave 低，高级强度比 brave 高。现得到"勇敢"对应翻译表达频率如表 4.1：

表 4.1 "勇敢"对应的翻译表达强度分类

强度归类	"勇敢"对应的翻译表达	出现频数	频率
低级强度	rash	1	1.3%
	active	1	
中级强度	brave, bravery, bravely, braver, bravest	50	88.4%
	courageous, courageously, courage	60	
	bold, boldly, bolder, boldness	21	
	have guts	2	
	stout	1	
	well	1	
	with spirit	1	
	tough	1	

续表

强度归类	"勇敢"对应的翻译表达	出现频数	频率
高级强度	fearless, fearlessness, no fear	4	10.3%
	heroic, hero	2	
	valor, valiantly	2	
	without any qualms	1	
	desperate	1	
	unflinchingly	1	
	plucky	1	
	splendidly	1	
	mightier	1	
	undaunted	1	
	gallantly	1	

从4.1表我们可以看出,"勇敢"对应的英语词低级强度占1.3%,中级强度占88.4%,高级强度占10.3%。大体上译者能再现原文的情感强度,但从高级强度的占比也可以看出明显的强化倾向。比如原文中的"党支部勇敢地担负起了一切责任"翻译为"the Party branch shouldered all responsibility unflinchingly"。译者在翻译"勇敢"时有很多对应词汇可以选择,如 bravely、courageously、boldly,等等,但译者选择了 unflinchingly。该词所表现出的勇敢是一种刚毅不屈、百折不挠的勇敢,情感强度高于 bravely 等词,这就强化了党支部担负责任的决心与毅力。

同样地,按照上述步骤搜索"幸福",得到汉英平行句461对,其中含有正面意义的品质词汇或短语表达的句子共156对,统计归类后得到46类不同表达。

根据《柯林斯COBUILD高级英语词典》,"幸福"所对应的翻译表达表现出不同强度的情感意义。如joy是"a feeling of great happiness",bliss是"a state of complete happiness",两者分别用形容词great和complete来修饰happiness,joy和bliss的情感强度比happiness高。照此方法,笔者以happiness的情感强度做参考,得到表4.2的"幸福"情感强度分类表。

表4.2 "幸福"对应的翻译表达强度分类

强度归类	"幸福"对应的翻译表达	出现频数	频率
低级强度	thankful	1	0.6%
中级强度	happy, happier, happiness, happily, happiest	88	78.8%
	lucky, luck, luckier	10	
	pleased, pleasure, pleasant	7	
	fortunate, fortune	6	
	content, contently	3	
	prosperous, prosperity	2	
	sweet, sweetness	2	
	pride	1	
	peaceful	1	
	warm rosy	1	
	some deeper emotion	1	
	gay	1	

续　表

强度归类	"幸福"对应的翻译表达	出现频数	频率
高级强度	joy, joyful, joyfully	13	20.5%
	bliss, blissful, blissfully	4	
	ecstasy	3	
	honors	1	
	wonderful	1	
	satisfaction and joy	1	
	pride and happiness	1	
	glad	1	
	brilliant	1	
	perfect	1	
	nothing better	1	
	splendid	1	
	excitement	1	
	great	1	
	entranced	1	

观察表4.2可以看出,"幸福"对应的英语词低级强度占比0.6%,中级强度占比78.8%,而高级强度占比20.5%。译文大体上再现了原文的情感强度,但20.5%的高级强度数据表明译者无意或有意地使"幸福"程度强化。如原文中"咱们是多么幸福啊!"翻译为"Our life is perfect, isn't it?"译者从众多对应词语happy、satisfying、peaceful等词中选择perfect一词表现小说人物对当时生活有极度的满足感和强烈的幸福感。所以,小说人物的幸福程度通过译者的翻译选词得到了强化。

通过对"勇敢""幸福"两个词语的情感强度再现情况分析可以发现,《中国文学》(1951—1966)的"勇敢""幸福"情感强度高于原文。这就使译文中我方战士更加勇敢，党支部的责任心更强，小说人物更加幸福。译文正面主题强化这一特征具有时代背景下的特殊性。《中国文学》是在对外宣传新中国，重新塑造中国形象的动机下创办的。无论是对于作品选择还是中文原文的编辑加工，《中国文学》编委都注重避免与主流意识不符的内容流传出去。《中国文学》的译介作为有组织有计划的对外文化交流活动，译者的翻译策略选择势必也在源语语境的主流意识形态影响之下。所以，从头至尾，《中国文学》都要经历一个选择的过程。在考虑译介哪些作品时会有选择，20世纪五六十年代的《中国文学》倾向选择：① 宣传新中国成立初期新中国形象、反映新中国成立后人民社会生活的作品，并对涉及爱情或性爱方面描写的作品不予选取；② 遵循当时文学发展潮流、宣传我国文艺政策的作品；③ 配合国家政治外交的作品；④ 纪念某一重大历史事件或历史人物的作品；⑤ 符合编审本人的文学兴趣、杂志领导意愿的作品等（林文艺，2011）。翻译过程中，原文文本内容哪些译出、哪些省译也有选择。译出的内容选用何种翻译策略、何种词语、何种句法也有选择。编委与译者做何选择受制于政治需求、外交需要、文艺政策及文学思潮等因素。外文出版社虽没有明文规定译者需要强化译文正面主题，却在政策上给了译者足够的选择自由："由于各民族语言的习惯及表达方法不同，外文版可以在无损原作内容的基础上做词句的修辞，使翻译文字优美、流畅，得到应有的宣传效果。"（戴延年、陈日浓，1999）因此，译者处在中国共产党需要巩固新生政权，《中国文学》期望扭转中国在国际上被丑化的国家形象、展示中国正面形象的环境之下，势必有意无意地将译文正面主题强化。

4.2.3　译文语言简化

简化指翻译文本相对于原语文本或目标语原创文本在整体上表现出语言难度降低的趋势（王克非、黄立波，2007）。本书所指的简化是翻译文本相对于非翻译文本也就是目标语原创文本所表现出来的简化。

笔者运用 Word Smith 软件得到该语料库所有英文文本的统计数

据,其中包括形符、类符、类符/形符比、标准化类符/形符比、平均词长及平均句长等。为了发现《中国文学》(1951—1966)英文语料在遣词造句方面有何不同寻常,需要寻找目标语语料库作为参照语料库。研究选取英国国家语料库(BNC)作为参照语料库。BNC 是目前世界上最具代表性的当代英语语料库之一,其库词容量超过 1 亿,由 4 124 篇代表广泛的现代英式英语文本构成。因此,用 BNC 作参照库统计出来的数据能够代表英语国家语言的一般特征。为了能够与《中国文学》英文语料做横向对比,笔者只选取了 BNC 语料库中的小说散文。统计数据如表 4.3 所示:

表 4.3 《中国文学》语料与 BNC 语料对比

	中国文学英文语料	BNC 小说散文语料
形符总数	3 309 505	55 563 360
类符总数	34 744	339 566
类符/形符比	1	1
标准类符/形符比	42.99	43.29
标准类符/形符比标准差	56.72	57.49
平均词长	4.22	4.72
词长标准差	2.22	2.65
平均句长	13.18	22.11
句长标准差	9.62	16.46

从以上数据可以看出,《中国文学》的标准类符/形符比为 42.99,而 BNC 小说散文库的标准类符/形符比为 43.29。前者比后者小,说明《中国文学》的译文在词汇选择上相对单一,倾向使用相同的词汇,多次重复。而 BNC 中的词汇则富于变化,更加灵活。在标准类符/形符比标准差这一参数上,《中国文学》为 56.72,而 BNC 小说散文库为 57.49,这表明《中国文学》的词汇变化程度不及 BNC 小说散文的词汇变化程度高。再看平均词长,平均词长较长的文本使用的长词较多,文本更深

奥,反之则文本语言更简洁浅显。《中国文学》的平均词长为4.22,而BNC小说散文库的平均词长为4.72,由此可知,《中国文学》译者倾向于选择简单短小的词汇。最后看词长标准差,《中国文学》的词长标准差为2.22,而BNC的词长标准差为2.65,这说明前者的词汇长度偏离平均词长程度比BNC的小。

除了以上数据之外,笔者还对《中国文学》和BNC小说散文库的词汇密度做了对比。Stubbs把词汇密度定义为实词形符与总形符的比例,即

$$词汇密度 = 实词数 \div 总词数 \times 100\%$$

英语中的实词包括名词、动词、形容词及部分副词,用TreeTagger软件对英文版《中国文学》语料库附码后,再用Word Smith分别对两个语料库进行检索计算,很容易得出上述实义词词性的比例,结果如表4.4所示:

表4.4 《中国文学》与BNC小说库实词对比

	名词	动词	形容词	副词	词汇密度
《中国文学》	18.27%	14.75%	6%	6.7%	45.72%
BNC小说散文	26.72%	10.23%	7.75%	5.52%	50.21%

从表4.4可以看出,《中国文学》的词汇密度低于BNC小说散文库的词汇密度,这说明前者的词汇较之后者信息容载量小。

通过以上分析,我们可以得出结论,《中国文学》在词语层面被简化了。

而在句子层面,《中国文学》的平均句长为13.18,而BNC小说散文的平均句长为22.11,这说明《中国文学》译者在造句时倾向使用短句,使得译文简洁凝练。在句长标准偏差这一数据上,《中国文学》为9.62,这近乎BNC小说散文句长标准偏差的一半,由此可看出前者的句长变化远不及后者的句长变化大。所以,《中国文学》中的句型较英语国家通行语言更为简单化,倾向于使用凝练短小的句子表达。

综上,无论是从词汇层面还是句子层面,译文都表现出语言简化倾向。译文语言简化的原因主要有以下两点:一是汉英两种语言的固有差异,汉语重意合,英语重形合。汉语句子比英语句子更为短小,这就导致译者在翻译时难免受到源语造句思维的影响,译出的英语语句较之于形合思维下的英语原始语句简单短小。二是外宣政策的影响。20世纪60年代中期,外文出版社在对外宣传的文风、方法上有了一些改进,提倡"文字力求通俗易懂,篇幅短小。译文坚决克服'中国化'的毛病,不能死译、直译,弄成北京式的外文"(习少颖,2010)。这一指导方针便直接导致译者选择简单易懂的词汇,把译文语言简化。

4.2.4 四字成语的归化翻译倾向

笔者在阅读过程中发现《中国文学》(1951—1966)小说散文英译文本中四字成语的翻译总体呈现归化倾向,并试图通过语料库方法来证明这一特征。四字成语是中国文化的重要载体,且有其稳定的四字构词形态,故其翻译策略的考察具有很强的可操作性。利用 AntConc 软件在该语料库中检索出四字词语类符 5 015 个、形符102 528个,并通过查阅成语词典排除其中的非成语四字词语,得到四字成语类符 2 123 个,形符 7 823 个。

归化与异化是翻译中对待文化因素的两种不同的策略。前者以目标语或目标语读者为归宿,采用目标语读者习惯的用语方式来表达原文内容,以帮助目标语读者更好地理解译文,增强文章的可读性和欣赏性;而后者则强调"让作者安居不动,而引导读者去接近作者"(Venuti,1995:12-20),译者保留源语的语言特点,让译文读者体会到异国情调。张兢田(2003)将成语的归化按原因分为由语言文化引起的归化和由社会文化引起的归化。前者涉及对偶成语、双音重叠成语和数字成语等,如"贪官污吏"常译为 corrupt official,"踉踉跄跄"译为 walk unsteadily,"七零八落"常译为 to go to rack and ruin 等。后者涉及比喻修辞的成语及典故成语等,如"做贼心虚"常译为 have a guilty conscience,"南柯一梦"常译为 an empty dream 等。他认为异化策略适用于人们耳熟能详的带有典故的成语,如"愚公移山"等。笔者对从语料库中得到的 7 823 个成语的英译策略选择进行定性研究,结果如表 4.5 所示:

表 4.5 《中国文学》四字成语英译策略

成语总数	归化	异化	省译
7 823	5 131	449	2 243
100%	65.59%	5.74%	28.67%

如表 4.5 所示,选择归化策略的四字成语有 5 131 个,异化策略的有 449 个,省译的有 2 243 个。归化占比 65.59%,异化占比 5.74%。可见,《中国文学》(1951—1966)小说散文英译中四字成语的翻译策略总体倾向于归化。尽管《中国文学》杂志的译者众多,译者风格迥异,但大体上采用归化策略,同时兼用异化。归化策略选择的比率相较于异化占绝对优势,其原因是多方面的。一是适合采取归化策略的成语,即对偶成语、双音重叠成语和数字成语等词类在原文小说中使用较多,且它们的重复率较高,如出现频数最高的 4 个四字成语为"自言自语""不知不觉""不慌不忙""四面八方",分别出现 174、125、77、57 次;而适合采取异化策略的典故成语等类型的词语使用较少,且其使用重复率又相对小得多,如"朝三暮四"出现 1 次、"焚书坑儒"出现 1 次、"愚公移山"出现 4 次、"千刀万剐"出现 4 次。这就客观地导致归化策略多于异化策略的使用。二是译者基于译文可读性与读者可接受性的考虑。如"趁火打劫"本是有比喻意义的成语,表示乘人之危谋取私利。这一成语在语料库中共出现 3 次,都采用了归化译法,一处译为 fish in troubled waters,两处译为 take advantage of …,这无疑拉近了译文与读者的距离,使其可读性加强,可接受性提高。三是受当时文学翻译家的翻译理论影响。1954 年,茅盾在全国文学翻译工作会议上做了《为发展文学翻译事业和提高翻译质量而奋斗》的纲领性报告,提出"艺术

创造性的翻译"理论。随后翻译界便掀起一股清除"翻译体"的浪潮。傅雷也在《〈高老头〉重译本序》中强调翻译应重神似而非形似。1963年,钱钟书在《林纾的翻译》中提出"化境"的思想,他认为:"把作品从一国文字转变成另一国文字,既能不因语文习惯的差异而露出生硬拗口的痕迹,又能完全保存原作的风味,那就算得入于'化境'。"在这些翻译观点的指引下,"新中国成立后的文学翻译家大多以'艺术创造性的翻译'为目标,追求'神似',向往'化境',力求使自己的译文读起来不像译作,而像'写作'"(孙致礼,2002)。

4.2.5 结语

本节从译文主题、语言特点和翻译策略三个方面论述了《中国文学》(1951—1966)小说散文英译的特征。笔者使用语料库方法,运用ParaConc、AntConc 和 Word Smith 软件检索统计,保证了数据的可靠性与客观性。对《中国文学》(1951—1966)英译特征的探究进一步丰富了对《中国文学》作品英译的研究,有利于加深对《中国文学》作品英译的认识。但《中国文学》(1951—1966)小说散文的英译特征远远不止这三点,更多特征还有待进一步发现。

4.3 《中国文学》(1951—1966)古代散文英译文语气改写研究

4.3.1 引言

诗文在我国文学史上一向处于主导地位。然而清末民初,随着西方文学观念的涌入,情况大为改观,我国散文文体发生了急遽的变化(付建舟,2009)。对于散文概念的理解不仅古今不一,而且中外有别。

散文作为文体概念直到南宋才被提出。此后,"散文"的名称开始流传。自骈文兴起,始有"骈""散"两体,散文之所以称"散",最早的含义是指散行不拘,不受节奏和音韵的限制,用以与骈文相区别。概括说来,古代散文是指所有非韵文,包括经传、史书、赠序、哀祭、碑志、书信等。陈必祥(1987)的《古代散文文体概论》曾把散文分为记叙性散文(包括传记、游记、笔记等)、说理性散文(包括论、辩、议、说、杂文等)和实用性散文(包括书信、序跋、公牍、碑志等)。通常人们根据语言表达方式的不同将散文分为记叙散文、抒情散文和议论散文。

无论是记叙、抒情抑或是议论性的散文,都不可能脱离语气而独立存在。所谓语气,是指通过语法形式表达的说话人针对句子命题的一种主观意识,包含三层含义。第一,语气是存在于句子平面的;第二,语气的表达与说话人的言语行为有密切的关系;第三,语气的表达必须有形式标志(齐沪扬,2002)。语气是言者的感情和态度,并以此影响闻者的态度和行为。

在种类繁多的中国古代散文中,存在大量包含语气情感的句子、段落,翻译时如何处理语气关系到译文的质量和风格,然而对古代散文英译语气的改写研究一直少有问津。已有的研究成果更多地集中于关注古代散文的美学意义、散文的意象和意境的传递等方面(宋翠平,2010),语言学角度的古代散文语气翻译研究尚属空白。本节拟研究《中国文学》(1951—1966)刊登的中国古代散文英译文的语气翻译特征,希望有助于弥补国内汉语散文英译研究之不足,并为将来译者在散文翻译过程中恰当地处理语气提供参考。

4.3.2 研究设计

4.3.2.1 语料选取

本书以《中国文学》(1951—1966)中的古代散文为研究对象,搜集这一时期出版的《中国文学》杂志中所有古代散文体裁的文章,共69

篇①，包括史传文、赠序、议、说、游记、碑志等多种类型，既有说理议论，也有抒情感慨，内容丰富。笔者通过自建英汉双语平行语料库，将搜集的素材校对、去噪、平行、分词、去除标签，最后整理成可以使用ParaConc直接检索的语料。

4.3.2.2 研究方法与步骤

一般来说，以句子为单位，依据句子的功能，语气可分为陈述、疑问、感叹和祈使。彭宣维（2000:142）兼顾结构和言语功能给出了一个汉语语气结构图，见图4.1：

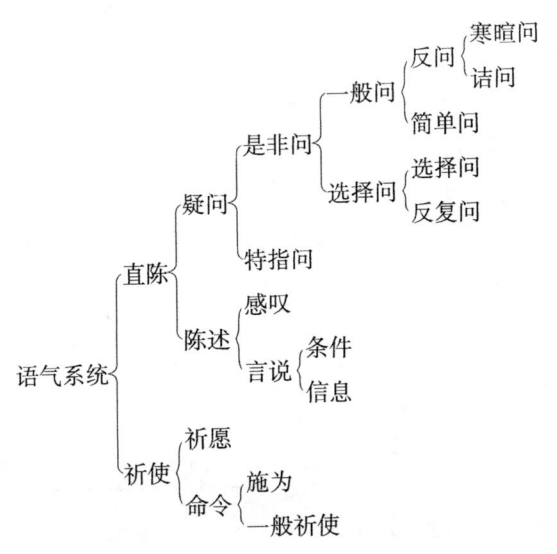

```
                    ┌─ 一般问 ┬─ 寒暄问
                    │        ├─ 反问
           ┌─ 是非问 ┤        └─ 诘问
           │        │        ┌─ 简单问
    ┌─ 疑问┤        └─ 选择问┼─ 选择问
    │      │                 └─ 反复问
    │      └─ 特指问
 直陈┤
    │      ┌─ 感叹           ┌─ 条件
    └─ 陈述┤                 │
           └─ 言说 ──────────┼─ 信息
语气系统
    ┌─ 祈愿
 祈使┤        ┌─ 施为
    └─ 命令 ──┤
             └─ 一般祈使
```

图4.1 汉语小句的语气系统

图4.1中，疑问语气和感叹语气同属于直陈语气，往下又分为许多小类，语气系统绝大部分内容都涵盖于此；而祈使语气是用来表示命令、请求的句子，其语法功能单一而明确。较之祈使语气，疑问语气和感叹语气的使用频率更高、使用范围更广，因此笔者选择更具代表性和典型性的疑问语气和感叹语气作为本书的研究对象。

---

① 实际刊登文章与目录不符，有9篇材料残缺。

疑问句表达疑问语气、感叹句表达感叹语气，是这两类句子区别于其他句子的根本性质。表达语气的手段多种多样，疑问语气主要依靠语调以及疑问语气词（耶/邪、乎、哉、焉等）、语气副词（岂、宁、可等）、疑问代词（何、谁等），有时也运用特定的句子结构形式（莫不……、宁否？等）（刘开骅，2008：2）。感叹语气具有强烈的感情色彩，其形成主要依靠语气词（乎、哉、与/欤、矣、夫等）、表示程度的副词（诚、何、何其、一何、若是等）、句首感叹词（呜呼、嗟乎、噫、嘻等）等。语调可以帮助某些句子表达语气，对于古代汉语，只有存世的书面语言材料可供研究，无从了解其语调。本书将从其他外在语气表达手段出发，探究语气改写的情况。

根据上述对语气表达手段的界定，笔者运用检索工具并辅之以人工处理，发现原文疑问和感叹语气在译文中存在许多改写现象，具体见表4.6和表4.7。对检索结果及统计结果进行分析，解释这些现象所带来的语言效果以及产生的原因，可为将来的古代散文翻译研究提供借鉴。

表4.6 原文疑问句对应译文分布

原文疑问句	对应译文		
	疑问句	感叹句	陈述句
202	127/62.9%	10/5.0%	65/32.2%

表4.7 原文感叹句对应译文分布

原文感叹句	对应译文		
	感叹句	疑问句	陈述句
154	51/33.1%	24/15.6%	79/51.3%

4.3.3 结果分析与讨论

中西方对于语气这一语法范畴的认识不同，汉英语气系统之间也存在巨大差别。汉语语法研究中，把语气作为一种语法范畴予以明确

第4章 英文版《中国文学》(1951—1966)英译作品语言特征研究

并进行相关研究是很晚的事情,并且从一开始就受到西方语法的影响。国内外学者对于汉语语气系统也是众说纷纭、莫衷一是。

丹麦著名语言学家叶斯柏森(1988)在其代表作《语法哲学》中指出,传统的话语分类方法,即把句子分为陈述句、疑问句、愿望句和感叹句"值得商榷",主张根据说话人是否想直接通过他的话语对听话人的意念施加影响的分类标准,即纯意念性的分类(齐沪扬,2002)。但是他的主张并没有明确回答语气是什么、语气分类是否等同于话语分类两个问题。之后许多西方学者,如利奇和斯瓦特威克、帕默等都不同程度地对汉语语气系统进行了定义和分类研究。但是他们的理论对语气分类的结果并不能令人满意。因为西方语言学对语气系统的研究主要以英语作为研究对象,但汉语和英语毕竟是两种完全不同的语言,语法构造不同,表达方式更不相同,因而对英语语气系统的研究不能照搬到汉语语气系统中来。

国内学者对汉语语气系统的关注应当从马建忠出版《马氏文通》之后开始。1898年《马氏文通》出版,标志着中国汉语语法学得以创立(齐沪扬,2002:1-12)。之后,王力、吕叔湘、黎锦熙、高名凯、胡明扬、贺阳等对汉语语气系统进行了卓有成效的研究,推动了汉语语气系统的建立和发展。

本书所讨论的中文语气主要依据齐沪扬的定义,即语气是指通过语法形式表达说话人针对句子命题的一种主观意识。通过观察上述检索结果不难发现如下两个特征:

特征一:译文较多地保留一致式或将隐喻式改写为一致式

根据韩礼德系统功能语法,任何一种给定的语义配置,总是在词汇—语法(即"措辞"方式)中存在某种体现方式,可以看作一致式(congruent form);其他在某些方面"被转移了的"体现方式,叫作隐喻式(metaphorical form)(韩礼德,2010:452)。换句话说,如果句子的语气和言语功能保持一致,则称为一致式,反之则称为"非一致式",即"隐喻式"(见表4.8)。

表 4.8　汉语语气隐喻的句式体现

	一致式	非一致式（隐喻式）
陈述:给出信息	我不喜欢写作业。	你以为谁喜欢写作业？ 真讨厌写作业！
疑问:需求信息	你为什么喜欢写作业？	说出你喜欢写作业的原因。
祈使:要求物品或服务	周末把作业交上来。	周末作业必须交吗？

表 4.6 显示原文的疑问句绝大多数在译文中保留其疑问语气,比例达到 62.9%,但仍然有三分之一的句子在译文中进行了语气改写;原文中的感叹句语气改写的比例则更大,表 4.7 原文感叹句在译文中保留其语气的比例只有 33.1%,66.9%的感叹句在译文中被改写为疑问和陈述语气。笔者对检索结果进行分析,整理出下面四种改写方式:(1) 隐喻式改为一致式;(2) 一致式改为隐喻式;(3) 保留隐喻式;(4) 保留一致式。

(1) 隐喻式—一致式。如:圣人之所以为圣,愚人之所以为愚,其皆出于此乎？(韩愈《师说》)

No doubt this is what makes some sages and others fools.

(2) 一致式—隐喻式。如:今君有一窟,未得高枕而卧也。(《战国策·冯谖客孟尝君》)

How can you, with one hole only, sleep at ease?

(3) 隐喻式—隐喻式。如:何为乎不鸣其善鸣者也！(韩愈《送孟东野序》)

And if not, why were there no better singers?

(4) 一致式—一致式。如:吾不可去,汝不肯来,恐旦暮死,而汝抱无涯之戚也！(韩愈《祭十二郎文》)

I cannot leave my post, and you will not come. If I were to die suddenly, you would be sorry ever after.

第4章 英文版《中国文学》(1951—1966)英译作品语言特征研究

韩礼德认为,根据言语交际的性质,其目的可以分为交换信息和交换物品与服务两大类。从讲话者的角度出发,交换信息和交换物品与服务又可以分作给予和索取两类,就形成了陈述(statement)、提问(question)、提供(offer)、命令(command)四种基本的言语功能(魏在江,2003)。一般来说,前两个功能分别对应"陈述语气"和"疑问语气",后两者与"祈使语气"相对应。而通常意义上,疑问句表达疑问语气,陈述句表达陈述语气,命令句体现祈使语气。然而,在检索结果中,我们看到,不论是疑问语气还是陈述语气,在原文和译文中并不完全对应,存在较大的改动。

功能语言学认为,"选择就是意义",形式是意义的体现,意义来源于形式与功能的结合。言语功能范畴(即语义层面)和语气范畴(即词汇语法层面)之间是一一对应的关系。但是,实际应用时,语义层面和语法层面的对应关系却并非如此简单,还会出现非一致式(即隐喻式)的对应,如需求信息除了可以用疑问语气,也可以用祈使语气或陈述语气来实现。如例(1)中原文和译文分别使用疑问语气和陈述语气,语义层面保持了一致,但在语法层面却截然不同。因此,一种语气可以体现不同的言语功能,一种言语功能也可以由不同的语气形式来体现。那么,译者选择与原文不同的形式来实现句子的意义是否有其特定目的呢?

像上述例子一样,原文和译文分别选用不同的表现形式的句子还有很多,笔者将语气有改写情况的句子进行统计和分类,用以观察译者的改写倾向。统计结果如表4.9:

表4.9 语气改写方式具体分布

语气改写方式	原文—译文			
	一致式—隐喻式	一致式—一致式	隐喻式—一致式	隐喻式—隐喻式
数量	14	45	104	15
比例	7.9%	25.3%	58.4%	8.4%

相对于一致式来说,隐喻式在某些方面发生了"偏离",即译文不直接告知原文作者想表达的意思。在人类语言认知的过程中,我们最先接触并掌握的是语义层和语法层一致的常规表达,在学习之后才逐渐掌握隐喻表达。隐喻式的理解难度相对于一致式而言更高。根据统计结果,译者更多地倾向于将原文中的隐喻式改写为一致式,比例达到58.4%,而其他的改写方式中,保留原文一致式比例较高,为25.3%,整体趋势是将较难理解的隐喻式改写为一致式,或保留原文的一致式。

特征二:语气改变句子中直接引语占比高

除了上述特征,分析结果还显示,语气发生改变的句子中直接引语的比例较高,平均比例达到52.2%。也就是说,语气改变的句子里,一半以上发生在直接引语中,这一现象在散文中可谓罕见,具体见表4.10。

表4.10 直接引语占语气改变句子比例

	原文疑问句		原文感叹句	
	改陈述	改感叹	改陈述	改疑问
	65	10	79	24
直接引语数量	35	4	41	13
比例	52%		52.4%	

直接引语(direct speech)是指将某人的话原封不动地再现给读者,使他们能够准确地了解、掌握原话的内容(刘煜,1986)。一般来说,大量使用直接引语是小说语言的显著特征之一,也是塑造人物性格的最典型手法之一,而在散文体裁的作品中,直接引语这一叙述形式出现频率相对较低。然而,本书所选取的研究对象中,直接引语的比例达到12.45%,语气改写句子中直接引语的比例都高于50%,并且主要集中于疑问语气或感叹语气向陈述语气转化的过程中,疑问和感叹两种语气之间的转化并不多见。此外,直接引语语气改写方式的趋势基本与

全文的改写趋势一致，都是保留一致式或将隐喻式改为一致式的比例最高。

发生语气改变的直接引语可根据其叙述视角的不同分为两类：第一人称叙述视角下的直接引语和第三人称叙述视角下的直接引语。例如苏轼《后赤壁赋》中"我"与"客"的对话即为第一人称叙述视角下的直接引语；而第三人称叙述视角下的直接引语除像司马迁《史记》中的人物对话之外，还有诸如发表感慨、议论、对文章内容进行评价或总结、升华思想一类直接引语，其表现形式多为"叹曰、赞曰、太史公曰"等，例如韩愈《送李愿归盘谷序》末尾处，"……与之酒而为之歌曰：'……膏吾车兮秣吾马，从子于盘兮，终吾生以徜徉'……"。

经统计分析发现，第三人称叙述视角下的直接引语比例远高于第一人称叙述视角，如下表4.11：

表4.11　语气改变句子的直接引语类型分布

	第一类	第二类	
数量	9	66	18
比例	9.7%	71.0%	19.4%

第一人称叙述视角下，叙述者仅说出某个人物知道的情况，可以用"叙述者＝人物"这样的公式来表达。第三人称叙述视角则不同，类似于全知叙述视角，叙述者比任何人物知道的都多，可以用"叙述者＞人物"来表示。如此，第三人称叙述视角下的叙述者相对于第一人称叙述视角下的叙述者在语言形式运用方面享有更多的主动权，可以选择大量或少量使用直接引语，也可以选择使用其他表现形式，从而对文中人物形象的刻画起到一定作用。本书的语料中，语气改变的直接引语在第三人称叙述视角下数量最多，这与第三人称叙述视角叙述者能够向读者提供更多信息这一特点不谋而合，叙述者通过改变直接引语语气来影响人物形象的体现。

4.3.4 原因探究

4.3.4.1 译者提升易读度的翻译目的

易读度(readability)指书面材料易于阅读和理解的程度(Richards et al.,2002)。偏离常规的表达往往影响甚至妨碍阅读理解、降低易读度(陈瑜敏、黄国文,2014)。

1951 年创刊的《中国文学》代表着 20 世纪后半叶我国为对外传播优秀文学作品所做的最大努力,其规模和效应至今没有任何一个机构能够超越(吴自选,2012)。驱使《中国文学》诞生的主要动力是迫切要向国外介绍中国文化,因此译者在翻译中国古代散文作品时,更多地考虑到了目标读者的阅读期待。语义层和语法层的不一致可能会导致读者在阅读过程中产生错误的理解,因此,在翻译过程中,译者将"偏离了的"语气隐喻大范围地改写为一致式,通过语气改写,选择能够直接体现句子含义的形式,从而在语气层面使语义和语法实现一致,达到降低阅读难度、增加易读性指数的目的,让更多的读者理解作者的意图。这也是这一期间对外译介作品的目的。

4.3.4.2 译者塑造人物形象的需要

根据叙事学理论,人物塑造有直接法(direct definition)和间接法(indirect definition)两种。所谓直接法,主要指通过采用直接向读者点明人物特点的形容词、抽象名词、喻词勾勒人物主要特征的叙述方法;间接法则是指未经叙述者阐明,需要读者仔细推测的人物塑造手法(申丹,2010:59)。直接引语的使用可以从侧面间接反映人物的形象,其直接性与生动性,对通过人物的特定话语塑造人物性格起很重要的作用(申丹,2001:286)。直接引语通过直接再现人物的对话,让读者把握完整的信息来推敲人物的性格特征。另外,不同的语气选择可以生成不同的人际意义,从而实现语言的人际功能。比如小句的数量反映相互地位关系;陈述句的数量表明提供信息的程度、言语角色的目的性;一般疑问句表明询问或确认的态度;特殊疑问句让听者卷入对话;祈使句体现权威等(郑元会,2008)。那么在直接引语中改变句子语气,即改变说话人的表达方式,选择语义与语法表达不一致的形式,势必会给人物的形象带来影响。译者在翻译过程中,有意或无意地改写了人物话语中的语气隐喻,使得人物形象更加鲜明、突出。例如《史记·荆轲列传》中,太子丹眼看秦王已经破赵至燕,而荆轲却没有去意,便旁敲侧击,催促荆轲。原文并没有直接叙述太子丹恐慌、急切的心情,而是引用太子丹的话"秦兵旦暮渡易水,则虽欲常侍足下,岂可得哉!"来表明,让读者从太子丹的话语中体会其急切的心情。在送别之时,太子丹害怕荆轲有悔意,同样也是直接引用太子丹的话来体现;荆轲的回答也是如此,见下例:

乃复请曰:"日已尽矣,荆卿岂有意哉?丹请得先遣舞阳。"

荆轲怒叱太子曰:"何太子之遣?往而不返竖子也!且提一匕首,入不测之强秦。仆所以留者,待吾客与俱。今太子迟之,请辞决矣!"(司马迁《史记·荆轲列传》)

"The time is going by," he said. "Do you intend to start soon, or shall I send Chin Wu-yang on ahead?"

"Why do you want to send a boy to die?" shouted Ching Ko angrily. "I am going to the powerful state of Chin armed only with one dagger. The venture is fraught with danger, and that is why I was waiting for a friend to accompany me. But since you are so impatient, I will leave now."

原文中太子丹所言"丹请得先遣舞阳"为陈述语气,在译文中被改写为征求意见的询问语气"shall I send Chin Wu-yang on ahead?"。原文荆轲回答太子丹的感叹语气"请辞决矣!"在译文中被改写为陈述语气"I will leave now.",仅用 angrily 来表达荆轲略气愤的语气,强烈的情感被削弱。在古代东方文化中,君为臣纲的思想根深蒂固,所以原文中太子丹用陈述语气来表明自己的目的,告诉荆轲再迟迟不动身,自己就要先让秦舞阳出发,如此一来,译文中太子丹的形象与原文对比就少了些许作为君主的气势,但又并不矛盾,反而更加深化了太子丹在此种情况下想催荆轲出发却又不敢直说的形象。而在译文中,译者使用"shall I…"这一句式,像征求对方意见一般,体现西方文化中"人人生而平等"的观念。译者通过对原文语气的改写让目的语读者更直接、更准确地把握人物的对话内容和情感,不仅使说话双方达到更加适宜的人际关系,同时更加鲜明地体现了说话人的形象。在便于目标读者理解的同时,也加强了人物塑造的功能,使得人物形象进一步凸显。

4.3.4.3 汉语重意合和英语重形合的固有差别

尽管英汉语篇中都存在大量语气隐喻现象,但英汉毕竟是不同语系的语言,在翻译过程中,不可避免地会有不对等的现象。翻译活动本身就是追求信、达、雅的过程,两种不同的语言想要达到完全对等几乎是不可能的,汉英两种语言之间的固有差别也是造成翻译过程中语气改写的原因之一。

汉语因其更偏重意合,所以很多句子所要表达的含义与其形式并不完全对应。有些句子,形式上是疑问句,但含有要求的意思;有些形式上是感叹句,但含有疑问的意思。例如:

於期乃前曰:"为之奈何?"(疑问表示请求,司马迁《史记·荆轲列传》)

General Fan stepped forward. "Tell me what it is," he begged.

汉语中的感叹或疑问语气主要通过语气助词来体现,而英语重形合,语气多通过句式的变异来实现。这就导致在英译过程中会对许多汉语原文进行句式改写。例如：

> 彼众僧叹曰："奇哉！边地之人，乃能求法至此！"（法显《佛国记》）
>
> "How wonderful," exclaimed the monks, "that men from a far-off country should come all this way to seek for the Law!"

汉语在句末加上语气助词或使用程度副词等表示感叹语气，而英语中没有感叹词，英语的感叹主要通过 how 或 what 引导的句式来表达，想要达到语义上的一致就不可避免地要在形式上做出变动，而这种变动可能会导致语气的变化。

> 知音其难哉！（刘勰《文心雕龙·知音》）
> Discrimination is rare.
>
> 彼苍者天，曷其有极！（韩愈《祭十二郎文》）
> Heaven above, when will my sorrow cease?

以上两例中，原文的感叹句在译文里分别被改为陈述句和疑问句，译文表达出了原文的意思，但是形式上却有较大的变化。

英汉两种语言因其不同的语法结构与表达方式，在追求翻译对等的过程中不可避免地会产生其他方面的不对等，语气便是其一。译文语气改写的另一个原因即汉语表达往往更注重意合，而英语更偏重形合。

4.3.5 结语

本研究统计结果显示，译者在翻译过程中除了使用隐喻式改为一致式以及保留一致式的语气改写策略之外，还有少部分保留隐喻式或将一致式改为隐喻式的句子，其比例各占约 8%。统计结果中保留一致式和改写为一致式的比例远远高于保留隐喻式和改写为隐喻式,但这并不是说一致式的体现方式更好、用得更多甚至是一种常规,在许多实例中,隐喻表征已经变成一种常规。这实际上是语言变化的一个自然过程(韩礼德,2010)。隐喻表达是所有成人话语的特点。不同语域中遇到的隐喻,在程度上和种类上有很大差异,完全没有隐喻的语域是找不到的。在我们常见的语篇中,唯一没有隐喻的例子是儿童话语、传统儿歌或歌谣,缺乏语法隐喻似乎是其得以流传的真正原因;此外,最短的语篇都肯定会向我们展示一些带隐喻成分的例子,这一点需要我们斟酌考虑(韩礼德,2010)。

语气隐喻是韩礼德系统功能语法中的一个概念,它极大地拓展了对话的潜能。语气隐喻的研究不可否认会为语篇分析、语言教学、阅读理解以及语言交际等提供更多的启发。语气改写不一定表示隐喻式及一致式的变化,但语气隐喻必然会牵涉语气的变化,因而对语气改写的探究是进一步进行语气隐喻研究的一个基础,本书仅从直陈语气角度和有标记的语气体现形式出发考察古代散文英译文里语气的改写特征,对于未涉及的祈使语气以及无标记的或非外在的语气体现形式(如语调、特殊语境等)没有太多笔墨,这方面也许值得我们做进一步的探索,以丰富古汉语散文语气改写乃至语气隐喻翻译的研究。

4.4 《中国文学》(1951—1966)戏剧语言时代风格英译研究

4.4.1 引言

半个世纪以来,学界对《中国文学》(1951—1966)戏剧作品的研究主要集中于译介研究,即把翻译置于文学交流的大背景中,关注翻译在传播文化中的价值,对英美译介(纪海龙,2010)和中国译介(郑晔,2012;骆忠武,2013;林文艺,2014)进行全面分析,但对其语言风格的研究却不多见,尤其是缺乏把这个时期的英译戏剧视为一个整体的系统研究。本书选取《中国文学》(1951—1966)中的当代戏剧作品为研究对象,探析这一时期的戏剧语言时代风格及其在英译本中的再现情况,力图客观地勾勒出语言时代风格在翻译过程中所发生的变化,并尝试对其原因进行探究。

4.4.2 《中国文学》(1951—1966)戏剧源语语言时代风格

语言风格是人们言语交际的产物,是交际参与者在主客观因素的制约下运用语言表达手段的诸特点综合表现出来的气氛和格调(黎运汉,2002:104)。语言的时代风格,是一种主要由时代因素造成的客观风格,是同一民族的人们在同一个历史时代运用语言的各种特点的综合表现(黎运汉,1988:114),是时代精神的外在体现(同上:116)。中华人民共和国成立以后,中国人民高涨的民族热情和翻身做主人的喜悦使全国上下沉浸在浓郁的革命乐观主义氛围中,激昂的爱国情操、坚定的革命意志、崇高的牺牲精神成为这一时期文学作品的主题,抗日战争、解放战争、农民与地主的斗争、进步青年与自然环境的斗争成为这一时期文学作品的题材,贯穿全篇的对英雄形象的塑造则呈现出崇高壮美、气势恢宏的风格。另外,毛泽东《在延安文艺座谈会上的讲话》使戏剧从仅供娱乐消遣的"把戏"一跃成为新政权推行意识形态的主要承载物,更加深化了时代精神对文艺作品语言风格的影响。丁金国(1984:55)把语言风格分为六类:浓艳绮丽、淡雅清新、雄健豪放、高古典雅、含蓄委婉、幽默诙谐。从作品的主题和题材来看,这一时期的语言时代风格主要为雄健豪放。

词汇、句式和修辞能够反映语言风格,雄健豪放作为一种语言风格在这三个方面自然有其具体体现。在词汇方面,雄健豪放的作品常常选用那些雄伟壮丽的名词、遒劲有力的动词、铺张扬厉的形容词和范围扩大的数量词组合成句,构成一种宽广浩大的瑰丽图景(黎运汉,2000:223-224);在句式方面,最能体现时代风格的是句式的文白、句式的长短和虚词的运用(同上:466);修辞方面则体现为排比、夸张和反复(同上:227-229)。时代风格作为时代发展的产物,具有鲜明的时代色彩。社会发生剧烈变革的时代,常常涌现出一批反映这种变革的词汇,它们明显地带着时代的烙印(杨振兰,1996:194)。1951—1966年属于建国"十七年"这一特殊历史时期,中国在此期间完成三大改造,进入社会主义初级阶段,一大批反映这一特定时代的词语如"大炼钢铁""跃进炉""总路线"等迅速出现并活跃起来,它们作为时代色彩的载体,或直接描绘热火朝天的劳作场景,或间接反映激进躁动的社会政治大环境,本书把这些词(包括词汇、专有名词、固定短语或表达)称为时代色彩词。词汇意义的具体内容并不影响其风格色彩,可以说风格色彩是词的一种外围色彩,独立于词汇意义的内容之外,与词汇出现和使用的时代及时代背景有关(同上:207)。上述词汇虽然意义各不相同,但它们都能够直接或间接地再现当时积极生产的时代背景,体现革命乐观主义的时代精神,表现雄健豪放的时代风格。因此,在词汇方面,本书以黎运汉《汉语风格学》理论框架为基础,借鉴杨振兰的词彩学理论,把时代色彩词也作为表现雄健豪放风格的一个物质标志,对《中国文学》(1951—1966)戏剧语言时代风格的英译进行研究。由于篇幅所限,本书仅从词汇方面来探究其风格的再现情况。

4.4.3 研究设计

4.4.3.1 语料选取

《中国文学》1951—1966年间收录的戏剧共二十余部,其中一部分是古代戏剧,如《评雪辨踪》《情探》《十五贯》等。由于本书探讨的是戏剧语言的时代风格,故只选取在此期间创作的戏剧为研究语料,语料概况如表4.12所示。

表4.12 《中国文学》(1951—1966)戏剧语料库

库容(形符)	源语文本	译语文本
《白毛女》	34 359	22 234
《万水千山》	62 897	40 498
《刘莲英》	17 751	13 535
《新局长到来之前》	10 451	8 230
《归来》	14 003	10 785
《降龙伏虎》	34 441	28 659
《芦荡火种》	26 996	15 004
《远方青年》	51 378	25 601
《游乡》	5 356	3 279
《南方来信》	28 138	16 707
汇总	285 770	184 532
总库容	470 302	

4.4.3.2 研究方法与步骤

本书具体从雄伟壮丽的名词、遒劲有力的动词、铺张扬厉的形容词、范围扩大的数量词以及时代色彩词五个方面入手。首先在源语文本中对以上五个方面的词汇分别进行标注(雄伟壮丽的名词 aaaa、遒劲有力的动词 bbbb、铺张扬厉的形容词 cccc、范围扩大的数量词 dddd、时代色彩词 eeee),然后对应译语文本逐个分析是否与原文等效。在对语料进行人工标注时,本书借鉴杨振兰(1996)作为划分上述词汇的标准,以期减弱词汇标注方面的主观性。杨振兰认为,词义包含三重意义:一是词汇意义;二是语法意义;三是色彩意义(词中所蕴含的某种独特的格调、韵味、倾向和气息)。三者各自成为一个系统,都可以形成许多类聚。词汇意义的类聚包括多义、同义、反义等,语法意义的类聚包括名词、动词、形容词以及主语、谓语等,色彩意义的类聚则较为复杂。杨振兰将色彩意义的类聚分为七类:一是从主体对客观对象的态度及情感体验看,可以形成感情色彩类聚。二是从词汇所表示的事物外形特征看,可以形成形象色彩类聚。三是从词汇的适用场合及对象看,可以形成风格色彩类聚。词的风格色彩即词所表现出的独特的个性、特色、格调、气质,可以从交际功能及特质表现两方面来认知这种风格,据此将词的风格色彩分为语体风格和表现风格。其中,表现风格是由词的修辞特征或者说修辞倾向在长期的语言发展过程中凝结而成的某种风貌、格调,所以又可称之为修辞风格。四是从词的产生和运用时代看,可以形成时代色彩类聚。另外,还有外来色彩类聚、民族色彩类聚以及地方色彩类聚。由于本书未用到上述三种色彩类聚,故不赘述。对雄伟壮丽的名词、遒劲有力的动词、铺张扬厉的形容词、范围扩大的数量词以及时代色彩词的判定可基于上述阐述,从语法意义和色彩意义两个方面来考察,具体见表4.13。

表4.13 词汇判定依据

色彩意义 语法意义	形象色彩 (词汇的具体或联想意义为自然界宏大事物、现象)	感情色彩 (极度赞美或憎恶、程度极端的强性词语、强势语调)	风格色彩中的修辞风格 (带夸张修辞)	时代色彩 (产生于特定年代且在此期间的使用频率高)
名词	雄伟壮丽的名词	—	—	—
动词	—	遒劲有力的动词	—	—
形容词	—	—	铺张扬厉的形容词	—
数量词	—	—	范围扩大的数量词	—
任何词性的实词	—	—	—	时代色彩词

注:表中的特定年代指建国"十七年"这一历史时期。

因此,若某词汇的语法意义为名词,且其色彩意义中的形象色彩为自然界宏大事物或现象,则该词可被划定为雄伟壮丽的名词,如雷暴、云霄、风雨雷电、天兵天将、天地江山等。同理,遒劲有力的动词、铺张扬厉的形容词、范围扩大的数量词的判定方法与之相似。而对于时代色彩词的判定则无须关注其具体的语法意义,只需考察其色彩意义中的时代色彩,若某词汇产生于建国"十七年"时期,则该词汇可被划定为时代色彩词。按照上述判定标准对语料进行人工标注,然后检索标注符,即可展开词汇方面的量化分析。

4.4.4 《中国文学》(1951—1966)戏剧语言时代风格在英译本中的传达

按照上述设计进行操作,对所得数据归纳整理,进行如下分析。

4.4.4.1 雄伟壮丽的名词

表4.13 雄伟壮丽的名词在英译本中的再现

戏剧	源语文本	译语文本不等效（总）	译语文本不等效（分）			
			丢失		弱化	
			情节省译	整合省译	词义弱化	替代译出
《白毛女》	55	26	10	4	4	8
《万水千山》	57	28	21	0	2	5
《刘莲英》	—	—	—	—	—	—
《新局长到来之前》	—	—	—	—	—	—
《归来》	1	0	0	0	0	0
《降龙伏虎》	51	45	42	1	1	1
《芦荡火种》	32	14	5	2	2	5
《远方青年》	12	5	2	0	1	2
《游乡》	3	2	1	0	0	1

续 表

戏剧	源语文本	译语文本不等效（总）	译语文本不等效（分）			
			丢失		弱化	
			情节省译	整合省译	词义弱化	替代译出
《南方来信》	17	7	1	0	5	1
总计 数量	228	127	82	7	15	23
总计 比例	—	55.7%	64.6%	5.5%	11.8%	18.1%

注：译语文本不等效（总）比例＝译语文本不等效（总）数量/源语文本；
情节省译比例＝情节省译数量/译语文本不等效（总）数量，后同（整合省译比例、词义弱化比例、替代译出比例）。

表 4.13 显示，源语文本中雄伟壮丽的名词共出现 228 次，在译语文本中有 127 处没有做到等效，即源语文本中 55.7% 的雄伟壮丽名词在译语文本中没有等效传达。

《白毛女》未能等效传达的情况主要有四类：情节省译、整合省译、词义弱化、替代译出。其中，情节省译指源语文本中的词汇在译语文本中直接不译，这部分在未能等效传达总量中占 64.6%，主要集中于源语文本中的唱词部分，如《白毛女》"恨是高山仇是海，路断星灭我等待。冤魂不散人不死，雷暴翻天我又来""要和那风雨雷电天兵天将牛鬼蛇神虾兵蟹将开一战"中的"高山""海""雷暴""风雨雷电""天兵天将""牛鬼蛇神"都是给人宏大印象的雄伟壮丽的名词。戏剧中的唱词部分多为人物抒发激昂爱国情绪、坚定革命意志、崇高牺牲精神的载体，其中含有大量雄伟壮丽的名词，译语文本侧重剧本情节的传达，对于推动情节发展的部分给予关注，对于唱词部分则基本忽略，选择省译，这无疑使原文的雄健豪放风格大打折扣。整合省译指译语文本对于源语文本中连续出现的意义相同的词汇只译一个，这部分所占比例较小，仅为 5.5%，如将《白毛女》中的"我逃出虎口，我逃出狼窝"译为"But I've escaped from their tiger's den"，"虎口""狼窝"在文中都指地主黄世仁家，译文只译出"虎口"。又如，将"世道大变天下乱"译为"The world is out of joint","世道""天下"在译文中只用一个 world 来体现。再如，将"划不尽我的千重冤,万重恨"译为"But they are not enough to express my hate","冤""恨"只用一个 hate 来处理。戏剧出于演出需要,台词为了对仗,总会产生看似冗余的部分,这些表意重复的词汇虽然对推动情节发展作用不大,但对增强语言气势却必不可少,译文只简单译出基本意义,对于重复部分或忽略,或整合,在语言风格上不能达到与原文一致。情节省译与整合省译出于相同原因(以译出基本故事发展脉络为准则)对原文的不同部分(分别为唱词部分、连续出现的意义相同部分)进行省译,保留了故事情节,丢失了语言风格。

词义弱化指源语文本中出现的雄伟壮丽的名词在译语文本中有对应的翻译,但用词明显不如原文中的大气磅礴,原文语言雄健豪放的风格有所弱化,这部分所占比例为 11.8%,如:

好比烈火烧在身。(《白毛女》)
I feel as if fire were burning me.

"烈火"被译为 fire,"烈火"失去"烈"后,只保留了痛苦之意,难以传达愤恨之意。

他穿在身上要渡过万水千山。(《芦荡火种》)
He'll wear the jacket I've sewn on his long marches.

"万水千山"被译为 long marches,只突出路途遥远,而沿途跋山涉水的韵味全无。

你们犯下的滔天罪行是赎不完的。(《南方来信》)
There's no end to your crimes.
要渡过天险金沙江。(《万水千山》)

Getting over that dangerous Golden Sand.

"滔天罪行""天险"分别被译为普通的 crimes 和 dangerous,词汇本来分别包含的罪恶和危险程度大大降低。

替代译出指译语文本用代词指代源语文本中雄伟壮丽的名词或对其解释性译出,更大程度地弱化了原文雄健豪放的风格,这部分所占比例为 18.1%,如:

仇难报来恨难消。
How can I ever get over with them?
烂了骨头我也记住这冤仇。
I'll remember it in my grave.

用 them、it 两个代词来指代"仇""恨""冤仇"。

可怎么天翻身来地打滚。(《白毛女》)
But what caused such a great change.
要靠这支队伍闯荡出个江山来。(《芦荡火种》)
To get anywhere with this rabble.

"天翻身来地打滚"意思是发生很大变化,"闯荡出个江山"被意译为 get anywhere,意思做到了与原文一致,但弱化了"天""地""江山"的气势。词义弱化与替代译出用不同的方式对原文中雄伟壮丽的名词进行处理,保留了词汇意义,但弱化了语言风格。

因此,不论是情节省译与整合省译造成的语言风格丢失,还是词义弱化与替代译出造成的语言风格弱化,都未能达到与源语文本语言风格的等效,戏剧雄健豪放的风格未能完美再现。

4.4.4.2 遒劲有力的动词

表 4.14 遒劲有力的动词在译语文本中的再现

戏剧	源语文本	译语文本不等效（总）	译语文本不等效（分）			
			丢失		弱化	
			情节省译	整合省译	词义弱化	替代译出
《白毛女》	12	7	2	1	4	0
《万水千山》	28	24	7	0	14	3
《刘莲英》	—	—	—	—	—	—
《新局长到来之前》	1	0	0	0	0	0
《归来》	—	—	—	—	—	—
《降龙伏虎》	34	25	22	1	1	1
《芦荡火种》	9	6	1	0	1	1
《远方青年》	12	9	0	1	3	5
《游乡》	3	3	0	1	1	1
《南方来信》	39	9	1	0	4	4
总计 数量	138	83	33	4	29	17
总计 比例	—	60.1%	23.9%	2.9%	21.0%	12.3%

表 4.14 显示，源语文本中遒劲有力的动词共出现 138 次，在译语文本中有 83 处没有做到等效，即源语文本中 60.1% 的遒劲有力的动词在译语文本中没有等效传达。

与雄伟壮丽的名词相同，这里对遒劲有力的动词在译语文本中未能等效传达的情况做同样分类，下文中铺张扬厉的形容词和范围扩大的数量词的分类也是如此。因此，在本节以及下面两节中对此都不再多加赘述，只简单举几个例子。

情节省译未能等效传达在译语文本中占 23.9%，如"闪电呵！撕开了黑云头。响雷呵！劈开了天河口"(《白毛女》)、"只要一桥飞两岸"(《降龙伏虎》)、"劈山开石快如风"(《降龙伏虎》)中"撕""劈""飞"都是很有力度的动词,译文直接省去。整合省译未能等效传达在译语文本中占 2.9%,如"我们征服了龙涎河,我们降服了虎头山"(《降龙伏虎》)"We can now say that the Dragon River's been tamed by us"中,在龙涎河上架桥就是为了能到对岸的虎头山去采铁矿,其实只是做了架桥一件事情,但戏剧中为了对仗,配上一句降服了虎头山,译文传达了原文的含义,但只翻译了驯服龙涎河。词义弱化未能等效传达在译语文本中占 21.0%,如"向东猛插"(《万水千山》)"we shall turn east"中将"猛插"译为 turn,"峭壁耸云霄"(《万水千山》)"Its peaks touch the clouds"中将"耸"译为 touch,都失去了原文中动词的冲击性。替代译出未能等效传达在译语文本中占 12.3%,主要有介词代替动词和解释性译出两种情况,如"冲拍着耳房的门窗"(《远方青年》)"against the windows and doors"中用 against 表示"冲拍",属于介词代替动词,显而易见,介词的力度与动词是无法相比的;再如,"一会儿要捣毁战略村"(《南方来信》)译为"The hamlet will be liberated",捣毁美军戒严下的战略村意思就是要解放战略村,但解放比捣毁的力度小很多。因此,情节省译、整合省译、词义弱化以及替代译出引起了源语文本语言风格的丢失和弱化,源语文本的雄健豪放风格没有得以完整再现。

4.4.4.3 铺张扬厉的形容词

表 4.15 铺张扬厉的形容词在译语文本中的再现

戏剧	源语文本	译语文本不等效（总）	译语文本不等效（分）			
			丢失		弱化	
			情节省译	整合省译	词义弱化	替代译出
《白毛女》	3	2	0	0	1	1
《万水千山》	23	17	9	1	4	3

续 表

戏剧	源语文本	译语文本不等效（总）	译语文本不等效（分）			
			丢失		弱化	
			情节省译	整合省译	词义弱化	替代译出
《刘莲英》	—	—				
《新局长到来之前》	—	—				
《归来》	1	0	0	0	0	0
《降龙伏虎》	37	30	26	1	1	2
《芦荡火种》	13	7	3	0	2	2
《远方青年》	23	16	13	0	2	1
《游乡》	7	1	0	0	1	0
《南方来信》	11	6	3	0	3	0
总计 数量	118	79	54	2	14	9
总计 比例	—	66.9%	45.8%	1.7%	11.9%	7.6%

表 4.15 显示，源语文本中铺张扬厉的形容词共出现 118 次，在译语文本中有 79 处没有做到等效，即源语文本中 66.9% 的铺张扬厉的形容词在译语文本中没有等效传达。其中，情节省译不等效占 45.8%，如"铺天盖地的来了，山摇地动"（《远方青年》）和"走过那断绝人烟的草地"（《万水千山》）中"铺天盖地""断绝人烟"分别体现宏大的场面和极其恶劣的自然环境，译语文本直接忽略，不可避免地丢失了原文雄健豪放的风格。整合省译占 1.7%，如"让漫山遍野的宝贝放出万丈光彩"（《降龙伏虎》）"let the whole hill shining with jewels"中，"漫山遍野"指宝贝多得布满了整个山丘和田野，译文对其进行整合，只译为"the whole hill"；词义弱化占 11.9%，如"外面传来敌哨兵鬼哭狼嚎的吆喝声和狗叫声"（《南方来信》）"Raucous laughter of puppet soldiers and the barking of dogs break the silence from time to time"和"往南看是高耸入云的雪山"（《万水千山》）"and southwards, the Great Snow

Mountains"中,"鬼哭狼嚎""高耸入云"分别译为 raucous 和 great,敌哨兵的凶狠残暴和雪山的巍峨壮丽无法传达;替代译出占7.6%,如"这芦苇荡无边无沿,地形复杂"(《芦荡火种》)"Those marshes are so large, so full of lakes and channels"中,"无边无沿"即很大,译文中直接解释性译出,意思相似,但不如无边无沿更能给人辽远浩渺之感。译语文本采用情节省译、整合省译、词义弱化和替代译出四种方法对源语文本进行处理,折损了源语文本语言雄健豪放的风格。

4.4.4.4 范围扩大的数量词

表4.16 范围扩大的数量词在译语文本中的再现

戏剧	源语文本	译语文本不等效（总）	译语文本不等效（分）			
			丢失		弱化	
			情节省译	整合省译	词义弱化	替代译出
《白毛女》	9	9	2	0	4	3
《万水千山》	14	11	8	0	2	1
《刘莲英》	—	—	—	—	—	—
《新局长到来之前》	—	—	—	—	—	—
《归来》	—	—	—	—	—	—
《降龙伏虎》	38	33	30	0	2	1
《芦荡火种》	5	4	1	0	0	3
《远方青年》	2	2	0	0	0	2
《游乡》						
《南方来信》	2	1	0	1	0	0
总计 数量	70	60	41	1	8	10
总计 比例	—	85.7%	58.6%	1.4%	11.4%	14.3%

表4.16显示,源语文本中范围扩大的数量词共出现70次,在译语文本中有60处没有做到等效,即源语文本中85.7%的范围扩大数量词在译

语文本中没有等效传达。其中,情节省译占 58.6%,如"你可知道我有千重恨,你可知道我有万重仇"(《白毛女》)、"九万九千个麻袋将沙装,还要九万九千级电线杆,九万九千块门板全借上"(《降龙伏虎》)、"桥梁上边铺门板,九丈九尺九寸长"(《降龙伏虎》)中的"千""万""九万九千""九丈九尺九寸"都是范围扩大的数量词,译语文本中并无体现。整合省译占 1.4%,如将"让敌人付出百倍千倍的代价"(《南方来信》)译为"We must make them pay a hundredfold for their crimes","百倍千倍"译为 hundredfold。词义弱化占 11.4%,如"十里风雪一片白"(《白毛女》)"Three miles through a snowstorm"和"最深者达数十丈"(《万水千山》)"up to thirty meters deep"中,"十里""数十丈"都是虚指,译语文本中换算为英里和米,化虚指为实指,其实是弱化了这些数量词的程度与范围。替代译出占 14.3%,如"万里晴空哦……千里草原哦……"(《远方青年》)"boundless clear sky...boundless grasslands"中,"万里""千里"并非真的是万里千里,意思就是无边无际,很辽阔,又如"八千里风暴吹不倒,九千个雷霆也难轰"(《芦荡火种》)"No tempest can blow them down, no thunderbolts blast them"中,"八千里""九千个"也只是虚指,是为了歌颂新四军意志坚定,不惧风暴雷霆,译文对此是解释性译出。因此,在范围扩大的数量词这方面,译文也未能再现原文雄健豪放的语言风格。

4.4.4.5 时代色彩词

表 4.17 时代色彩词在译语文本中的再现

戏剧	源语文本	译语文本不等效(总)	译语文本不等效(分)			
			丢失		弱化	
			情节省译	整合省译	词义弱化(失去原有内涵)	替代译出
《白毛女》	78	25	3	0	22	0
《万水千山》	72	56	6	0	50	0

续 表

戏剧	源语文本	译语文本不等效（总）	译语文本不等效（分）			
			丢失		弱化	
			情节省译	整合省译	词义弱化（失去原有内涵）	替代译出
《刘莲英》	8	3	1	0	2	0
《新局长到来之前》	11	5	0	0	5	0
《归来》	27	10	0	0	10	0
《降龙伏虎》	66	12	9	0	3	0
《芦荡火种》	33	30	0	0	28	2
《远方青年》	43	22	19	0	3	0
《游乡》	13	6	1	0	5	0
《南方来信》	28	0	0	0	0	0
总计 数量	379	169	39	0	128	2
总计 比例	—	44.6%	10.3%	0	33.8%	0.5%

表4.17显示,源语文本中时代色彩词共出现379次,在译语文本中有169处没有做到等效,即源语文本中44.6%的时代色彩词在译语文本中没有等效传达。其中,情节省译占10.3%,如"总路线都学过啦"(《刘莲英》)、"这就是我们防疫工作者对农业战线的具体支援"(《远方青年》)、"在县里开罢了跃进会"(《降龙伏虎》)中,"总路线""农业战线"和"跃进会"都是20世纪五六十年代出现的词汇,译语文本中直接省去这些词的翻译,年代感丢失。对于时代色彩词的处理,译文中无整合省译情况出现;词义弱化所占比例最高,为33.8%,这里的词义弱化指词汇失去原有内涵,如"'五反'刚一过"(《新局长到来之前》)"The movement against the Five Corruption is hardly over"中,"五反"特指1951年年底到1952年10月在私营工商业者中开展的"反行贿、反偷

税漏税、反盗骗国家财产、反偷工减料、反盗窃国家经济情报"的斗争，译文生硬地翻译为 against Five Corruption，字面意思一致，但暗指的"五反运动"并不能向读者传达。替代译出占 0.5%，如"他要想吃喝玩乐，不投靠皇军也不行"(《芦荡火种》)"If he wants a good time, with wine and women, he must join your side"中，用 your side 代替"皇军"，因为戏剧由对话构成，所以职称名词可以直接用代词表示。总体看来，译语文本对时代色彩词的再现是很有限的。

对以上五个方面进行总结，得出表 4.18。

表 4.18　词汇方面汇总表

词汇		源语文本	译语文本不等效（总）	译语文本不等效（分）			
				丢失		弱化	
				情节省译	整合省译	词义弱化	替代译出
雄伟壮丽的名词		228	127	82	7	15	23
遒劲有力的动词		138	83	33	4	29	17
铺张扬厉的形容词		118	79	54	2	14	9
范围扩大的数量词		70	60	41	1	8	10
时代色彩词		379	169	39	0	128	2
总计	数量	933	518	249	14	194	61
	比例	—	55.5%	26.7%	1.5%	20.8%	6.5%

表 4.18 显示，在词汇方面，源语文本中共有 55.5% 的词汇未能在译语文本中等效传达，其中，情节省译所占比例最高，为 26.7%；其次是词义弱化，占 20.8%；再次是替代译出，占 6.5%；最后是整合省译，仅占 1.5%。雄伟壮丽的名词、遒劲有力的动词、铺张扬厉的形容词、范围扩大的数量词以及时代色彩词都在不同程度上体现着源语文本雄健豪放的语言风格，不能把这些词汇在译语文本中等效再现，必然会使源语文本语言风格发生一定程度的弱化。因此，《中国文学》(1951—1966)戏剧语言时代风格英译在词汇方面整体呈现弱化趋势。

4.4.5 《中国文学》(1951—1966)戏剧语言时代风格弱化原因分析

《中国文学》(1951—1966)戏剧语言雄健豪放的时代风格在英译本中很大程度上被弱化,本书从语言差异、文化语境、读者理解与接受三个方面对其产生的原因进行探究。

4.4.5.1 语言差异

英汉两种语言分属印欧语系和汉藏语系,两者之间存在着很大的差异,这种差异反映在词汇上尤为明显。我们知道,汉语词汇的一个最显著特征就是它的骈偶性,汉语中存在大量的四字词语。西方文化不像中国文化那样注重对称和平衡,英语词汇中较少有对称的结构。四字词语本身韵律整齐,读来朗朗上口,自然就带有一种流畅之美,更容易产生豪放的风格,英语词汇音节不均,难以营造一泻千里的气势。《中国文学》(1951—1966)戏剧作品源语文本中有很多四字词语,如"风雨雷电""移山倒海""天兵天将"等,这些四字词语组合成句,构成一种宽广浩大的场面,展现壮志高歌的不凡风格,这种词汇本身带有的对偶的形式和整齐的韵律难以用英文表达出来。由于英汉语言本身的差异,源语文本雄健豪放的风格很难在译语文本中完美再现。

4.4.5.2 文化语境

文化语境是研究语言使用和功能的重要语言学范畴之一。黄国文(2001:124)认为,每个言语社团都有自己的历史、文化、风俗习惯、社会规约、思维方式、道德观念、价值取向,这种反映特定言语社团特点的方式和因素构成了所说的文化语境。人类学家霍尔在 *Beyond Culture* 一书中提出并区分了高语境文化和低语境文化(Hall, 1977)。在一种文化的言语交际过程中,如果话语意义的创造对语境的依赖程度比较高而对所使用的言语的依赖程度比较低,那么这种文化就是高语境文化;相反,如果意义的产生对所使用的言语依赖程度相对较高而对语境的依赖相对较低,那么这种文化就属于低语境文化。中国等亚洲国家的文化属于高语境文化,而美国及大部分西欧国家的文化属于低语境文化(Hall,1977:74)。《中国文学》(1951—1966)中的戏剧作为高语境文化的产物,其中的大量词汇依赖于历史文化而存在,特别是时代色彩词产生于特定的历史时期或特定历史事件背景,有着很深的时代烙印,是时代风貌的载体,如"牛鬼蛇神""大跃进"等,在翻译这类词语时,译者很难甚至不可能在英语语言中找到对应词汇,只能采取字面译出加解释性注释的翻译策略,但这样一来,目的语读者就难以体会词语本身所蕴含的时代色彩,即使译者对这类词汇的处理比较完美,译出了时代色彩词所蕴含的时代背景,目的语读者也很难产生联想和共鸣。

4.4.5.3 读者理解与接受

新中国成立后,我国对外书刊的外宣方针是"以我为主,照顾读者"(郑晔,2012:101),外籍专家从读者角度提出许多意见和建议,其中有一部分对于改进对外宣传工作有帮助,应该采取主动的态度征求这类意见和建议(周东元、亓文公,1999:367-371)。曾任国际新闻局副局长的刘尊棋认为,对全世界的不同读者,业务上不可能统一,"一视同仁"没有道理。简单地说,就是要采取外国人认为可以接受的方法,人家不接受就达不到宣传目的(习少颖,2010:146)。另外,1964年9月制订的《外文出版发行事业局工作条例(试行草案)》中规定,外文书刊宣传的基本要求是"既要以我为主,又要考虑读者接受水平,区别对待,有的放矢,实事求是,讲求效果"(周东元,1999,亓文公:359)。很明显,当时我国的外宣政策是关照读者的。作为官方外宣刊物,《中国文学》经常在海外发行的英文版刊物内附上读者调查表来收集读者反馈,即读者对刊物的意见和建议,刊物的通联工作包括收集并翻译这些邮寄回来的读者调查,提供给刊物的领导和编辑们参考(郑晔,2012:100)。可见,《中国文学》在翻译和传播时是关照目的语读者的。

关照目的语读者,首先要照顾到目的语读者的理解能力。郑晔(2012:101)按照《中国文学》实际的读者把译介对象分为三类:第一,一般的大众小说读者。他们通常是中下层劳动人民,把小说当作消遣的工具以便从中获得娱乐。第二,具有文学鉴赏能力的知识分子读者。他们通常是各个领域的高级知识分子,不但阅读小说,还对严肃的文学作品以及文学评论等都有自己观点和偏好,对中国文艺感兴趣。第三,作家、评论家及专业的文史哲研究者。他们是文学语言学领域的专业学者,或者是学习或研究中国语言、文学、历史、社会的专业学者,他们的观点能够影响其他读者对中国文学的理解和阅读兴趣。戏剧作为通俗文学,比小说的娱乐性强,具有更广大的普通民众读者,而且这些读者把戏剧作为故事来读,只关注故事情节,对其艺术性则不过分关心。另外,1964年,《外文局工作条例》中对外文书刊的翻译工作做了明确规定,凡牵涉中文原稿中无关紧要的细节问题(增加简单的解释性文字,简化或改动重复、含糊的词句,颠倒前后句的次序,加技术性的注解,删去可有可无的事实),可由译者自行在译文中变动,由翻译室负责人或定稿人决定,有的可注明是译者注解,事后将改动和注解等通知编辑部(郑晔,2012:50)。因此,翻译戏剧时,译者在保留原故事情节的前提下,可对源语文本中那些晦涩难懂或与推动故事情节发展不相关的描写性部分以及为了达到某种修辞效果而产生的冗余繁杂部分酌情删减。戏剧作为一种表演艺术,包含大量唱词,为了演唱的和谐与美感,同时展示戏剧演员的唱腔,唱词中形成很多重复,如"刀山火海,火海刀山""千刀万剐心不甘,千刀万剐心不甘"等,这些重复的部分意义相似,对推动情节发展作用不大,但在增强语言气势上必不可少,翻译这些内容时,译者一般只翻译一次,对于二次和三次重复的部分,则选择省译。另外,戏剧中还包含很多对自然环境或场景的描绘,如"地动山摇虎狼跑,高山密林红旗飘,好似天兵开了仗,喊声冲上九云霄""咱们这儿是宝窝,金矿出在东山坡,夜晚走路不用灯,锃光发亮闪金波;银矿出在西山坡,银光闪闪赛星罗,牛郎织女来相会,错把西山当银河;南山北山出铁矿,露出地面一尺多,你们要铁只管去,开采一块就够你们炼上二年多",等等,这些描写性部分也与故事情节关系不大,但语言风格往往集中见之于此,译者在翻译这些部分时,也大多选择省译。《中国文学》(1951—1966)戏剧作品中最豪迈的唱词和描写性部分在英译中均被省略,源语文本语言的雄健豪放风格也相应受到削弱。

关照目的语读者,还要照顾到目的语读者的心理接受。《中国文学》作为向西方读者译介中国文学艺术的官方刊物,兼具艺术性和政治性。1961年7月,外文出版社社长罗俊在社内"澄清业务思想"大讨论中,提出自己的对外宣传政治性与艺术性的观点。罗俊认为,对外宣传的政治性与艺术性的关系,也就是对外宣传的内容与形式问题。政治性要求解决的是正确的内容,而艺术性要求是适当、尽可能完美的形式。好的对外宣传品,应是政治性和艺术性的完美统一。政治性强不强,取决于文章是否有正确的思想内容,而不在字句。恰恰相反,在字句方面,过多的政治术语和口号,其宣传效果常常是不会好的。(习少颖,2010:145)因此,对于翻译作品,其外宣效果如何,取决于译者是否能够剥离掉文学作品字里行间带有的明显的政治色彩而保留包含政治性的思想内容。《中国文学》(1951—1966)中选取的戏剧作品,其思想内容符合当时的主流意识形态,但语言过多地染上政治色彩,如果不加处理而完全保留源语文本的语言风格,其外宣效果必然不尽如人意。1952年5月28日,周恩来写信给李克农和乔冠华,指出当前中国政府的发言和新闻稿件中所用刺激性的词语,如"匪类""帝国主义""恶魔""法西斯"等太多,以至国外报刊和广播不易采用。各国友人对此均有反映,"望指示记者和发言起草人注意简短扼要揭发事实,申诉理由,暴露和攻击敌人弱点,避免或少用不必要的刺激性词语"(新华社,1953:247)。这一史实表明外宣材料中言辞过于激烈有损其宣传效果,甚至根本无法传播出去,如果我们能在语言上稍做调整,就会是另一番景象。1963年8月,外交部部长陈毅在《中国文学》杂志社谈工作时提到,这年7月31日,中国共产党就赫鲁晓夫致信发表的声明,所有社会主义国家除了朝鲜、阿联、越南以外,都退还了中方。捷克斯洛伐克大使吵了两个小时,说中国污辱赫鲁晓夫。苏联大使说中国号召苏联人民推翻苏联政府。后来周恩来写了封信,词句稍微缓和些,他们才接受,并表示要转给本国政府(习少颖,2010:136)。因此,对外宣传要采用温和、柔软的言辞,使受众在不知不觉中接受有关中国的信息。对于翻译,则要保留原文内容上内涵的政治性,削弱其语言上外显的政治色彩,将其"包装"为"纯粹的艺术",才是国家在对外宣传工作中高明的政治策略。事实上,我国在20世纪五六十年代的外宣理念也确是如此。

1949—1966年的中国对外宣传发展历史不算长,习少颖等研究者通过对相关资料的分析比较,认为在此时段看似平静、单一的对外宣传理念演进中,暗含了一个从鼓动为主向解释为主的观念变化。这个历程呈螺旋式前进,其间有停滞,有后退。这里的鼓动和解释,主要是指1949—1966年间指导中国对外宣传发展的两种观念,两者的差异主要表现在:内容上,鼓动的对外宣传观念含有更多中国共产党的理论、纲领、政策的灌输,特别强调以马列主义、毛泽东思想为指导,而解释的对外宣传观念更贴近现实生活,事件陈述为主,少用议论;形式上,鼓动观念代表着政治宣传为核心,有强烈的斗争性,求异存同,而解释观念重视态度和方式,考虑对象的接受力,倾向于耐心说服,求同存异(习少颖,2010:158)。中国共产党的宣传事业,起步于革命斗争的需要,以鼓动最广泛的人群加入革命事业为目的。新中国成立后,在1949—1952年间,代表政治性、斗争性的鼓动观念开始向以劝服、引导的解释观念转变,随后出台的官方政策及业界的业务变革都说明,在1953—1957年间中国的对外宣传思想中,解释观念占据主导地位。20世纪50年代末60年代初,中苏、中美关系陷入紧张状态,外宣思想明显"左"转,鼓动思想重新回归,经过1961和1962年的调整,在1961—1966年间解释观念回到主流地位(习少颖,2010:159-160)。综观这一发展历程,在本书所探讨的1951—1966年间,中国对外宣传在思想上存在鼓动观念向解释观念渐变的过程,两种观念相伴相生,但总体趋势是解释观念占据主导地位。因此,在解释性外宣理念的主导下,《中国文学》(1951—1966)戏剧作品的翻译过程中,对于含有鼓动外宣理念下政治性内容以及斗争性形式的字句,译者要加以处理。对于明显含有中国共产党理论、纲领、政策以及强调以马列主义、毛泽东思想为指导的政治性内容的字句,译者多采取省译的处理方式,如"总路线都学过啦"(《刘莲英》)、"东方呵,升起了北京城的太阳。毛主席给我们指引着生活的方向,哈萨克人望见了共产主义曙光!"(《远方青年》)等,在译语文本中均被省去。对于有强烈斗争性形式的字句,译者则做弱化处理,如"一个美国野兽跑上去照着她的肚子就是一脚!"(《南方来信》)"A Yankee soldier kicked her in the belly","美国鬼子不从我们美丽的国土上滚出去"(《南方来信》)"unless the Americans get out of our beautiful land"中,"美国野兽""美国鬼子"分别被译为 a Yankee soldier 和 the Americans,言辞就缓和很多。

其实,不仅是外宣理念,外宣方针也明确要求外宣刊物在语言上不能激进。陈毅在 1959 年 6 月 9 日讨论英文版《中国文学》方针时说:"人家说你们'太右',是你们的成功;说你们太'左',是你们的失败,要'宁右勿左'。"(习少颖,2010:166)1962 年 8 月,外文出版社再次确定宣传方针:对外宣传要引起读者兴趣,要让读者自己下结论,不要把自己的观点强加他人,不要说教;不要刺激读者,不要把读者看得十分幼稚无知,不要伤害他们政党的自尊心和民族自尊心;不要不分场合地、过分天真地暴露自己的宣传意图和政治目的(周东元,亓文公,1999:250)。这些史实说明外宣刊物对读者的心理接受的重视。在《中国文学》(1951—1966)戏剧作品中,以英美为首的资本主义国家是作为反面角色出现的,其中有大量对英美国家残暴侵略形象的描写,对于这些内容,译者在英译时也会酌情弱化。因此,在对涉及英美角色时用到的极度憎恶的强势词语如"活剥""捣毁""美帝国主义及其走狗"等进行翻译时,译者会弱化这些词语的语势,源语文本的雄健豪放风格自然也被弱化。

另外,存在主义在"一战"后的德国开始产生和流行,在"二战"期间成为法国最时髦的哲学并对之后的西方各国产生了深刻的影响。战争给人们的生存、自由、尊严带来严重威胁,人们对人生的价值和意义、普遍的道德规范和原则丧失了信心,对个人的命运和前景感到担忧,又一时寻找不到自己的出路,于是,就陷入了孤寂、苦恼、忧虑、悲伤、绝望之中(张景先,2012:17)。20世纪50—60年代正是"二战"结束后不久,当时的西方社会充满消极颓废、悲观失望情绪,知识分子中形成一种由于苦闷、孤独、被遗弃、找不到出路而玩世不恭、放荡不羁的风潮,存在主义及其文学体现出一种悲观主义的人生态度和历史倾向。而此时新中国成立不久,中国人民高涨的民族热情和翻身做主人的喜悦使全国上下沉浸在浓郁的革命乐观主义氛围中,激昂的爱国情绪、坚定的革命意志、崇高的牺牲精神成为这一时期文学作品的主题,抗日战争与解放战争、农民与地主的斗争以及进步青年与自然环境的斗争成为这一时期文学作品的题材,贯穿全篇的是对英雄形象的塑造和歌颂,其语言处处流露着崇高壮美、气势恢宏之感。为了照顾目的语读者的文学审美,符合当时目的语国家的文学风尚,译者将《中国文学》(1951—1966)戏剧中雄浑壮丽的词汇做弱化处理,源语文本雄健豪放的语言风格自然也被削弱。

在解释性外宣理念和"宁右勿左"外宣方针的指导下,同时考虑到西方国家的文学风尚,《中国文学》(1951—1966)戏剧英文版对政治性内容的省译和斗争性形式的弱化,剥离了文学作品字词上外显的政治色彩,弱化了语言上雄健豪放的时代风格,但保留了思想上内涵的政治性,做到了陈毅所言的"高明的政治",用感人的艺术形象和波折的戏剧情节,吸引了外国读者。苑因(2008:144)在《往事重温》中写道:"《中国文学》办起来了,得到读者的欢迎和好评……许多国外的读者纷纷来信要求扩大版面,甚至在英国伦敦有一家在大英博物馆对面开办的东方书店的犹太老板的一家人,组织了一个每周六专门研讨《中国文学》的读书会,以中国的文学作品为他们的读物,从中了解中国的变化……"对中国文学怀有浓厚兴趣的热心读者并非个例,据在中国文学社担任过编辑的徐慎贵、吴善祥及翻译家杨宪益、沙博理等人回忆,中国文学社常常收到海外读者来信,有的读者在信中赞扬并感谢《中国文学》的出色工作,并详细地就某一期或某一部作品发表自己的感想,提出问题或建议(田文文,2009:34)。这些史实有力证明了《中国文学》取得了良好的外宣效果。

综上所述,在客观方面,由于英汉语言本身的差异以及中西方文化语境的差异,源语文本中汉语语言的雄健豪放风格难以用英语语言展现出来;在主观方面,为了关照目的语读者,取得良好的外宣效果,译者在国家外宣思想的指导下,主动削弱《中国文学》(1951—1966)中戏剧语言的风格,因此,源语文本雄健豪放的时代风格发生弱化。

4.4.6 结语

《中国文学》(1951—1966)戏剧源语文本的语言时代风格为雄健豪放。本书从雄伟壮丽的名词、遒劲有力的动词、铺张扬厉的形容词、范围扩大的数量词以及时代色彩词五个方面考察雄健豪放时代风格物质标记的翻译,描述它们在翻译过程中的变化,进而得出《中国文学》(1951—1966)戏剧源语语言时代风格在英译本中的传达情况,并从语言、文化以及读者接受方面对其进行解读。研究发现,源语文本中共有55.5%的词汇未能在译语文本中等效传达,其中,情节省译所占比例最高(26.7%),其次是词义弱化(20.8%),再次是替代译出(6.5%),最后是整合省译(1.5%)。《中国文学》(1951—1966)戏剧源语文本雄健豪放的时代风格在英译文本中发生弱化,其主要原因有三:一是英汉语言本身的差异导致以骈偶性为主要特征的汉语四字词语难以在英译文本中等效传达;二是中国高语境文化下的时代色彩词在英文本中失去了它所依存的社会土壤,目的语读者难以产生共鸣;三是外宣机构考虑到目的语读者的理解和接受,对原文的语言风格酌情弱化。

研究《中国文学》(1951—1966)戏剧语言时代风格的英译能够帮助人们了解《中国文学》作品的翻译特征,而《中国文学》作为向西方读者译介中国文学艺术的官方刊物,其译出工作在政府组织下系统地进行,因此,《中国文学》作品的翻译特征在一定程度上代表了建国"十七年"这个时代的翻译特征。本书仅从词汇方面对《中国文学》(1951—1966)戏剧作品进行研究,得到的结论是否适用于句式和修辞,尚待进一步实证研究。

4.5 《中国文学》(1951—1966)英译本 there be 句型运用研究

4.5.1 引言

there be 句型是一种表示"存在"的特殊句型。它以 there 为引导词或形式主语,谓语动词为主动词 be,一般用来表示"某地(或某时)存在有某人(或某物)",以"There be＋代词或名词(短语)＋地点/时间状语"为基本形式,其实质句式为倒装句。there be 句型是英语母语者常用的表达方式,在翻译英语中也有着广泛的应用。作为英语语法中极具代表性的一类,there be 句型在理论研究和教学实践中均被视为重点难点。国外学者从不同角度对 there be 句型进行理论考察,探索 there be 结构的本质,尝试解释这一结构的构成和属性,以此验证语言理论的解释性。国内主要集中于认知语言学或功能语言学角度分析这一句型的生成和演变,如王秋菊(2015)、郑银芳(2008)等,或是研究二语习得者在学习和使用 there be 句型时表现出的规律(戴曼纯、梁毅,2007),或是将英语存在句与汉语存现句进行对比研究,如蒋欣悦(2014)。但目前对于汉英翻译中 there be 句型的运用情况却少有研究。本书利用自建语料库,以定量、定性的研究方法探讨《中国文学》(1951—1966)杂志中译者选择将何种汉语句式翻译成 there be 句型,展现这一时期汉英翻译中 there be 句型的运用情况,以期为后期汉英翻译中 there be 句型的运用提供一定的参考。

《中国文学》因其对外宣传、重塑新中国形象的任务,所选文章均来自老一辈翻译家们精心翻译的优秀译作,其本身具有很高的研究价值。研究当时的优秀译者在汉英翻译时选择何种汉语句子翻译成 there be 句型,可以为我们展现当时翻译家们的翻译特点,对于今后的翻译实践也具有一定的指导意义。

4.5.2 研究设计

4.5.2.1 语料库基本情况

本研究利用的是《中国文学》(1951—1966)散文小说语料库。该语料库已利用语料库软件并辅以人工处理的方式实现了句子层面的平行对齐,并已经过分词,可以通过 ParaConc 和 Word Smith 等语料库软件对语料进行检索。经 Word Smith 处理,可知该语料库英文语料共有句子 250 847 句,通过 ParaConc 检索及人工排除后,共得 there be 句型结构的句子 5 076 句。其中数量较多的句子由 there was、there were 和 there are 引导,其数量分别为 2 433 句、939 句和 521 句,其他数量相对较少。

4.5.2.2 研究设计

通过软件检索并辅以人工复检的手段对语料库包含的 there be 句型进行定量统计之后,遵照现代汉语语法句式分类标准对这些 there be 句型所对应的汉语原文本的句型进行分类。根据胡裕树(2011:314),按照句子的结构和格局,句子可以分为单句、复句、主谓句、非主谓句,等等,一般称为句型。在主谓句中,很多句子都具有各自特殊的结构,王力在《中国现代语法》中首次对这些特殊的句子进行分析,朱自清在《中国现代语法》的序中首次使用了"特殊句式"这一称呼,"句式"一词缘起于此。此后对于句式的研究成为汉语语言学家的研究点之一。近些年来,句式研究的范围进一步扩大,不同的语言学家对句子结构的特殊点的概括有宽有严,有一定的相对性,因而句式的数量可多可少(张斌,2010:578)。考虑到这一情况,笔者对被翻译成

there be 句型的汉语原句进行考察时,主要集中于语言学家们都涉及的几类常用句式,以此标准得到的数据统计结果如表 4.19:

表 4.19 英语存在句对应汉语原句句式分类数量统计表

总句数	存现句	一般句	非主谓句	其他
5 076	1 291	2 587	897	301

注:"其他"指的是数量较少且零碎的复合句、成语俗语、增译以及主谓句中的非一般、存现句的句子,如兼语句、连谓句、把字句、被字句等。

根据表 4.19,计算各句式分类所占百分比,见图 4.2 所示。

图 4.2 直观地显示出,《中国文学》译者选择用 there be 句型翻译的汉语原句集中表现为一般句和存现句两种句式,占到总百分比的 76% 之多,其中一般句的占比甚至超过总句数的一半,较之汉语存现句数量更多;其次则是非主谓句;其他句式如复合句、把字句、被字句、兼语句、连谓句等数量较少,其频率总和远低于前面三者。而除了句子之外,还有一部分 there be 句型是由成语、俗语等短语翻译而成;另有一部分 there be 句型是增译的,在语料中为零对应。

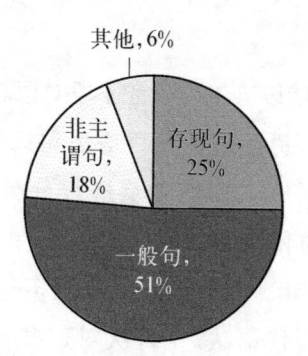

图 4.2 汉语原句句式分类图

4.5.3 研究结果与讨论

在运用语料库软件对《中国文学》(1951—1966) 散文小说语料库英语存在句检索得到数据,并对相应的汉语原句进行分类后,对《中国文学》译者选择将何种汉语句式翻译成 there be 句型进行了分析,发现得出的结果与笔者预判有一定出入。there be 句型表"存在"意义,在汉语中,亦有一类句子有"存在"的含义,即汉语存现句,二者在语义上有一定的重合,在翻译活动中可视作相照应的结构。因而笔者预计,《中国文学》译者运用 there be 句型进行翻译的汉语原句中,存现句应占多数。然而观察语料数据发现,译者选择的 5 076 个汉语原句中,存现句占比约 25%,仅为一般句的约 1/2,其与非主谓句的占比差距也仅有 7%。这个结果出乎笔者意料。因此,笔者对译者的翻译选择做出了以下描述和分析:

4.5.3.1　汉语存现句与英语存在句的转换

汉语存现句与英语存在句之间的转换是笔者首要关注和观察的现象。何为存现句？根据现代汉语语法的定义,存现句是说明某处或某时存在、出现、消失什么人或事物的句子(张斌,2010:576)。然而语义上表示存现意义的句子并非都是存现句,存现句在句法形式上也有一定的结构要求。较之英语 there be 结构的单一,汉语存现句在结构上虽需遵从"处所或时间词语＋动词性词语＋人或事物"的形式,但因动词性短语的选择多样,存现句句子变化也更为丰富,即表现为语义类别上的丰富多变。根据观察,译者选择了汉语存现句中"有"类、"是"类和"V＋着"类为主要翻译对象。

在存现句中,其动词或动词性词语用的是表示"存在"关系的"有"字时被称为"有"类,其基本结构为"处所词语＋有＋人或事物"。同理,"是"类和"V＋着"类指的是动词或动词性词语为"是"和"动词＋着"的存现句。译者选择的存现句中,"有"类是最多的。其次便是"是"类和"V＋着"类。三者占了被翻译存现句中的绝大多数。如下列实例:

(1) "有"类。如:

任何事物的内部都有其新旧两个方面的矛盾。

There is contradiction between its new and its old aspects.

（2）"是"类。如：

这里原来也是两座平房。

There had been two one-storeyed houses here originally.

（3）"V+着"类。如：

屋里炕上放着个小饭桌，点着豆儿大的小油灯，有几个人围桌坐着。

There was a small table on the kang inside, and round the little lamp some men were sitting.

这三类虽然语义类别不同，但是都有一个特点，即这三类句子表达的"存在"意义与英语 there be 句型十分接近。换言之，这三类句子都能通过直译的方式准确无误地被翻译成 there be 句型。某种程度上说，这三类句子可以与 there be 句型实现"完全对应"。同样的还有个别其他语义类别的句子，如"V+有"类、"无动"类句等，虽然这些语义类别的句子数量相对较少，但也有例可循：

（4）"V+有"类。如：

路边还流有一点积水。

There were occasional puddles along the road.

（5）"无动"类。如：

后院一排七间大瓦房，东西三间厢房。

There were a row of seven tiled northern rooms in the back yard and three rooms in the east and west wings.

译者选择的存现句中上述几类出现频率最高，达到了 90% 以上。然而，对比上例与汉语存现句的定义，我们却发现了问题。汉语中存现句是一种相对比较复杂的语句，与英语 there be 句型只表示"存在"的意义不同,汉语存现句可根据其所表示的意义分为表示存在、出现和消失的三种基本类型,且每一种类型在动词或动词性短语的使用上都有所差别。由此我们发现,英语 there be 句型和汉语存现句不能实现完全对应,因为 there be 句型无"出现""消失"的含义。在译者们的实际运用中也表现出了这一特点:表"消失"意义的存现句未被译者选择翻译,而表"出现"含义的也只有寥寥几句。

根据张斌(2010:579),表示出现的存现句可以称为出现句,出现句是表示某处或某时出现某人和某事物的句子。它的意义与 there be 句型有一定的偏差。如:

天上飘起鱼鳞纹的红云彩,父亲担着行李,送他上保定。
There were rosy, fish-scale clouds in the sky. His father was helping him carry his luggage to Paoting.
李霜泗的心上腾起杀机。
There was black murder in Li's heart.

观察上面两个例子我们可以发现,不论是"腾起"还是"飘起",汉语中都有一种从无到有、事物出现的意味在,然而被翻译成 there be 句型后,原先该有的"出现"意义却消失了,变成了"存在"意义。因而,运用 there be 句型进行翻译不能认为是最优选择。这类句子在语料中并不少见,而译者也注意到这一问题,为保证对原文的忠实性,对汉语中表"出现"或"消失"意义的存现句,译者选择了更优方式去翻译,而非 there be 句型。

总而言之,当翻译对象为汉语存现句时,只有在存现句表达"存在"意义时译者才会选择运用 there be 句型进行翻译,其他两类方式所表达的含义与 there be 句型所能表达的意义并不能实现完全对应,在翻译时可能会产生意义上的偏差,译者会少选乃至不选此类语句。若要使用 there be 句型翻译,则需要译者在翻译时再仔细斟酌。

4.5.3.2 一般句与存在句的转换

通过实际语料数据我们发现,较之频率只占总比约 1/4 的存现句,占到总比约 51% 的一般句是被《中国文学》译者们广泛选择的运用 there be 句型翻译的对象。译者的这一选择值得我们关注。一般句是汉语中最常用的句式之一。通常看来,凡不能被归入双宾句、连谓句、兼语句、存现句、"把"字句、"被"字句等句式的均为一般句。而根据谓语词性的不同,一般句还可以再进行句型上的分类,得到动词谓语句、形容词谓语句、主谓谓语句和名词谓语句。根据这一判断方法对一般句进行分类,得出数据如表 4.20:

表 4.20 一般句句型分类及数量统计表

一般句总数	动词谓语句	形容词谓语句	名词谓语句	主谓谓语句
2 587	1 996	453	89	49

由表 4.20 我们能够看出,一般句中动词谓语句和形容词谓语句占了绝大多数,见图 4.3。

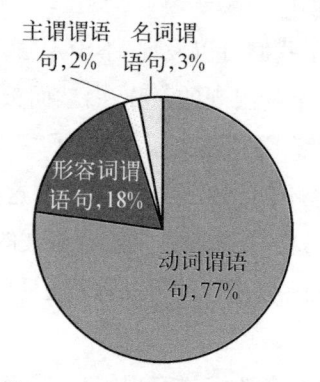

图 4.3 一般句句型分类占比图

译者选择了大量的动词谓语句和形容词谓语句作为用 there be 句型翻译的对象,名词谓语句和主谓谓语句则较少,这其中有何规律?由于后两者数量较少且不具代表性,笔者选取动词谓语句和形容词谓语句作为重点分析对象。

1. 动词谓语句的翻译

动词谓语句是汉语中最常见的句型,在日常交际中占很大比重。观察语料数据我们可以发现,作为译者选择的 there be 句型翻译对象,一般句中动词谓语句出现频率最高。通过对动词谓语句的观察分析,笔者发现以下几种最常见的翻译情况:

(1) 含"有"字类语句的翻译

there be 句型具有"有"的含义,因而译者在选择将汉语原句翻译成 there be 句型时,含"有"的句子为主要选择。在动词谓语句中,含动词"有"字的句子出现频率高达近 1/3。"有"字句本身可以表示多种意义,例如隶属关系、领有关系、发生关系、存现关系、估量关系等,因表示存现关系的"有"字句与上文中的存现句的情况相似,在此不赘述。下例"有"字句表示领有关系:

我们没有不能克服的困难。
There are no difficulties ahead of us that we can't lick.

上例中文句中后段部分为前段部分所拥有或具有。这类句子在被翻译成 there be 句型时,往往会利用从句来表现出领有关系,句中的 that 引导的定语从句便是如此,从句中的主语 we 表明了拥有者身份,通过调整句型结构实现意义的准确传达。

(2) 含"不"字类语句的翻译

译者选择的动词谓语句中,另有代表性语句——含"不"字类。这类语句谓语部分常见结构有"V.＋不＋ADV.""不＋V."等,如"用不着""来不及""不知",等等,实例如下:

道静努努嘴,觉得用不着说这些废话,便笑着转了话题。

Tao-ching realized there was no need to flare up and with a smile changed the subject.

赵启明不知道他为什么会受到这样的对待，也来不及答话。

Chao didn't understand why he was being treated in such an unfriendly manner, but there was no time to talk.

江水不知多深多浅，只是一片墨蓝色。

There was no telling how deep the water was here.

译者通过对该类语句中的谓语动词进行词性上的转换来将其翻译成 there be 句型。由上例可知，译者将"用不着"翻译成"there was no need …"，"来不及"翻译成"there was no time …"，"不知"翻译成"there was no telling …"的表达方式。这三种翻译方式都是译者在得到源语文本传递出的语码后加以理解和加工后重新组织语言翻译而成的，这几个例子的翻译句式在翻译中得到译者反复使用，这一点可以为以后的翻译实践所利用，在合适的情况下当作固定搭配使用。

（3）含天气类字词语句的翻译

译者在选择用 there be 句型翻译一般句时，有一类语句是描述天气或气候情况的，如下雨、下雪、干旱、洪水等。译者选择将这些语句用 there be 句型翻译出来。通常来说，在用英语描述天气时，人们往往会采用"It is ＋表天气的形容词/天气类动词＋ing"形式，或者"The weather is ＋表天气的形容词"，或是"It will＋天气类动词原型"的结构，下文译者采取的手段也不失为一种值得参考的翻译方式。下面以文中实例来说明：

山洪落得很慢，黑夜又下了一阵猛雨，续涨了。

The torrents diminished very slowly; then, at night there was another shower, and they rose again.

起风了，该下雨了。

This wind means there'll be rain.

风儿不刮了,树叶不响了。

There was no wind, and the leaves didn't rustle.

观察上面的例子我们能看到,不论是对过去天气的描述、对将来天气的推测还是对现在天气的表述,都可以用 there be 句型来表达。there be 句型的时态可以展现天气出现的不同时段,而具体天气则以名词形式出现在 there be 结构后面。这样的表达方式与通常运用的英语天气表达方式有所不同,例如,上面的三个中文句子原本可以分别被翻译成:"It was raining heavily at night.""The weather is windy and it will rain soon."和"It will not be windy any more."但译者运用 there be 句型进行翻译后产生的效果却相差无几。这样一种翻译手段可为以后的翻译实践提供一定的新思路,增加句式的多样性。

2. 形容词谓语句的翻译

形容词谓语句是一般句中以形容词作为谓语的句子。译者选择翻译成 there be 句型的一般句中,形容词谓语句的频次仅次于动词谓语句。对于形容词谓语句的翻译,主要运用了两种翻译手段,下面举例说明:

人手少,事情多。

There is so much to do.

"少"和"多"两个词是形容词,在原句中做谓语,当被翻译成 there be 句型时,译者在理解原文意思的基础上,将其用 much 替代,much 在这里是名词,也就是说,原文中的形容词被转换成了名词。

这些矿石很多吗?

> Is there much of this stuff around?

上例中,"很多"也是原句中的谓语,在翻译后变成了"much of + 名词"的形式。总的来说,对于形容词谓语句的翻译方式以上述两种为主,其他的方式要根据句子的具体情况,这里不进行分析。

3. 非主谓句与存在句的转换

译者选择的 there be 句型翻译对象中,非主谓句是一大类。非主谓句指的是分不出主语和谓语的单句,主要是由主谓短语之外的短语或单词加句调形成。这类句子常常需要在一定的语境中才能独立成句。非主谓句能分成动词性非主谓句、形容词性非主谓句、名词性非主谓句、叹词句和拟声词句五类。叹词句和拟声词句是由叹词和拟声词直接成句形成的非主谓句,显然二者并不能作为 there be 句型的翻译对象。而名词性非谓语句占比也非常之低,可以不做讨论。其他两类在被翻译成英语存在句时的方法与主谓句里的一般句的情况类似,其方法出入不大。但值得一提的是,动词性非主谓句里同样也是"有"字句占很大比重。如下例:

> 还有三百公里,天亮以前一定得赶到,而现在离天亮只有六个多小时了。
>
> There were still three hundred kilometers. They had to arrive before dawn, which was now only six hours away.

上例中的"有"所表示的含义是估量关系,但在本句"还有三百公里"中没有主语,因在这个特定的语言环境下无须主语该句意思就能被完整而准确地传达出来,译者选择用 there be 句型对该句进行翻译。类似的非主谓句被翻译成 there be 句型的有很多,其基本方式和原因与主谓句里含"有"的句子情况相同,因而这两种句子也可以放在一起单独作为"有"字句进行讨论。

4. 其他

除了主谓语和非主谓句之外,还有一部分被译者选择翻译成 there be 句型的主要有以下几种:兼语句、连谓句、把字句、被字句、比字句、复合句、成语俗语类、增译等。但这些类别的句子数量都并不是很多,且少有成规律的情况出现,大多是根据每一句的具体情况进行翻译的,增译的出现也大多是为了使原文更加通顺、意义传达更明确,本书不再赘述。

4.5.4 原因分析

《中国文学》译者在运用 there be 句型进行汉英翻译时,被翻译的汉语原句中以一般句为主,其次为汉语存现句。而一般句中动词谓语句和形容词谓语句居多。选择非主谓句时其翻译方式与一般句类似。除对含"有"字的语句进行直接翻译之外,其他大多使用了词性转换的方式,其中以动词转名词频次最高。下文将分析产生这种现象的原因。

4.5.4.1 归化翻译策略指导下的选择

英语存在句作为一种动态句型结构,在众多语言中都有与其相对应的不同句式,是中国二语习得者最常用的句式之一(张会平,2009)。对于很多学习、使用英语的中国人来说,there be 句型是一种典型、地道的英语句型,在写作中能够准确运用这一句式是熟练掌握英语这门语言的一个基本要求,也是创作出"地道英语"的一个途径。中国的文学翻译历史从晚清开始,历时较短。在此期间,翻译家对于应采取"归化"还是"异化"的翻译策略的争论从未停止,但"归化"的翻译策略总体上还是处于优势地位,尤其在新中国成立后的十余年中,异化的声势还是明显弱于归化的声势(孙致礼,2002)。1951—1966 年间,新中国时期的中国文学对外译介正处于起步阶段,发展不够成熟。肩负中国文学对外译介的任务,如何使译作受到海外读者的欢迎是《中国文学》的译者首要考虑的问题。以美国为例,有美国学者曾就美国的情况评论道:"大众读者和他们的代表仍然坚守'译者隐身'的翻译信念,他们将成功的翻译定义为:透明到以至于看上去根本不像是外国作品的翻译。"(Mueller-Vollmer,1998)换言之,当时译者在翻译时的一个重要诉求就是使自己的翻译文本尽可能地贴近译语文本读者的用语习惯。在此读者接受目标的驱动下,《中国文学》的译者在翻译时会追求创作出"地道英语"。there be 句型为英语所特有,是英语使用者最常用的表达手段、英语研究者热衷于研究的对象之一,是译者翻译时使作品更贴近国外读者阅读习惯的好选择。因此,译者运用 there be 句型翻译大量一般句、非主谓句等就有了合理的解释。

4.5.4.2 英汉思维方式与句型结构的影响

英汉思维方式之间存在固有的差异。在不同的思维方式指导下,两种语言在句型结构上存在很大差异。汉语的思维不是采用焦点透视的方法,而是"散点透视",因而会在表达一些较复杂的思想时借助动词按时间或逻辑顺序层层铺开,逐步交代,这就使得动词在汉语句子中占优势地位(陈定安,1998)。例如我们会常常看到在汉语中出现多个动词或动词短语并列构成一个句子的情况,同时,汉语中以动词作为谓语甚至引导全句的现象也颇为常见。而英美人注重分析原则,强调由一到多的思想。这种思维方式体现在构句时则表现为句子以谓语为中心,借助名词与介词来表达,即句中只能用一个谓语动词,而可以有多个名词结构,这就使得名词在英语句子中占优势地位。例如在 there be 句型中,be 动词与 there 一起,本身并没有实质意义,句子的核心在于 there be 之后的名词上。这样一来,就出现了汉语以动词占优势、英语以名词占优势的情况。译者作为两种语言转换的媒介,在翻译时不仅要注意到语码的准确传递,也需要考虑思维方式的差异。《中国文学》的译者大多翻译经验丰富,对汉英两种思维方式都十分熟悉,部分译者如沙博理、戴乃迭等是在中国生活的外国人,在思维方式的转换上可谓驾轻就熟。在运用 there be 句型进行翻译时,我们看到译者常常采取词性转换的手段,将汉语原句中占优势的动词或其他词性的词语转换成英语中占优势的名词,体现汉英思维方式的转换。

4.5.4.3 文本类型与话语功能的作用

从话语功能的角度讲,英汉存在句都以介绍、引入语境信息为主要功能,起开篇点题以及承上启下的作用(金积令,1996)。因此,无论在英文文本还是中文文本中,叙事类文本诸如小说、散文中存在句的使用频率均值得关注。一方面,在叙事类文本中,文章开题需要点明故事发生的时间、地点、人物、环境等客观要素,而英汉存在句均有其特有的介绍语境信息的功能,因此常常被作者选用来向读者介绍背景信息。与此同时,叙事类文本中随着情节发展,会有新的人物、信息等需要向读者传递,存在句因其特有的语义指示功能使得这种句式能在话语进程之中自然地引进新的语境信息(钱乃荣,1990:256)。另一方面,就语义来说,存在句具有这样一种内涵,即出现、存在的人或事物都是说话人的主观意志所无法控制的。因此,当使用者想要强调事物的客观性时便会采用这一句式。

本节所选取的语料来自《中国文学》(1951—1966)的散文小说,其中叙事类文本占了绝大多数。由于存在句这一句式本身在话语功能、语义指示方面的效果和作用,作者在叙述的时候往往选择采用存在句来表述文本中客观存在的情况,无论在中文还是英文中均是如此。因此源语文本中大量的存现句在翻译时仍被译者采用存在句的句式译出便有了合理的解释。

4.5.5 结语

本研究以自建语料库为基础,借助计算机软件并辅以人工分类、归纳的手段对相关语料进行定量、定性分析,探索了《中国文学》译者选择运用 there be 句型翻译何种汉语句式的情况,得出了以下结论:

(1) 译者选择翻译成 there be 句型的汉语句式主要为一般句,存现句次之。(2) 译者选择翻译成 there be 句型的一般句中,以动词谓语句和形容词谓语句为主,且常利用词性转换的方式对句子进行处理。(3) 译者如此翻译的可能原因有三,一是当时以归化为主导的翻译策略影响译者做出此翻译选择;二是汉英句子结构与汉英思维方式的差异;三是源语文本的类型和存在句所具有的话语功能使其成为一个好的选择。这一结果可以让学界从一个新的角度了解 1951—1966 年间中国翻译文化的特点和状况,并对将来的翻译实践具有一定的指导意义。

4.6 《中国文学》(1951—1966)现当代小说散文的省译研究

4.6.1 引言

《中国文学》译载了很多反映新中国真实形象和优秀文化的作品,是外国人了解中国文学的重要窗口。省译是一种非常常见的翻译策略,作为译者对原文的创造性改写,其目的是为了使译文简洁通顺、符合英语的表达习惯以增加译文的可读性。但如果处理不当,会使翻译效果大打折扣。因此,在翻译实践中需要谨慎处理。《中国文学》英译作品中,省译现象十分常见。然而,对此的相关研究却几乎没有。本节将《中国文学》作为研究对象,利用语料库研究方法,对其收录的 431 篇文学作品的省译现象进行分类,并探索其省译的原因。

4.6.2 研究方法

EmEditor 软件能够将英译本中所有省译部分替换为关键词。将替换过后的英译本及其源语文本导入 ParaConc,即可检索关键词

untranslated,获取全库中省译的部分及其对应的源语部分。本书通过对大量省译进行分类,归纳其特点,结合数据和时代背景,探索其原因。

4.6.3 《中国文学》省译分析

在 ParaConc 中对关键词 untranslated 进行检索,呈现两万多处省译结果,结合导致省译的原因,本书将省译分为语言省译和非语言省译。语言省译是指由语言因素引发的省译现象。比如,目标语的语言特点或者目标读者的交流表达习惯等语言因素,都可能是译者采取省译策略的影响因素。非语言省译是指由意识形态、赞助人等外部因素导致的省译现象。

对《中国文学》语料库中两万多处省译数据分析后发现,由语言因素导致的省译主要集中于叹词和重复,由非语言因素导致的省译主要是文化信息、细节描写、日常对话、与情节无关的片段插曲、结束语和对读者的提醒语等。

每种语言在模式和结构上都有其特有的规则,语言差异必然会导致交流习惯的差异。一个成功的翻译除了要传达源语文本的含义,在语言结构上也应符合目标语特点。因此,对于源语文本中不符合目标读者阅读习惯的部分,译者采取了省译策略。在《中国文学》现当代作品中出现了大量叹词和重复,而通过对语料库的数据检索可以发现,译者对于大部分叹词和重复都采取了省译策略。

4.6.3.1 叹词

在所有语言中,叹词是传达感觉的最原始和最有效的方法。Quirk(1985)将叹词定义为一种纯粹表达感情的词语,没有任何所指含义。叹词作为一种独立的特殊词汇,其所在的文本环境决定了其具体含义,其有以下特点:(1)叹词没有具体含义。(2)叹词没有语法功能并且独立于句子中的其他成分。(3)叹词在不同的文本环境中,具有不同的含义。(4)叹词所呈现的语调不同,其所传达的含义也不同。因此,叹词的翻译，需要译者能够察觉语句间的含义并且能够准确地表达出来。叹词的翻译策略可以分为音译、转换、省译。《中国文学》现当代作品中叹词的使用很常见。通过叹词检索，可以得出源语文本中出现频率最高的叹词分别是：哎（唉、嗳）、嗯（唔）、哼、哎呀（唉呀、嗳呀），详见表4.21：

表 4.21 叹词出现频率和分类

interjections	emotion	frequency	omission
哎；唉；嗳	dismay, regret, disappointment	1 045	661
唔；嗯	approval	572	284
哼	anger, contempt	301	198
哎呀；唉呀；嗳呀	surprise	213	134

从表4.21可以看出，"哎（唉、嗳）"在源语文本中共出现了1 045次，是出现频率最高的叹词，其中近62%在英译本中被省译。分析"哎（唉、嗳）"具体文本语境，发现其在不同的源语文本中一般表达同一个含义并具有相同的功能：称呼、不满、劳累、悔意和失望。下文通过结合实例，进行具体分析。

    梁老先生叹气说："唉！太翁，这事儿我怕办不成！"
    "I'm afraid we don't do it that way," sighed the grey beard.

例中原文中的"唉"表现说话人的愧疚和遗憾，"叹气"和"唉"具有重复含义，如果两者都翻译，则显多余且不符合英语表达习惯，因此，译文中将叹词省译，而sigh则足够体现说话人的愧疚之情。

源语文本中，叹词"嗯""唔"共出现了572次，其中43%在译文中被省去。与其他叹词相比，叹词"嗯""唔"被省译的可能性相对较小，因为"嗯"和"唔"具有实际含义，表达一种肯定和赞同之意，在译文中通常译为 yes、all right、well，但若原文具有明显的肯定意义，译者同样倾向于对其省译。例如：

  他等珠珠说完后，才捋着胡子笑着说："嗯！嗯！说得在理。我……我本来就没有意见嘛！"
  When she had finished he tugged his beard and chuckled:
  "You're right here. Well, I never minded anyway."

  原文"嗯！嗯！说得在理"中，叹词"嗯"和"说得在理"都表达赞同和肯定意义，具有重复含义，译文中将叹词"嗯！嗯！"进行省译，但是并没有改变原文的赞同和肯定意义，"You're right here."依然表达了原文的肯定意义。

  叹词"哼"在源语文本共出现 301 次，66% 在译文中被省译。"哼"在汉语中使用广泛，表达说话人的"不满"和"轻视"，译文中通常使用 huh、bah、pah 来实现同等效果。叹词"哼"不具有实际意义，其具有加强情感的作用。大多数情况下，译者对其进行省译。

  说到这里，他又转向我和老周："看看，看看你们两个师傅带出来的徒弟。哼！不嫌丢人……"
  Then he turned to Chou and me.
  "Look at the assistants you have trained. It's a shame…"

  译文将"哼"省去，但"It's a shame"仍旧传达了说话人的蔑视。源语文本中"哎呀""唉呀""嗳呀"等叹词出现了 213 次，此类叹词表达了说话人"惊讶""不满"等感情，其中 63% 在译文中被省译，《中国文学》译文中通常译为 ah、oh、oh my 等词，然而多数情况下，译者选择省译。

  衣服都被汗水浸透了，有个战士脱下来，用手绞了绞。仰着头说:"哎呀! 这座山恐怕是没有顶的吧?"

> Our clothes are dripping wet with sweat. One of the soldiers takes his shirt off and wrings it out, saying,
>
> "Perhaps these mountains haven't got a summit!"

译者将原文中的"哎呀"省去,通过将原文的问句转变为感叹句,使译文同样具有了原文所表达的惊讶之情。

4.6.3.2 重复

《中国文学》源语文本中,除了叹词,重复现象也十分普遍。重复作为一种实现连贯性、着重性、准确性的手段,是非常常用的修辞手法。词义层面的重复通常能够使语言更加连贯、有力生动。句子层面的重复能够强调说话人的情感。而在译文中,译者对于重复采取了省译的策略。鉴于词语层面重复的检索可行性有限,本书主要研究句级层面的重复。在《中国文学》语料库的省译中,共有 70 处为句子重复的省译,以下结合典型实例进行说明。

> 车又撞了山,可能翻到沟里,那个出事地点,正是沿着山涧的大坡,不出事还捏一把汗呢,出了事就小不了!凶多吉少!凶多吉少!
>
> The truck might have tumbled down the ravine. The accident had happened at a dangerous slop beside a ravine, a place the drivers held in apprehension. It must be serious.

原文中两次使用"凶多吉少",以强调事故的严重性和对结果的肯定。而在翻译中,译者为了语言的可读性和读者的语言习惯,省略了此处重复,为了不影响原文效果,译文使用 must be 加强了肯定和强调语气。尽管译文的生动性和丰富性略逊于原文,但是原文信息得以准确表达。

4.6.3.3 传统文化信息

涉及文化信息的翻译对于译者来说是一大难点,译者必须更多地思考如何处理才能让读者跨越中英文化的鸿沟。《中国文学》源语文本中,不可避免地出现了很多词语、句子甚至段落涉及丰富的中国文化信息,其中包括中国风俗文化、历史人物和事件、传奇故事、寓言故事等。也有大量对于中国古典作品的直接引用,包括诗歌、戏曲、小说、绕口令以及谚语。然而,这些信息在译文中很多都没有得到体现。根据语料库检索得出的数据,对于文化信息的省译达到 127 处,省译的内容大致可以分为以下七类,具体见表 4.22:

表 4.22　文化信息省译分类和频率

省译信息	频率
诗歌及文学引用	21
历史人物及事件	27
风俗文化	20
歌词	19
谚语	12
文学专用术语	21
传奇故事	7

为了表词达意,实现作品的丰富性和文学性,在作品中适量引用诗歌及文学作品中的片段是很常用的手法。在《中国文学》作品的省译中,有 21 处是对文学作品引用的省译。例如《水港桥畔》一文中:

> 每隔二三十步,就有一座小桥。有耸肩驼背的石拱小桥,有清秀玲珑的石板桥,也有小巧的砖砌桥和油漆栏杆的小木桥。正是唐诗人杜荀鹤形容过的:"君到姑苏见,人家皆枕河。故宫闲地少,水港小桥多。"不过诗人还忽略了另一个特色:这里的桥堍下……

> Every twenty or thirty steps bring you to a small bridge: camel-back bridges of stone, bridges of neat flags, amusing brick-work bridges or small wooden ones with painted rails. At the foot of most of these bridges…

原文中,作者引用了唐诗:"君到姑苏见,人家皆枕河。故宫闲地少,水港小桥多。"而译文中,译者却进行了省译。

在《直薄峨眉山顶记》中,至少有三段对于文学作品的引用,译文中全部进行了省译。例如,在文章开始,为了引出主题,作者分别引用了杜甫和李白的两行诗,并且对李白诗歌中的"飞步"进行了阐释和联想,而译文中,却没有这部分信息。省译的原文如下:

> 杜甫有诗:会当凌绝顶,一览众山小。李白也有诗:飞步凌绝顶,极目无纤烟。他们的诗句一直都是激发了我登临峰顶的热情的。尤其是李白那句"飞步凌绝顶",他是登上了巫山最高峰才写的那句诗。那一年他的年纪已经是五十八岁。五十八岁,而犹"飞步",就可以想见其人了。在名山之中,飞步,几乎可以说是一种美学的享受。飞步登山,好像是山间麋鹿,林中鸟雀,你就不仅仅是山林的伴侣,而简直是山林的一部分。舞蹈家的理想是离开地面,飞上天去。他们终于不能像敦煌壁画里的飞天,借助一条飘带飞上了天。然而,飞步却可以凌绝顶,上与天齐,飞升到绝顶,与天比肩。这一次,我们正是飞步而上,直薄峨眉山金顶的。

同样,《中国文学》中对郦道元《水经注》、郭璞《江赋》等作品的引用也做了省译处理。

除了对文学作品引用的省译,《中国文学》中也有大量对涉及历史人物和事件的省译,经检索达到21处。例如,《蓝手帕》译本中,译者省略了原文中关于"刘备三顾茅庐"的相关信息。省略原文如下:"可算是请来了！比诸葛亮还难请——刘备请诸葛亮才请了三次；蜡梅请哥哥却请了四次，看这一把架子有多大！"同样的省译可见于作品《马》中，作品讲述主人公"刘柏林"和他的坐骑"孤蹄"的故事，原文中，作者用一段篇幅讲述主人公和他的坐骑如何获得"刘备""的卢"的昵称，并在后文中多处提及"刘备""的卢"，而译文中并没有出现相关信息。类似信息如"包公案""穆桂英""八大山人""醉打金枝"在《中国文学》中都做了省译处理。

《中国文学》作品的省译中，关于中国风俗文化信息的省译达到20处。例如，中国特有的"阴历""阳历""虚岁""周岁"之分、排班论辈之说，在译本中，类似信息并没有相关体现。在《三千里江山》一文中，关于吃狗肉的相关描写在译文中也进行了省译。同样，在《在东海边上》原文中，对通过孕妇的腹部形状来辨别婴孩性别的信息也做了省译处理。

《中国文学》作品的省译中，有19处是对歌词、快板、绕口令、戏曲词等内容的省译。例如，作品《创业史》译文中，译者大量省译了原文中山西戏剧的戏曲词。作品《长长的流水》中，至少有三处歌词信息在译文中被省译，例如"我们在太行山上，我们在太行山上，山高林又密，兵强马又壮……"，译者仅使用 sang 来处理词句。快板作为中国特有的一种艺术形式，在文学作品中也十分普遍，而在译文中同样做了省译处理。例如：

"关于他这方面的事，社员们也曾给他编了一首快板：赵满囤，思想坏，劳动态度实在赖。碰到重活装肚疼，自留地里去种菜。专门挑着做轻活，不管质量只图快。撒粪三锹撒一堆，锄过的地里草还在。割麦丢的比收的多，你说奇怪不奇怪。社里庄稼种不好，大家跟上你受害！"

上文选自作品《三年早知道》，作者通过快板形式向读者展现了主人公赵满囤的人物形象和性格特点,此段快板在译文中做了省译处理。

4.6.3.4 细节描写

细节描写在文学作品中不可缺少。在小说中,作者常常对人物外貌、动作和心理状态进行细节描写,在游记散文中,关于景色的细节描写更是占据大量篇幅。

《中国文学》语料库 431 篇文学作品中,多为小说、散文和游记,原文中有大量关于人物和景色的细节描写。译文中,译者出于某些原因对此类信息做了省译处理。经检索,共有 63 处细节描写在译文中被省译,主要包括人物外貌、场景设置和自然景色。如《鹰巢岭》中:

> 她一声不响地给我裹着伤,有时抽出一只手,把散乱下来的丝一样的黑发拢上去,有时仰一下脸,头发那么往上一甩。大概由于风吹日晒,皮肤显得有些粗糙,很像一面没有琢磨过的赭色的岩石。嘴唇似乎也被山风吹得干裂了,但她整个脸部鹅蛋形的轮廓弧形的黑眉乌黑沉静发亮的眼睛,以及从那里面伸出来的长长的睫毛,仍旧显出她女性独有的美。看来顶多不过二十四五岁,但那沉稳严肃的举止和风尘仆仆的痕迹,却使她显得老了七八岁。

Her soft black hair hung over half her face as she bandaged my leg. She paused occasionally to brush it aside with her hand or get it out of her eyes with a toss of the head. She couldn't have been more than twenty-four or five, but because of her weather-beaten skin and her steady, serious movements, she appeared seven or eight years older.

从原文和译文的对比中可以看出,译者将原文中对于"她"的面部细节描写完全省略。在《牧场雪莲花》中,作者使用了一系列丰富生动的修辞句对牧场的景色进行了细节描写,而这一整段描写在译文中并

第4章 英文版《中国文学》(1951—1966)英译作品语言特征研究

没有体现。原文和译文对比如下：

> 我心里也急着想赶快到牧场，好看看这个姑娘。车子又咣当咣当走了一程，老梁突然吃吃地独自笑开了。我心里羡慕地想道：多幸福的老人，竟然收了这么个好孙女。我今天要能看上她一眼，也就像他说的"走了好运了"。正想着，眼前突然豁亮了。原来大车已驶进夏牧场。这儿是半山窝里一道川，牧草长得非常茂盛，在夏风里掀起一层层绿浪。牧场的房舍和牧民们的点点帐房，就像开在湖面的睡莲。草场两面，青翠的山峦起伏重叠，贴在山腰的云朵和沟里的羊群混为一色，分不清哪里是羊，哪里是云。更有那玉立的雪山主峰，被缭绕的烟云笼罩着，像是纱巾里裹着一个刚出浴的美人。竟是这般奇绝。我真没有想到在农场看来是光秃秃的荒山，里面还有这般奇异的天地。槽子车在场部门口停下来。

> And I, too, was eager to get to the cattle farm and see the girl for myself. Our cart stopped in front of the farm office.

除此之外，此类细节描写还有心理状态、动作神态等，大多在译文中省略不译。

4.6.3.5 对话

本书所指对话是指人物角色之间的直接对话，无论用词或是句式都偏口语化，作者倾向于使用短句或是省略句来进行人物对话。对话在小说中发挥着不可取代的作用，可以揭露人物的心理状态、性格，推进故事情节的进展，因此，对话的翻译对于作品来说举足轻重。然而，也有一些与中心情节关联不大、对读者缺乏吸引力的寒暄式的对话信息，这些信息一般对故事发展没有实际意义。通过在语料库中对省译进行检索，可以发现相当一部分省译内容正是人物角色间寒暄式的对话，其中有150篇作品，对话省译共达177处。如作品《葛梅》中的一段对话：

收购完了,我挎起盛着鸡蛋的大箩筐,向她说:

"我猜你还没用午饭,走,到我家里去吃吧!"

她并不谢绝。

一路走着,我问她:"你是哪儿的人?"

"城南泉水头村的呀,怎么的?"她喜欢用这样的反问腔调,同时还把眉毛往上挑起。

"你家里都有什么人?"我又随意提出这样的话题。

"父亲,母亲,哥哥,嫂子,侄女儿。怎么的?"

"都在乡下吗?"

"都不在乡下,"她跳过井边一道小水沟的时候回答。"父亲哥哥都在唐山南厂做工。"

"你念过书吗?"

"中学毕业,怎么的?"

"你在学校的功课怎么样?"

"有一门是四分,其他都是五分啦!怎么的?您问这干吗?"

"那么,"我笑着问她,"你怎么没升学?或是在唐山市里找个工作?"

她细白的牙齿咬着下嘴唇,意味深长地瞥了我一眼,微笑不答。我没有再往下问,因为我知道如今的青年人,都喜欢隐藏自己伟大而又不可动摇的志愿。不愿意预先向别人宣扬,而是逐渐显示在自己的行动中。

我把她领到家里,请我的妻子给她做饭。

When the purchasing was completed, I picked up the heavy crate for her and said, "I'm sure you've had no lunch. Come and eat in my house." She did not refuse. I took her home and asked my wife to get her a meal.

原文是说话人和主人公葛梅之间的一段寒暄式对话,并没有传达任何关键信息,译者将这段对话省译。尽管删除此段对话,却不会影响译文读者对故事情节的把握。《中国文学》语料库中,同样的省译内容仍有很多。例如,《大木匠》中,女儿和她的母亲之间一段关于迎接客人的对话,在译文中进行了省译处理。作品《老羊工》中主人公和王主任之间的关于如何喂羊和牧羊的对话也在译文中省略。

4.6.3.6　对读者的提醒

在很多文学作品中,作者会通过使用对读者的称呼、第二人称、引导词等方式和读者进行对话,如"大家""朋友们""你/你们""读者们""请听下回",等等,这些信息作为一种引起读者注意力或是吸引读者对下文进行思考的过渡方式,对于故事情节方面没有实际意义。在《中国文学》语料库中,译者对此类信息也做了省译处理。经检索,此类省译达到43处。例如,在《我的十年和七十二年》作品中,"欣值祖国十年大庆,百感丛生,决非笔下所能说得尽道得完的。追昔抚今,且将我十年来的感触漫谈一二,也请大家来比比看",此段与读者的直接对话,作为开场白具有启下的作用,意在点题,也在引起读者的阅读兴趣,在译文中却没有体现。在散文《飞机也怕民兵》中,作者多处使用"你们""朋友们""父老们"等词语称呼读者,与读者进行直接对话,引起读者对中越深厚友谊的共鸣,而在译文中,此类称呼全部做了省译处理。作品《李科长再难炊事班》以评书的写作形式进行故事讲述,文中不乏一些行话术语,例如文章开头写道:"上回讲了《李科长初难炊事班》的故事,今天讲第二回:《李科长再难炊事班》。哎!有的同志说啦,上一回我们没听说过。好,为了让大家知道故事的来龙去脉,我把上回的情节作个简单的交代。李科长是谁?……"文章结尾:"要知道李科长以后又给炊事班出了些什么情况,请听第三回:《李科长三难炊事班》。"此类提醒读者的行话术语在译文中也做了省略。

4.6.3.7　结尾语

通过语料库检索,可以发现译者倾向于将原文结尾语进行省译。

结尾语在文学作品中十分常见,通常用来感叹人物角色命运或是揭示文章主旨。然而,在翻译过程中,译者常常会省略此类信息,《中国文学》语料库中,结尾语的省译达到14处。例如,作品《钢铁元帅团》的结尾语中,作者抒发了其对主人公的敬爱和对中国共产党的热爱之情,译文中却没有相应的体现。省译原文如下:

> 我望着她,也想着我们祖国的妇女。在旧社会,她们生活在被剥削被压迫的最底层;共产党来了,解放了,她们才见了天日。她们像被尘土覆盖的明珠,受了暴风雨的冲涤,顿时发出了奇异的光彩。这个贫苦农民出身的女人,在旧社会,连个名字都没有,而现在却成了领导全村生产的第一把手。她就是中国妇女的缩影。党,给了她惊人的智慧,宽广的胸怀,坚韧的意志,可贵的才干。她觉悟高,干劲足,吃大苦,耐大劳,把心血和肌体,把自己的一切,都交给了党,交给了革命。这就是我们时代的女英雄。她的思想和精神,放射着革命英雄主义的光彩!我们伟大的祖国的妇女啊!我在心里喊着自己的名字:"张步农,记住!记住这个村庄,记住这个夜晚,记住这个女共产党员!永远不忘!永远不忘!"

同样,在《中国文学》很多作品的结尾语中,作者运用一系列抒情句甚至排比句向读者传达文章主旨,然而在译文中,这些结尾语大多做了省译处理。

4.6.3.8 和主要情节无关的片段插曲

《中国文学》译本中,译者常常会省译与故事情节无关或是对于推进情节发展作用微小的插曲或片段。例如,《志愿军与美国俘虏》作品中,作者列出了美国俘虏的一封投降书,而在译文中,投降书的内容却没有体现。

作品中人物角色的回忆情节也常常会被译者做省译处理。《中国文学》作品中小说题材占多数,小说中回忆情节的描写也十分丰富,其中有些与故事情节联系紧密,有些对于情节发展、对于读者来说略显冗余。例如,作品《三年早知道》中有一整段关于回忆主人公如何加入农业生产合作社的具体过程,由于对故事主要情节没有推动作用,在译文中被省译。作品《登记》讲述三代之间的故事,原文中关于主人公回忆如何获取昵称"小飞蛾"的段落也被译者省去。

本节主要分析了《中国文学》中的主要省译现象,关于省译原因,下节会结合时代背景和语言因素做出具体分析。

4.6.4 省译原因

翻译策略的选择受多种因素影响。勒菲弗尔提出翻译改写理论的三大因素——意识形态、赞助人、诗学,翻译策略的选择不仅仅是受译者个人和文本因素影响,意识形态、赞助人、出版社等外部因素对于翻译策略的选择也是至关重要的影响因素。本节主要探索意识形态、官方机构和语言差异三个方面对《中国文学》省译的影响。

4.6.4.1 意识形态

翻译,作为一种跨语言、跨文化的活动,受译者个人意识形态和社会主流意识形态双重影响。20 世纪 50—60 年代新中国成立后的特殊时期,社会主流意识形态对《中国文学》的翻译活动具有深刻影响。新中国成立后与新中国成立前的多元意识形态有所不同,受马克思列宁主义影响的社会主义政治意识形态逐渐形成。文学领域也不可避免受到社会主流意识形态的影响,中国文学中省译策略的选择正是受到了当时的文艺政策、政治运动和外交政策的制约。

1. 文艺政策

1942 年,毛泽东在《在延安文艺座谈会上的讲话》中提出"政治第一、文学第二"的新标准,并强调了"文艺服从政治"的文艺政策。

此次讲话对新中国成立前后的文学活动方向具有重要的指导意义，翻译活动不再是一种纯粹的文学活动，而成为一种满足政治需要的手段。

作为社会主义国家，新中国加入以苏联为首的社会主义阵营，遭到了以英美为首的资本主义阵营的孤立，难以为西方世界所接受。《中国文学》杂志在这样的背景下作为一种传播媒介而创立，《中国文学》作品的翻译亦自然以政治为导向，以满足政治需要为根本目的。

在这种文艺政策影响下，那些符合社会主流意识形态和政策的优秀作品成了《中国文学》作品的优先选择，例如反映抗战精神的红色小说，反映社会主义新中国发展和改革的进步小说。此类作品在《中国文学》作品中占多数，为了实现传播新中国文化的政治目的，其翻译自然也要符合主流意识形态。

2. 政治运动

1951—1966年是新中国成立以后的16年。1955年的整改运动、1957年的"反右"运动、1959年的"大跃进"运动等一系列政治运动对文学领域也产生了影响，翻译活动自然也不可避免地受到制约。

1958至1960年的"大跃进"运动旨在通过工业化和集体化以最快速度实现中国从农业社会向社会主义社会转变，1959年达到运动顶峰，国内各行各业均受到影响，甚至翻译活动也要秉持"大跃进"精神，坚持多产多量的原则，从《中国文学》作品译作时间可以发现，1951—1966年的16年间，431篇译作中有58篇发表于1959年，翻译作品及翻译量的增加，或多或少对于译者的翻译行为有所影响。根据《中国文学》语料库检索数据可以发现，1959年发表的58篇作品译本中多达4 327处省译，占据全部作品省译数量的18%。而在"大跃进"运动结束的1961年，省译现象明显减少。

3. 外交政策

1951至1966年间的外交政策也是影响翻译活动的一个重大因

素。新中国成立初期,中国加入苏维埃社会主义阵营,与以英美为首的资本主义国家形成对立格局;与第三世界国家的外交关系在和平共处五项基本原则基础下也得到巩固。同时,中国对第三世界国家的解放运动也极力支持。20世纪50年代后期,随着中国与第三世界国家外交关系得到巩固,《中国文学》发表了诸多反映中国与亚非拉国家之间深厚友谊的作品。

4.6.4.2 官方机构

官方机构,作为《中国文学》杂志的赞助人,也是制约译者翻译活动的一大因素。赞助人可以是独立个人,也可以是政治机构、出版社或媒体等机构。20世纪50年代,国家统一了文学领域的赞助系统翻译被赋予了前所未有的重要性。1951年11月,中央人民政府国家出版总署召开了第一届全国翻译工作会议,会议指出翻译是一种实现社会主义文化建设的政治活动,全国翻译应该有组织有计划地进行,加强公营出版社在翻译领域的作用,整改私人出版社。一系列整改措施实行以后,政府统一了文学翻译领域的赞助系统,这对于中国翻译的发展具有重要意义。

《中国文学》由两层赞助人组成,第一层级赞助人为政府宣传机构,第二层级赞助人由中国文学出版社、外语出版社及中国作家协会等多个机构组成。《中国文学》赞助人决定了作品选材与翻译策略选择等一系列活动。《中国文学》杂志的主要翻译者之一沙博理在其访谈录中表示,为《中国文学》做翻译工作时期,翻译什么和如何翻译都取决于编辑部或者某些中央政府机构(2011)。

国家政府宣传机构,作为《中国文学》第一层级赞助人,强调杂志的对外宣传作用。正如前文所述,《中国文学》的创立正是为了满足宣传新中国形象的政治需要,为了确保杂志发挥其积极的宣传作用,政府宣传机构对选材和翻译进行了严格限制。反映中国光明新形象的作品受到提倡,因为有利于中国在国际上获得认可。

作为《中国文学》第二层级赞助人,中国文学出版社注重杂志的宣传作用,同样也强调读者范围和读者的阅读体验。出版社通过制定编辑和翻译规则来扩大读者群。偏离读者期待的作品不会被读者所接受,为了吸引读者,译者通常会将容易引起读者阅读障碍、破坏可读性的内容进行省译。文化信息的省译正是考虑到读者的阅读期待。中西文化背景的差异导致涉及中国文化的信息可能会引起读者的阅读障碍,例如原文中的文学作品引用、历史人物事件、传统风俗以及歌词类信息不利于读者的理解,因此在译文中被省略。小说作品中自然景色、场景设置及人物外貌和心理活动描写同样要考虑读者的阅读期待。从读者角度来说,小说的情节发展是吸引读者的关键,过多与情节无关的信息会减弱读者的阅读兴趣,因此,考虑到读者期待,译者常常会省译或者删减细节描写部分。与情节无关的对话和插曲片段的省译同样也是为了迎合读者的阅读期待,使译文更加精简,增强了作品的可读性。源语作品中结尾语和对读者的提醒往往起到作者抒情和唤起读者的作用,能够引起中国读者对故事主旨和作者感情的共鸣,而文化背景不同的西方读者难以对作品主旨和作者表达的感情产生共鸣。因此,在译文中,译者会删去此类信息。

另一方面,出版社作为赞助人,对于作品的长度也有限制要求,因此,作品的翻译或多或少也会受此影响。

4.6.4.3 语言差异

英汉不同的语言特点是影响翻译的最根本因素。对于同一信息的输出,英汉语言在其模式和结构上有各自的特点。英汉语言特点导致中英不同的表达方式,尤其体现在《中国文学》中叹词和重复的使用方面,英汉语言的叹词和重复在使用频率和形式上各有特点。

叹词是表达情感的最有效、最原始的方法。英语中有超过120个叹词,是汉语叹词数量的两倍,因此在英语中找到汉语单词的对应词并不难。叹词常用的翻译方法是音译、转换和省译。《中国文学》作品中对原文叹词的省译现象非常多,主要归因于英汉的语言表达差异。汉语的叹词、拟声词等无实义的虚拟词用法普遍,而英语则相反,如果翻译时将叹词逐字翻译,则不符合西方读者的表达习惯,破坏了作品的可读性。译者个人的语言习惯也会影响叹词的翻译。译者的翻译风格和语言习惯各不相同,有些译者会将叹词译出,有些译者则倾向于省略。另一方面,叹词并不是表达情感的唯一方法,通过结构、标点等因素的变化,也可以实现同样的功能。因而译文中经常出现叹词省译,通过改变句子结构或者标点符号来实现叹词的作用。

重复的省译同样是汉英语言差异的结果。英语重形合,注重形式联系,在表达习惯上,并不倾向于使用重复。汉语重意合,汉语句强调语义达意,汉语中重复现象很常见。汉语中的词句重复,如果逐字翻译,往往会破坏英语严谨的句式结构,也不符合西方读者的表达习惯。例如,原文中的"凶多吉少,凶多吉少",如果逐句翻译成"It must be serious. It must be serious",完全不符合英语的表达习惯。对于读者来说,重复的信息是完全冗余的。美国作家威尔逊·弗莱特曾表示,在文章中,对于同一信息的多次重复是对读者时间的浪费,重复越多,越不利于信息的表达。可以看出,在英语中,重复现象不如汉语中普遍,对重复的省译,更加符合读者的阅读接受习惯。

4.6.5 结论

本书研究发现,《中国文学》省译信息可以分为:叹词、重复、文化信息、细节描写、对话、插曲片段、结尾语、对读者的提醒等。省译的主要原因包括三方面:意识形态、官方机构和语言差异。20世纪五六十年代,在社会主流意识形态的影响下,中国"文学服务政治"的文艺政策、各种渗入文化领域的政治运动、外交政策都是引起省译的关键因素。另一方面,国家宣传机构作为《中国文学》的赞助人,对于作品的翻译也有制约作用,出版社作为赞助人之一,不仅注重杂志的宣传作用,同时也强调杂志读者群的扩大,因此,有违读者期待的信息也会省译。最后,英汉语言差异是导致叹词和重复省译的主要原因,叹词和重复的省译更加符合西方读者的阅读习惯。

本书探究了《中国文学》中省译的特点和造成省译的原因。由于省译的特殊性,语料库对于词语层面的省译无法实现检索功能,因此本书局限于句子和段落层面的省译考察。

第 5 章　英文版《中国文学》(1951—1966)英译作品的翻译规范研究

5.1　引言

　　作为描述性翻译学的重要内容之一,翻译规范较好地解释了诸多翻译策略(如重译、改译)选择的社会原因,以及特定历史时期社会意识和个人意识对翻译行为的影响。描述对译者翻译策略选择施加影响的不同翻译规范,可以揭示翻译的本质和翻译过程的内在属性。语料库方法是研究和描述翻译规范可采用的一种重要方法。语料库在翻译规范研究中的运用具体表现为在比较翻译文本和源语文本的基础上,总结出译者翻译策略选择所受的约束,即隐藏着的不成文的规范。语料库的应用还表现在可以研究翻译文本本身的语言特征,从而可以帮助我们更深入地研究影响具体翻译行为的约束条件,发现具体翻译语言特征背后隐藏的规范。

　　英文版《中国文学》(1951—1966)英译作品语料库所收录的英语译文都发表在建国"十七年"这一特殊时期,社会政治意识形态和文艺政策对于文艺的生存发展产生了极大的影响。本章拟对《中国文学》

(1951—1966)英译作品的翻译与当时的社会文化环境的关系进行考察。首先选取原文中反映社会文化内容和意识形态的典型词汇,考察此类信息的传递;其次结合社会环境和文化背景,从文本内和文本外两个角度,重构影响和制约译者及其翻译行为的翻译规范。

5.2 《中国文学》(1951—1966)现当代作品中文化负载词的英译规范研究

5.2.1 引言

　　《中国文学》是新中国成立后第一份面向外国读者译介中国文学作品的官方刊物。在许多著名译者和外国专家的共同努力下,大量的中国优秀古典文学及现当代文学作品被译介到海外,对中国文化的对外传播做出了重要贡献。在这些作品中,有大量的文化负载词。这类词汇不仅具有独特的所指意义,还具有丰富的民族文化底蕴,可以说,这类词汇的翻译效果对外国读者理解中国文化会产生重要影响。译者使用不同的翻译策略往往会形成不同的效果,如何翻译这类词汇一直是译界的热门话题。但纵观学术界对《中国文学》的翻译研究,鲜有针对文化负载词的翻译进行系统探讨。此外,1951年至1966年这一时期是我国外宣书刊翻译工作的起步期,针对这一时期翻译工作的研究仍为数不多。对这一时期《中国文学》中的文化负载词翻译策略进行系统研究,可以从一定程度上反映出这一时期的翻译规范。

　　本书尝试采用语料库的研究方法,并结合实例,以切斯特曼翻译规范论为主要理论框架,对《中国文学》(1951—1966)现当代作品中的文化负载词英译情况进行分析,探讨译者在翻译过程中采取的翻译策略与技巧,并结合当时的语境重构规范。

5.2.2 研究对象与方法

本书选取 1951—1966 年间的《中国文学》现当代作品中的文化负载词作为研究对象。文化负载词是指能反映一种文化的独特性并具有丰富文化内涵的一类词汇。这类词源于某一种特定文化,往往很难在另一种文化或语言中找到对应的译法。依据奈达的分类,文化负载词可划分为五类:(1) 生态类文化负载词;(2) 物质类文化负载词;(3) 社会类文化负载词;(4) 宗教类文化负载词;(5) 语言类文化负载词(Nida,1945:194-208)。

本书分别选取各类文化负载词中的代表性词语作为分析对象。作为本研究的分析对象需具备足够的代表性,因此,考虑到该语料库中的文化负载词的实际频次及在不同作品中的实际分布情况,代表性词语需符合以下两条标准:

(1) 本研究的代表性词语必须是高频词(至少出现 100 次)。
(2) 代表性词语必须出现在不同的文学作品中(至少 20 部)。

由于所有的宗教类文化负载词的出现频次均少于 100 次,所以作为这一类词汇的代表词只能满足上述第二条标准。此外,在《中国文学》(1951—1966)的平行语料库中,省译这一现象较为常见。除了词汇层面的省译,句子层面及段落层面的省译现象也常出现。对此,本书的研究对象不包括句子层面或段落层面省译的文化负载词。表 5.1 是本书所研究的代表性词语及对应的词频数:

表 5.1 代表性文化负载词词频统计

类型	词汇	词频(次)	词汇	词频(次)
生态类	北京	199	长江	123
物质类	炕	687	亩	507

续 表

类型	词汇	词频(次)	词汇	词频(次)
社会类	大娘	431	八路军	273
宗教类	天地	63	菩萨	62
语言类	自言自语	132	笑嘻嘻	104

5.2.2.1 文化负载词英译情况的数据分析

文化的差异性给翻译工作带来了极大的挑战。翻译策略通常被分为两大类——归化策略及异化策略。相比于异化策略,使用归化策略的译文往往更容易被目标语读者所理解。然而,这种译文却容易丧失源语文化的特色;而使用异化策略的译文虽保留了源语文化的特色,却增加了读者阅读的难度。对各类文化负载词的代表性词汇的英译策略分析见表5.2和图5.1。

表 5.2 代表性文化负载词英译策略

方法 词汇	异化策略			归化策略		
	音译法	音译加注释	直译	意译	替代	省译
生态类	58%	0	0	6%	30%	6%
物质类	74%	1%	0	11%	3%	10%
社会类	5%	0	33%	18%	38%	6%
宗教类	0	0	35%	31%	16%	18%
语言类	0	0	13%	41%	36%	10%

在这一时期的文化负载词英译过程中,异化与归化相辅相成。在翻译生态类和物质类以及具有政治色彩的文化负载词时,译者更倾向于采用异化策略,而在处理社会类、宗教类及语言类的文化负载词时,译者更倾向于运用归化策略。

5.2.2.2 翻译规范的重构

规范是"对翻译现象进行描述性分析的一个范畴"(Toury,1971:57)。自20世纪70年代开始,翻译规范的描述性研究越来越受到学术

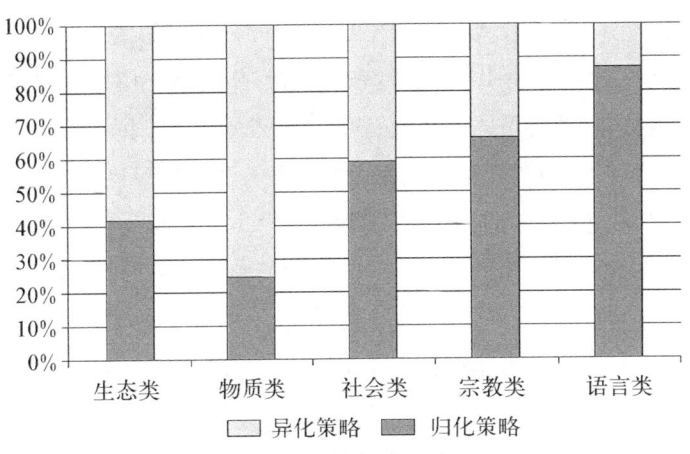

图 5.1　代表性文化负载词英译策略

界的关注。切斯特曼(Chesterman,1997)认为,规范就是在特定的历史时期占据主导地位的文化基因,是属于某一历史阶段的特定现象。他将翻译规范划分为两大类:一类是"期待规范"(expectancy norm);一类是"专业规范"(professional norm)。

1. 期待规范

切斯特曼认为,期待规范存在于读者群中,由读者对译作的期望所构成,涉及译作的多个方面,如整体风格、语言表达形式及可接受度等(Chesterman,1997)。目标读者对译作的期望往往受当时的文化环境影响,译者所处时代背景中的政治、经济、社会、意识形态和文学传统等因素对期待规范的形成也起着重要的作用。对于这一规范,译者有两种选择:遵从或违背。由于期待规范源于目标读者对译作的期望,所以会在一定程度上影响读者对译作的评价。通常情况下,译者为了让目标读者更好地接受自己的译作,往往会选择遵从期待规范。但是,在某些翻译活动中,尤其是在文学作品的翻译中,有些译者会违背这一规范以求忠实再现源语文本的某些表达形式。

在翻译活动中,译者通常会考虑读者对译作的期望,所以考察某一特定时期翻译策略的倾向可以从某种程度上折射出那个时期读者的期望。数据显示,译者在英译《中国文学》(1951—1966)现当代作品中的高频文化负载词时,采用的翻译策略既有归化策略,也有异化策略。在处理社会类、宗教类及语言类文化负载词时,译者更倾向于使用归化策略,其中,替代法和意译法是最常用的两种方法。这里以宗教类的高频文化负载词"菩萨"一词为例。"菩萨"一词共出现62次。在英译这个词时,异化策略的使用约占48%,而归化策略约占52%。异化策略在跨文化交际时保留了更多的源语文化特色。"菩萨"一词源自佛教文化,译者在运用异化策略英译这个词时,往往会使用与佛教文化相关的词汇,如 Buddha(26次)、bodhisattvas(1次)和 Buddhist saint Samantabhadra(1次)。然而,这种处理方式会使那些没有掌握相关中国文化信息的外国读者无法完全领悟这个文化负载词的内涵意义。佛教文化深深地植根于中国文化,"菩萨"被视为具有操控自然、掌控人事的力量。而在西方文化中,基督教具有更深的影响性,其中,被视作具有操控世界的力量的典型意象是 God 和 Goddess。因此,在翻译过程中,运用归化策略的译者常常用 God(14次)和 Goddess(6次)来替代"菩萨"这一文化负载词。此外,译者也会选择意译法来传递这一文化负载词的隐含意义,如 idol(3次)、religious(1次)、savior(1次)、image(2次)和 spirit(1次)。无论是替换法还是意译法,归化策略的译法显然更有助于读者理解这一文化负载词的隐含意义。从这两种翻译策略对译文的可理解性影响的角度考虑,并结合数据呈现的倾向性,我们不难发现,读者似乎更容易接受运用归化策略的译法。而另一方面,异化策略更多地保留了中国源语文化的特色,所以这种译法在一定程度上符合对中国文化感兴趣的读者的期待。

那么,整体而言,读者对于这一时期的中国文学的期待究竟是怎样的?《中国文学》每一期的发行均附有读者问卷调查表。从这些调查问卷中反馈的信息,我们可以从一定程度上了解读者对译作的期待。从读者的反馈来看,当时的读者渴望从这些文学作品中获取更多关于新中国的信息,也就是说他们更注重这些文学作品的内容。这一时期读者反馈的信息鲜有涉及针对翻译水准的评价。由此,我们可以推测出两方面的信息:(1)这一时期的外国读者中精通中文的不多,并且大多数读者对中国知之甚少;(2)从某种程度上讲,译者的翻译对读者理解作品内容没有造成太大的影响。

此外,自新中国成立后,文艺创作需符合当时的政治文化方针政策。《中国文学》作为官方发行的外宣刊物,与它有关的翻译活动也要符合当时相关的方针政策,因此,译者的翻译工作不仅要符合读者的期待,也要符合当时的编辑方针。创刊初期的编委会注重的是作品的文学性和政治性,认为所译介的"作品要能真正代表中国文学的水平,不出现政治性差错",着重"介绍中国人民在解放事业中所做的英勇斗争、为建设社会主义社会和争取世界和平所做的辛勤努力、在毛泽东的文艺方针指导下的文艺创作经验和文艺理论以及我国整理文学遗产的成果"(郑晔,2012)。这也就意味着,《中国文学》的这些译作承担着向世界介绍新中国、塑造新中国人民新形象的重要使命。

综上所述,对《中国文学》的译者来说,1951—1966年间的期待规范主要包括两个方面:一方面是要满足读者了解中国的需求;另一方面是要满足作为官方外宣刊物的要求。

2. 专业规范

切斯特曼(Chesterman,1997)认为,专业规范通常源于被社会公认为有能力的职业译员的规范翻译行为。1951—1966年间的《中国文学》的译者都是当时著名的译者,如沙博里、杨宪益和戴乃迭。因此,这些译者在翻译过程中呈现的翻译策略选择倾向可以从一定程度上反映出这一时期的专业规范。

《中国文学》作为官方发行的外宣刊物,其各方面均受到当时的政治环境和相关政策的影响。这也就意味着,译者的翻译行为是在当时的官方编辑方针和翻译方针的指引下进行的。所以,这一时期的政治环境对翻译活动中专业规范的形成产生了重要影响。

(1) 责任规范

责任规范是指"译者应抱着对原作作者、翻译委托人、译者自身、潜在读者群和其他相关的各方忠诚的态度来翻译"(Chesterman,1997)。它要求译者翻译过程中对各方负责,协调各方,防止失去有关各方对他的信任。也就是说,当各方发生冲突时,译者既要做出判断,选择优先对某一方负责,也要协调各方,维持可信度。

《中国文学》的翻译活动是在一系列方针政策的指导下进行的。该刊物的发行不止是一种文学交流,还是一种文学外交。这些翻译作品承担着传播中国文化的使命,同时也肩负着树立新中国良好国际形象的重要责任。尤其是在翻译当代文学时,后者的使命尤为突出。这也就意味着,《中国文学》的译者主要是对翻译委托人负责。他们的译作一方面是要能够传播中国文化;另一方面是能够推动树立新中国的良好国际形象,要做到这一点,译者必须保证译作的可读性,即目标读者能够理解作品的内容。

通过对代表性词汇的数据分析发现,《中国文学》的译者在英译文化负载词时都适度地顺应了当时的责任规范。在翻译专有名词及某些物质类文化负载词时,译者常常使用音译法和直译法来英译这些词汇,如"北京"音译成 Peking,"炕"音译成 kang,"亩"音译成 mu,"八路军"直译成 Eighth Route Army。这种处理方式保留了这些文化负载词的中文特色,是忠诚于原文作者及中国文化的体现。诚然,在有些情况下,译者也会用归化策略处理这些词汇。例如"八路军"英译成 the Communists、The Communists Army 和 Communist military,这种处理方式体现了这一军队的性质是由中国共产党领导的。译者所采用的译法是在试图传递这些文化负载词的文化内涵,这无疑也是一种忠诚于源语文化的体现。此外,数据分析显示,译者在处理社会类、宗教类及语言类文化负载词时往往倾向于运用归化策略,意译法和替代法是最常用的两种方法。这种翻译策略更有助于读者在阅读过程中理解这些文化负载词背后的隐含意义。例如,"大娘"一词在中文里不仅是对父亲长兄的妻子的称谓,而且也被用来尊称上了年纪的女性。在统计中发现,译者会根据语境将"大娘"一词英译为各种表达,如 Mrs.、aunt、wife、mother 和 woman。这种处理方式使得目标读者在阅读过程中更容易理清人物关系,理解文本内容。因此,可以说,归化策略的运用是忠诚于潜在读者群的表现,并且在一定程度上确保了译文的可理解性。

通过观察《中国文学》译者在 1951—1966 年这一时期的中国文化负载词英译情况并结合当时的时代背景进行分析,我们发现,这一时期的责任规范的主要内容是:翻译活动要承担起推动树立新中国良好形象的责任。

(2) 交际规范

交际规范要求"译者(翻译时)能应场合和所有涉及各方的要求使传意达到最优化"(Chesterman,1997),强调译者要通过翻译来实现跨文化交际,把源语文本转换为通顺流畅的译语文本,从而使交流能够顺利进行。在实际翻译过程中,译者为了给读者呈现通顺流畅的译本,往往需要将译语文化中的文本语言规范考虑在内,这也是《中国文学》的翻译方针之一。

从数据上来看,译者更倾向于采用归化策略英译具有丰富内涵的文化负载词,例如,"长江""菩萨""天地""大娘""自言自语"及"笑嘻嘻"这些词的译法均体现了归化倾向。以"天地"一词为例,在汉语文化中,"天地"是关于宇宙的专有概念。这个词常指"天和地",指自然界与宇宙的第一因素;或指"人们的活动范围"(中国社会科学院语言研究所词典编辑室,2002:1283)。从英译情况看,归化策略的运用占了 76%,译者主要采用省译、意译及替代法这几种翻译方法;采用直译法的异化策略占了 24%。在运用归化策略时,译者会根据上下文的语境,采用不同的表达方式来传达"天地"一词的内涵意义,如 world(14 次)、the whole world(3 次)、realm(1 次)、the heavens(1 次)、the open sea(1 次)、existence(2 次)、surroundings(1 次)、something(1 次)、pool(1

次)。这种处理方式有助于读者理解"天地"一词在语境中的意义。除了替代法和意译法,译者有时也会采用省译这种处理方式,尽管这种方式会导致中国特色的缺失,但不会给读者造成阅读障碍。另一方面,有些译者会以直译的方式将"天地"一词英译为 Heaven and Earth (11 次)、earth and sky(3 次)和 heaven earth(1 次),这虽保留了源语文化的特色,但对于那些不了解中国文化的外国读者来说,在译作中理解起来是有一些难度的。此外,"长江"一词的英译也值得关注,该词约有 80% 被译作 Yangtse(87 次)和 Yangtse River(11 次)。Yangtse 和 Yangtse River 源于中国的"扬子江"一词。"扬子江"是长江从南京以下至入海口的下游河段的旧称。明清时期西方传教士在中国的活动范围主要在长江的这一带,因而对长江这一部分的名字最为熟悉。渐渐地,用 Yangtse 一词来指代"长江"开始为西方人所接受。

通过上述分析,我们发现,《中国文学》在英译现当代作品中的文化负载词时,译者更倾向于采用归化策略来翻译社会类、宗教类及语言类等具有丰富文化内涵的文化负载词,从而帮助读者理解。也就是说,这个翻译倾向所折射出来的当时的交际规范是:译者要通过翻译在源语文本与目标语读者之间实现交流最大程度上的顺畅性。当然,采用异化策略的译法仍占据一定比例,尤其是在处理生态类、物质类及涉及政治的一些文化负载词时。《中国文学》的刊物性质决定了有关它的一切翻译活动都受制于当时的方针政策。为防止犯政治错误,译者在翻译过程中要格外小心,尤其是在处理与政治相关的词汇时,需尤为谨慎,采用直译的方式可谓是更为保险稳妥。而有些情况下,译者为了保留中国文化特色,也会采用异化策略,这种译法尽管给读者的理解增添了难度,但无疑是更好地保留了中国的文化特色。所以说,出于对当时的翻译责任的考虑及译者的主观能动性,译者在处理这些文化负载词时有时也会违背当时的交际规范。

(3)关系规范

关系规范要求"译者的翻译行为必须确保源语文本和目标语文本

建立并保持着一种适宜的类似性"。切斯特曼认为,源语文本与目标语文本的关系不是绝对等值的,而是具有"适宜的"相关性,即二者之间的关系是相对灵活的,译者可根据文本类型、翻译目的、原作者的本意及潜在的读者群的可能需求等各种具体情况对两种语言的文本之间的关系做出适当调整。

数据显示,译者处理这些高频文化负载词的整体倾向是:归化为主,以异化策略为辅。在观察中发现,除了某些专有名词和物质类文化负载词,译者更倾向于传递这些文化负载词的隐含意义,而不是刻意地保留源语词汇的语言形式。由此可见,这一时期关系规范强调的是词义的相似度和效果的相似度。译者更倾向于使用意译法和替代法来英译出这类词汇的隐含意义。这种处理方式使得目标读者相对容易理解这类词汇的意思,同时这种译法使得目标读者得以感受到源语词在源语读者中产生的效果。

同一个意思在不同的文化中会演变成不同的语言表达形式,因此,语言类文化负载词的英译情况可在一定程度上反映译者处理两种语言关系的倾向性。这类文化负载词如中文里的四字成语、叠词以及拟声词往往存在视觉及音效这两个方面的突出特征。在英译这类词汇的两个高频词"笑嘻嘻"和"自言自语"时,我们发现,译者并没有刻意维持源语的语言特征,而是更倾向于用不同的表达来传递这两个词在语境中的意思。由此可见,译者在处理两种语言的关系时,更注重意思的相似性及效果的相似性。

此外,《中国文学》作为 1951—1966 年间的国家发行刊物,译者的翻译工作必须符合当时的方针政策。为避免犯政治错误,译者会采用直译或者音译的方式来处理一些与政治相关的文化负载词,如"互助组"直译为 mutual-aid team。另一方面,自新中国成立后,针对翻译工作的官方标准是"信""达""雅",其中,着重强调"信"和"达"。因此,整体的翻译倾向与这一时期的翻译方针仍是相符的。

1951—1966 年间的关系规范是:优先考虑词义的相似度和作用的

相似度,同时,在英译涉及政治的相关词汇时,优先考虑语言形式及风格的相似度。

5.2.3 结语

本研究结合译者所处的时代背景,并借助语料库方法对1951—1966年间的《中国文学》现当代作品中的高频文化负载词的英译情况进行数据分析后发现:在翻译生态类和物质类以及具有政治色彩的文化负载词时,译者更倾向于采用异化策略,而在处理社会类、宗教类及语言类的文化负载词时,译者更倾向于运用归化策略。这一时期的期待规范的主要内容是:译者一方面要满足目标读者了解中国的需求,另一方面要满足《中国文学》作为外宣刊物的属性要求。责任规范要求译者优先对翻译委托人负责,在翻译活动中履行政治使命——让世界了解中国,提升新中国的国际形象。交际规范以实现传意效果最优化作为要求。关系规范要求译者在翻译活动中实现语义的相似度和效果的相似度。

5.3 《中国文学》(1951—1966)现当代作品中政治词汇英译的意识形态规范研究

5.3.1 引言

随着全球化的发展,国与国之间的交流更为频繁,而文化在国际交流中的地位也越来越重要。中国是有着五千年悠久历史的文明古国,但外国读者对中国文化却知之甚少。为了在全世界推广中国文化,中国提出了文化"走出去"战略。

文学作品是中国文化的代表之一,想要推广中国文学作品,不可避免地涉及文学作品的对外翻译。实际上,在新中国成立之初的1951年,中国政府已经意识到推广中国文学作品的重要性,并发行了《中国文学》。

由于新中国成立初期的特殊政治环境,《中国文学》的发行旨在破除西方国家对新中国的误解,帮助国外读者了解真实的中国,因此《中国文学》中选译的作品大多是关于战争与社会主义建设的题材。这些作品中包含了大量政治词汇,如何准确翻译这些词汇关系着中国的政治思想和立场能否准确传达。

本书采用语料库的研究方法,并结合新中国成立初期的政治环境,探究《中国文学》1951—1966年间刊物中政治词汇的翻译以及意识形态规范对政治词汇翻译的影响。

5.3.2 研究设计

本书以《中国文学》1951—1966年间所发表刊物中的现当代作品为研究对象,以《中国文学》(1951—1966)小说散文汉英平行语料库为工具,分析政治词汇的翻译。

政治词汇反映了一个国家的政策和立场。《中国文学》作为新中国成立初期的官方刊物,其中一个重要作用是服务于政治。《中国文学》中的政治词汇能够反映出当时中国政府的政策和官方立场。目前,对于政治词汇的分类没有一个统一的标准。本书根据《中国文学》中现当代作品的主题将政治词汇分为两类:有关战争的政治词汇与有关政治运动的政治词汇。

本书以出现频率以及词汇与战争、政治运动的联系为基础,分别选取了这两类政治词汇中的代表性词汇,内容如表5.3和5.4:

表5.3 战争类政治词汇词频

战争类政治词汇	鬼子	国民党	汉奸	抗日	扫荡
词频	324	209	145	141	94

表 5.4　政治运动类政治词汇词频

政治运动类政治词汇	互助组	土改	合作社	贫农	大跃进
词频	336	232	207	102	55

5.3.3　数据分析

本书对所选政治词汇的翻译策略分析数据如表 5.5。

表 5.5　政治词汇翻译策略

翻译策略	异化策略			归化策略			
翻译方法	直译	音译	总计	意译	替换	省略	总计
词频	952	183	1135	410	116	184	710
所占百分比	51.5%	10%	61.5%	22.2%	6.3%	10%	38.5%

表 5.5 中的数据显示,译者在翻译这些政治词汇的时候更倾向于选用异化策略。异化策略占到 61.5%,而归化策略只占到 38.5%。其中需要特别指出的是,在分析的 10 个政治词汇中,"鬼子"和"汉奸"这两个词的翻译主要采用了归化策略,而其他 8 个政治词汇的翻译都主要采用异化策略。

5.3.4　意识形态对政治词汇翻译的影响

意识形态是一定社会文化的产物,是一种观念的集合。翻译作为跨文化交流的手段,不可避免地受到意识形态的控制。国家的主流意识形态以及译者的个人意识形态是影响文学作品翻译的重要因素。而在多数时候,个人意识形态也深受国家意识形态的影响甚至控制。同时,国家意识形态也影响文学作品翻译的选择和策略。《中国文学》杂志由外文出版社出版发行。外文出版社是国家级出版社,新中国成立初期其任务就是对外传播中国作品,宣传中国的革命思想及经验。作为新中国第一本官方外宣刊物,《中国文学》深受当时的意识形态影响。

第5章 英文版《中国文学》(1951—1966)英译作品的翻译规范研究

本书将从国家意识形态和译者意识形态两方面分析意识形态对《中国文学》中政治词汇翻译的影响。

5.3.4.1 国家意识形态对政治词汇翻译的影响

在每个社会,主流意识形态都往往是统治阶级的意识形态。而统治阶级的意识形态通常由所制定的政策来表现。中国的文艺政策直接影响文艺作品的创作和出版。文艺政策随时代而变化。

1942年5月,中国共产党在延安召开的文艺座谈会对新中国成立后中国文艺政策的制定有着深远影响。在座谈会上,毛泽东提出,文艺作品应当成为革命的一部分,成为团结人民群众共同打败敌人的有力武器。他提出了文艺应当为工农兵服务的方针,同时还提出了文学批评的两大标准:政治标准和艺术标准,并认为政治标准第一位,艺术标准第二位。1949年3月,全国文艺工作者大会在北平召开。这次大会为新中国成立后文艺作品为无产阶级服务的文艺政策的制定奠定了基础。1956年4月,为了推动社会主义文化的发展,毛泽东提出了"百花齐放,百家争鸣"的政策,同时他强调了意识形态领域的阶级斗争仍然并将长期存在。1957年,他在谈论这一政策时提出六大政治标准,其中最重要的就是坚持社会主义道路和中国共产党的领导。20世纪60年代初,政府调整文艺政策,在1961年召开的全国文艺座谈会上,周恩来提出了文艺服务群众的口号。

从新中国成立前后文艺政策的发展变化可以看出中国政府和领导人始终强调文艺的政治功能。因此,在那个特殊年代,大多数文艺作品紧紧围绕着战争(包括抗日战争和解放战争)、土地改革、人民公社化运动和工业建设等主题展开。

1951年至1966年的文艺政策也直接影响《中国文学》的编辑政策。国家要求出版社选译的作品必须符合主流意识形态。同时,政府作为出版社的赞助人会直接下达指示给编辑,让他们选择符合政治要求的作品。1951年,《中国文学》处于文化部下属单位对外文化联络局的领导之下。1953年,政务院决定将《中国文学》交予外文出版社和全国文艺家协会管理。1959年,《中国文学》杂志接受外事处、作家协会和文艺家协会三大组织领导。1963年,《中国文学》杂志社成立。(周东元、亓文公,1999:291)虽然《中国文学》杂志的领导一直在变化,但都是负责外宣的国家机构。《中国文学》的编辑政策随中国政府和中国共产党制定的文艺政策变化而变化。在那个时期,外宣的主要目的是为了向西方读者展现中国人民在社会主义革命与建设中的昂扬斗志。因此,编辑在选译作品时主要选择的是与这些主题相符的文学作品。

  文艺政策和编辑政策对《中国文学》中政治词汇的翻译也有很大影响。根据对代表性词汇翻译策略的数据统计,归化策略和异化策略都在这些政治词汇的翻译中占有一席之地,然而异化策略占据压倒性的优势。在所选取的10个政治词汇中,有8个政治词汇的翻译主要采用了异化策略。"土改""合作社"和"大跃进"这几个词分别直译为 land reform、co-op 和 the big leap。这3个词都是来源于1951年至1966年期间发生的重要的政治运动,采用异化翻译策略是为了向西方读者介绍中国的社会现状和政治运动以及政治的发展过程。西方读者第一次读到这些中国特色政治词汇的时候也许会感到疑惑,但这是让他们理解中国政策和政治运动的有效方式。政治词汇的翻译不仅反映了意识形态对翻译的操控,也向西方国家传递了新中国的政治态度和政治立场,更向西方读者展现出中国人民建设社会主义、坚持社会主义方向的决心和毅力。

  同时,《中国文学》也致力于对外宣传中国的文化和社会生活。"国民党""贫农""互助组""抗日"和"扫荡"这些词的翻译主要使用了异化策略。译"国民党"使用了音译法,译为 Kuomintang。而"贫农""互助组""抗日"和"扫荡"是直译法,分别译为 poor peasants、the mutual-aid team、resist Japanese 和 mop up。这些词都是反映中国文化和社会生活的中国特色政治词汇。中西方国家之间的文化差异和语言差距决定了译者无法在英语语言中找到与这些中文词语意义完全相同的词。如果使用归化翻译策略，就无法反映出这些词汇的文化内涵，也达不到外宣的要求和目的。

本书所分析的10个具有代表性的政治词汇中，"鬼子"和"汉奸"这两个词的翻译比较特殊，采用了归化策略，翻译策略与其他8个词不一样，但实际上也是受到了国家意识形态的影响。《中国文学》杂志作为一种外宣方式，不仅是为了推广中国文学，也是为了在国际上塑造中国良好的国家形象。"汉奸"这一中国特色词汇是贬义词，它指的是那些在战争革命中出卖国家利益以保自身平安甚至荣华富贵的中国人。在抗日战争中，"汉奸"和日本侵略者狼狈为奸，给中国人民带来了深重的苦难，被中国人民痛恨。然而，"汉奸"一词在《中国文学》中主要被翻译为traitor，失去了原有的文化内涵和感情色彩。尽管traitor并不完全等同于"汉奸"的意思，却能在一定程度上消除"汉奸"的负面形象，减小对中国在国际上形象的伤害。

从古至今，中国始终推崇"和谐"这一传统思想。儒家学派的创始人孔子的"和为贵"以及"和而不同"思想一直以来都是中国文化的核心思想。尽管建国初期中国与西方国家关系十分紧张，中国依然在外交事务中提倡和谐思想。1953年，周恩来总理会见印度代表团时，第一次提出了"和平共处五项原则"。"和谐"思想同时也影响了翻译。在《中国文学》中，"鬼子"主要采用了归化策略。译者将"鬼子"主要翻译成the Japanese或者the Japs，而不是直译为devils或foreign devils。"鬼子"一词在中文中的含义主要指残忍的外国侵略者，尤其是抗日战争中的日本侵略者。然而，《中国文学》杂志中对"鬼子"的翻译却体现不出中国人民对外国侵略者的憎恶之情。这是因为《中国文学》的目标读者来自西方国家。如果"鬼子"被直译为devils，尽管西方读者能够理解中国人民对外国侵略者的痛恨之情，却容易对这类表达产生反感。为了中西方关系的良好发展，译者采用意译的方法，根据上下文翻译"鬼子"，使西方读者情感上更能接受。

5.3.4.2　个人意识形态对政治词汇翻译的影响

在翻译活动中,译者是最重要的角色。他们的翻译思想影响其翻译实践。如他们对源语文本的选择、翻译风格以及翻译策略的运用都直接影响译文质量和读者的感受。本书中个人意识形态主要指的是译者的翻译思想。《中国文学》创刊之初,杨宪益、戴乃迭和沙博理是最初也是最重要的三位译者。《中国文学》杂志中大多数文学作品都由他们翻译而成。

1. 杨宪益和戴乃迭

在中国,杨宪益和戴乃迭是十分著名的学者、译者。他们将自己的一生奉献给了翻译事业。他们合作翻译了许多中国经典作品,如《红楼梦》和《儒林外史》等。

从牛津大学毕业之后,杨宪益放弃了在哈佛大学就业的机会,决定携妻子戴乃迭一起回到中国在西南联大任职。他们回国后不久,便开始了翻译生涯,为《中国文学》杂志系统地翻译中国经典文学作品。

1890年,严复在他的著作《天演论》中提出了翻译三原则,即"信达雅",这一思想影响了很多现当代中国的译者,杨宪益就包括在其中。他始终把"信达雅"看作翻译的最高标准。他曾经说过:"到目前为止,尚无人超过严复先生提出的信雅达论。其中,信是第一位,没有信就谈不上翻译。达不仅要忠实于原文原意,更要传神,要有所升华。最难的是第三境界雅,没有多少人可以达到。"(李洁,2012)在杨宪益的整个翻译生涯中,他始终把"信"放在翻译标准的第一位。1980年,在澳大利亚举办的一场座谈会上,他发表了自己对翻译的理解并坚持译文应当完全忠实于原文,译者不应有自己的诠释。译者的职责就是将源语文本完整地呈现给目标读者。译者不能太有创造力,否则译文就不能称作真正的翻译,而是对源语文本的改写。

杨宪益同时也受到鲁迅翻译思想的影响。鲁迅认为一个好的译本必须保持异国情调。译文需要兼顾两方面:一是译文应当易懂,另一方面是译文应当保持源语文本的风格。鲁迅曾提出"宁信而不顺"的想法。然而杨宪益则认为"信"和"达"在翻译中都十分重要,"宁信而不顺"和"宁顺而不信"的思想都是极端的想法,要想让译文同时达到"信"和"达"是件很困难的事情。(杨宪益,2015)

值得注意的是,在杨宪益的思想中,"信"不仅仅指译文要忠实于原文的表面意思,还需要传达原文的深层含义,也就是原文中的文化内涵和精神。杨宪益认为翻译不只是将源语文本转换为目标语文本,更重要的是要将源语文本隐含的文化含义表达出来。译文应当忠实地传达出中国文化的价值观和中国人民的形象。翻译不仅是两种不同语言之间的活动,也是两个不同文化之间的交流。

戴乃迭的翻译思想和杨宪益的略有不同。如杨宪益强调译文对源语文本最大限度的忠实,而戴乃迭认为译者需要考虑到译本的可接受性,从而发挥主观能动性,给译文带来活力。然而,就他们的翻译实践而论,戴乃迭十分尊重杨宪益的翻译思想并倾向于使用直译法翻译。

杨宪益和戴乃迭十分热爱中国文化。杨宪益作为土生土长的中国人,对祖国悠久的历史和灿烂的文化感到十分自豪。他在牛津大学学习的时候,了解到西方国家对中国文化有着十分浓厚的兴趣,因此认为将中国文化传播到世界是他的职责。戴乃迭在童年时期曾在中国居住了大约7年时间,她也十分热爱中国文化。戴乃迭不顾母亲的反对,义无反顾地嫁给了杨宪益,陪他一起来到中国过颠沛流离的生活,这不仅是因为她对杨宪益的爱,也是因为她对中国文化的爱。杨宪益曾经在一次访谈中提到,当有人问戴乃迭她为什么爱杨宪益,她的回答是因为她爱中国的文化。(金圣华、黄国彬,2011)戴乃迭在中国居住了六十多年,早已把中国看作她的第二故乡。在她的翻译中,戴乃迭努力地将中国文化真实地传达给西方读者,这也符合杨宪益所提倡的翻译标准"信"。

杨宪益和戴乃迭认为他们作为译者,将中国文学传播出去,让西方读者了解中国是他们的使命。对杨宪益和戴乃迭而言,翻译的目的不仅是谋生或者实现自我价值的途径,更是他们的责任与义务。

2. 沙博理

沙博理出生于美国纽约,毕业于圣约翰大学并于"二战"开始后加入了美国部队。在服役期间,他学习了中文且成为一名"中国迷"。1947年,从部队退役后,沙博理带着对"神秘"中国的向往来到了中国上海。

1951年,沙博理成为《中国文学》杂志最初的译者之一,从此开始了他的翻译生涯。作为一个在美国出生拥有中国国籍的犹太人,沙博理的身份十分特殊。他的多重文化身份也影响了他的翻译思想。对中国文化的热爱让他致力于向西方国家传播中国文化和文学作品。

沙博理认为一个好的翻译工作者需要对源语和译入语国家的历史、传统、习俗、文化等都有深刻的理解。他也十分赞同严复的"信达雅"思想,并在他的翻译过程中坚持这些原则。在他心中,翻译是传播中国文化的有效途径之一,同时也能促进中西方国家之间的文化交流。只有译文忠实于原文,西方读者才能更好地了解一个真实的中国。他认为译者在翻译过程中不应过多加入自己对原文的解释。译文应该忠于原文,但译文不需要忠于原文的形式,这样才能有更高的质量,才能更好地被读者接受。在翻译过程中,他往往采用直译的方式将原文传递给目标读者。他曾经写道:"翻译中国文学是我的职业,也是我的乐趣。它使我有机会去'认识'更多的中国人,到更多的地方去'旅行',比我几辈子可能做到的还要多。"(沙博理,2010)

总的来说,这三位译者都受严复"信达雅"思想的影响。他们也都深爱着中国文学,翻译中国文学作品的目的是为了向世界介绍中国特色的文化。因此,他们的翻译都倾向于使用直译法,让译文忠实于原文。《中国文学》中"土改""大跃进""合作社""贫农""互助组""抗日"和"扫荡"这些词的翻译主要都是直译法。译者遵循翻译标准"信",采用直译法使译文忠实于原文,向西方读者真实地传达了原文本。同时直译法也符合他们将中国文化传播到其他国家的愿望。例如,"土改""大跃进"这类和政治运动有关的词汇采用直译法能让国外读者了解中国的社会主义建设,而"抗日""扫荡"这类和战争有关的词汇则能让国外读者了解中国历史,因此,异化翻译策略更受他们青睐。

5.3.4.3 国家意识形态与个人意识形态之间的关系及对翻译的影响

在新中国成立之前,中国社会有多种意识形态。在新中国成立之后,中国共产党将马克思主义列宁主义和毛泽东思想作为中国的指导思想,根除了如封建主义、官僚资本主义等旧意识形态。

《中国文学》杂志的诞生并非偶然,它的发行是为了满足让新中国向世界介绍自己,让各国了解新中国的政治要求。在建国初期,中国仅和几个国家建立了外交关系,与其他国家的文化交流屈指可数。叶君健在文化部工作一年后,深感中国没有打开与他国文化交流的局面,他在欧洲的友人也写信告诉他欧洲对新中国知之甚少。叶君健向有关领导提议中国应当学习苏联,出版相关杂志,将中国经典文学作品翻译成英文传播出去。《中国文学》的发行也是为了加强国际交流,消除西方国家对中国的误解并向世界展现新中国的形象。

在这样的历史背景下,文学作品的选择、翻译策略的应用都应当有利于达到这些目的。译者的作品翻译必须遵守出版社的编辑政策。国家政策也直接影响译者。杨宪益曾在自传中称自己和夫人只是"受雇的翻译匠"。他们不能决定哪些作品可以翻译。负责选择文学作品的年轻编辑对中国文学并没有太多了解,选译的作品也必须遵循主流意识形态,符合政治要求。

在翻译政治词汇的时候,译者有时没有选择余地。如在统计中发现,"鬼子"一词总共出现了324次,却只有3次使用了直译法翻译。尽管杨宪益等人坚持"信"应当被放在翻译的首位,但出于政治考虑,他们只能用中性词汇如Japanese或者soldiers来翻译"鬼子"。这些译文尽管不会伤害国外读者的感情,却丢失了原本的文化内涵和情感色彩。

从这些例子可以看出,在1951年至1966年这一特殊历史时期,译者受出版社和国家意识形态制约。编辑方针需要符合国家制定的文艺政策。文艺作品的创造和翻译都是为了服务政治要求。译者甚至连翻译策略的选择都会受到制约。

5.3.5 结语

翻译不仅是两种语言之间的转换，更是两种文化之间的交流。政治词汇表达了一个国家的政治立场和政治态度。准确地翻译政治词汇，避免误解十分重要。

本书利用语料库，研究了《中国文学》1951—1966年期间发行的现当代文学作品中政治词汇的翻译，并结合当时的国家意识形态和个人意识形态来分析对政治词汇翻译的影响。研究发现，在政治词汇的翻译中，译者更倾向于使用异化策略。"国民党""扫荡""互助组""土改""合作社""贫农""抗日"和"大跃进"这8个词语主要使用直译法，这些译法对国外读者来说虽然不好理解却有利于他们了解中国的政治事件和政策。而考虑到中国的国家形象和国外读者的阅读感受，"鬼子"和"汉奸"这类贬义词的翻译主要使用了归化策略。国家政策制约文艺活动。《中国文学》中作品的选择和翻译都要符合政治要求。杨宪益、戴乃迭和沙博理这几位主要译者都受严复"信达雅"思想影响，认为译文应当忠实于原文，翻译应当向国外读者真实地展现中国文化，但译者的翻译策略也会受到政治要求的影响。

5.4 《前赤壁赋》杨、戴译本的翻译规范研究

5.4.1 引言

文化产品的输出是提高我国文化软实力的重要途径之一。中国是

一个有着数千年历史的文化古国,浩瀚的典籍是我国传统文化的结晶。近年来,典籍的译介越来越受到专家学者们的关注,而典籍的英译研究也成为学术界的热门话题之一。著名翻译家杨宪益与戴乃迭在中国典籍英译方面做出了重大贡献,学术界对其译作的研究不胜枚举,然而,很少有人研究杨、戴所处时代的翻译规范对他们的翻译行为产生的影响。本章试图从切斯特曼翻译规范论的视角来分析《中国文学》1961年第10期中杨宪益与戴乃迭合译的《前赤壁赋》译文,并结合译者所处的时代背景重构规范,探讨当时的期待规范和专业规范对译者翻译行为的影响。

5.4.2 切斯特曼翻译规范论

自20世纪70年代以来,翻译规范的描述性研究越来越受到翻译学界的关注。这一翻译研究主张从译作本身出发,对其进行客观性描写,并将翻译活动置于社会、文化、历史等多元系统中进行探讨,进而发现和总结出影响译者翻译的规范和规律。图里、赫曼斯、诺德和切斯特曼等多位学者从翻译规范的本质和适用性等方面进行深入研究,为译界的翻译研究提供了更多的视角。

切斯特曼将用于描述文化观念进化的术语——"理念因子"(meme)引入翻译研究,用以指代翻译中的理论和观念。在不同的历史时期,由于政治、经济、文化和美学等方面的影响,占据主导地位的翻译理念因子不尽相同,而一旦某种翻译理念因子占据了主导地位,即成了翻译规范(Chesterman,1997)。因此,从翻译理念因子的视角出发,他认为,翻译规范的研究要置于一个广阔的历史体系中,因为规范都是某一历史时期的特定产物。在切斯特曼济、意识形态等方面的因素也起了一定的作用。对于这一规范的遵从或违背往往直接影响译作在目标读者中的接受度。专业规范对翻译活动起着指导和调节的作用。这一规范的建立者主要是社会所认可的专业译员。通过对这些专业译员的译作进行分析，目标语社会逐渐形成一套翻译标准用于评估后来译本的质量。切斯特曼将这一规范又细分为三种类型：一是责任规范（accountability norm），即道德规范，强调译者应忠实于原作；二是交际规范（communication norm），译者应尽力让参与交际的双方交际成功；三是关系规范（relation norm），即涉及源语文本与目标语文本、源语与目标语之间的关系问题（Chesterman，1997）。切斯特曼的翻译规范论是对翻译规范描述性研究的拓展和深化，为翻译研究拓宽了视野。

5.4.3 《前赤壁赋》及其英译本

5.4.3.1 苏轼及其作品《前赤壁赋》

苏轼是北宋文豪，唐宋八大家之一，他的文学作品量多而质优，被认为是北宋"文学最高成就的杰出代表"（王水照，1984）。其文学作品风格畅达且豪放，题材具有多样性，既有反映其政治忧患意识、抒发政治豪情的，也有借景喻理、抒发人生感悟的。在散文作品创作上，其文畅达而明晰，如行云流水，词简却意浓，具有独特的表现力和极高的艺术价值，为古往今来的读者带来了极大的艺术享受。

《前赤壁赋》是苏轼散文的代表作。这篇散文打破传统游记寓情于景的写法，推陈出新，运用一种虚拟主客答的形式，借景立论，阐述哲……中的主与客是作者思想矛盾性的体现，客人的感受所体现的是……变化、感受与苦恼，而主人"苏子"的感受则是一种超然物外的……因其行文……手法不仅形象再现了作者"乐—悲—乐"的感情……淡然、超脱俗世的人生态度。这篇作品……高的艺术价值，更因其体现出的超然物外、豁达淡然的思想境界而具有非凡的文化成就,是我国文学史上的经典之作。

5.4.3.2 杨宪益、戴乃迭和"First Visit to the Red Cliff"

杨宪益与戴乃迭是一对享誉海内外的夫妻翻译大家,是最早把大量中国文学作品译成英文的译者之一。从古典文学名著到现当代文学作品,他们将时间跨度长达两千多年的大量中国文学作品再现于英语世界,为世界了解中国文学做出重要贡献,同时也推动了中国翻译事业的发展。

杨宪益、戴乃迭夫妇是本着宣传和弘扬中华民族优秀文化的理念对苏轼的《前赤壁赋》进行翻译的。他们的译文既能遵循译入语的文本语言规范,又能忠实再现原作的内容,并且忠实于中国文化,能很好地将中国的文化信息传递给外国读者,可谓张弛有度、收放自如。

5.4.4 《前赤壁赋》杨宪益、戴乃迭译本的翻译规范分析

5.4.4.1 期待规范

翻译活动是在特定的社会文化背景下进行的。目标读者对译作的期望往往也受特定的历史文化环境影响,而期待规范正是由目标读者对译作的期望构成的,这一规范涉及翻译作品的多个方面,如整体风格、语言表达形式以及可接受度等。对于这一规范,译者有两种选择:遵从或违背。由于这一规范源于目标读者对译作的期望,所以会影响其对译作的评价。从大体上看,译者为了让目标读者更好地接受自己的译作,往往会选择遵从期待规范。然而,在一些翻译活动中,尤其在文学作品的翻译中,为了忠实再现源语文本的某些表达形式或受所处的社会文化环境的影响,有些译者会试图打破这一规范。

杨宪益与戴乃迭合译的《前赤壁赋》收录在《中国文学》1961年第10期中。《中国文学》对于中国古典文学译作的编辑方针是"使国外读者重新认识中国的文化传统"。因此,从《中国文学》的诞生背景上看,

国家级刊物这一属性让该刊物的各个方面(如选材、翻译行为)都受当时的意识形态和政治环境的制约。作为该刊物的译者,杨宪益夫妇在翻译《前赤壁赋》时,不仅要考虑外国读者的阅读期待,还要遵循当时的方针政策。在该译本中,杨宪益夫妇所采用的翻译策略主要是异化法,尤其是在翻译中国传统文化意象时,他们都尽可能地忠实再现这些意象。如在"桂棹兮兰桨"中,"桂"与"兰"这两种植物在中国的传统文化中一直被视作高洁品质的象征,是中国文人素来爱用的文化意象。在译本中,杨宪益夫妇采用异化法,将这两个中国传统花卉意象——桂花和兰花分别直译为 cassia 和 orchids,而不是采用归化法,将它们替换成英语国家读者容易理解的具有类似文化内涵的事物。然而,对于大多数普通读者而言,异化策略下的译文理解起来显然没有归化策略下的译文容易,且翻译痕迹更明显,从这一角度看,杨、戴译本似乎违背了读者的期待。

那么,当时的目标读者对于该刊物的译作,尤其是古典文学译作的期待到底是怎样的呢?《中国文学》在刊物内部常会附上读者调查表,读者所反馈的信息可以从一定程度上反映出读者对这些译作的接受程度及期望。在 20 世纪 50 年代的读者来信中,有读者表示这些作品对他们"具有很大的吸引力和感染力量",并增加了他们对于"中国悠久的历史文化的热爱与研究的兴趣"(周东元、亓文公,1999)。而杨宪益夫妇在 20 世纪五六十年代所译的一些古典文学作品,如《离骚》《杜甫诗选》和《宋明平话选》,更是深受读者喜爱,不断收到读者来信赞扬。例如,一位阿根廷读者来信说:"《离骚》像中国优秀的古画一样引人入胜。"从读者反馈的信息来看,读者对这些作品所反映的内容表示颇为满意(廖旭和,1999)。此外,杨宪益夫妇所译的一些古典文学作品还被英国伦敦大学列为汉文教材,如《唐宋传奇选》《关汉卿杂剧选》《宋明平话选》,可见,这些译作受到西方汉学家的重视(邹霆,2001)。另一方面,读者的反馈多涉及译作内容,而对译作的语言形式并没有什么评价,这从某种程度上说明译者的翻译行为没有给读者造成阅读障碍,同时,相较于语言形式,读者更注重译作的内容。由此可见,当时的西方普通读者阅读中国古典文学译作是为了获取更多中国的信息,而对于西方学者,他们主要是借此获取更多的汉学研究素材。

从以上分析来看,杨宪益夫妇在翻译《前赤壁赋》时尽可能再现中国文化特色的做法既遵循了当时刊物的编辑方针,也满足了外国读者获取中国文化信息的需求,顺应了当时的期待规范。

5.4.4.2 专业规范

《中国文学》是官方刊物,这一属性意味着该刊物的各个方面都会受到当时的政治环境和相关政策的影响。官方的编辑方针和翻译方针不仅对该刊物具有导向作用,而且对译者的翻译行为也产生了重要影响。也就是说,当时的政治环境对翻译活动中的专业规范的形成产生了重要影响。

1. 责任规范

责任规范是指"译者应抱着对原作作者、翻译委托人、译者自身、潜在读者群和其他相关的各方忠诚的态度来翻译"(Chesterman,1997)。20世纪五六十年代,译介中国古典文学一方面是要证明"只有新中国是最珍视自己的民族文化遗产的",另一方面则是"向外国读者展示中国古典文学悠久而丰富的传统"(王宏志,1999)。也就是说,这一译介活动不仅具有政治意味,还承担着一个重要使命——对外弘扬中华民族的优秀传统文化,即对源语文化负责。

作为处于这一时代的译者,杨宪益夫妇的翻译活动既要对读者负责,也要承担起官方外宣工作的责任。一方面,本着对读者负责的态度,译者在翻译过程中运用了多种翻译技巧,如意译、增译、省译、注释,这些技巧的使用有助于读者更好地理解文本的内容;另一方面,本着对外弘扬中华民族优秀传统文化的精神,译者在译文中主要采用的翻译策略是异化法,这种选择更忠实于源语文本,体现了译者对源语文化负责的态度,同时,有助于读者了解和感受中华民族的传统文化。如:

>　　壬戌之秋，七月既望……
>
>　　In the autumn of the year Jen-hsu(1080), at the time of the full moon in the seventh month...

　　在译文中，译者采用了音译、注释和意译等技巧。"壬戌"是指我国农历纪年的一个年份，该词具有中国传统文化特色，在英语中难以找到完全对应的词汇。因此，为了方便读者理解，译者采用音译法将该词译作 Jen-hsu，并在其后的括号中以世界通用的公元纪年法注明所属年份，这一做法让外国读者感受中国传统文化的同时，也能很好地理解文本意思。而对于另一个极具中国传统文化特色的词汇"既望"，译者的处理方式则有所不同。《现代汉语词典》对该词的解释是：农历每月十六日。译者采用意译法，将该词的意思直接用目标语表述——"at the time of the full moon"，即月圆之时。同"壬戌"一词的译法相比，译者对该词的翻译似乎违背了传递中国文化特色这一责任规范，然而，从另一个角度看，译者仍是遵循了对读者忠诚的责任规范，即忠实传达原文的意思。可见，规范对译者的翻译活动有指引性作用，但在实际操作中，译者往往会根据具体情况灵活调整翻译策略。又如：

>　　浩浩乎如凭虚御风，而不知其所止……
>
>　　... feeling as free as if we were riding the wind bound for some unknown destination ...

　　原文体现了"无为"这一道家思想，译者为了忠实于源语文化，将道家思想呈现在外国读者面前，采用了异化法。译者将"御风"一词直译为 riding the wind，而在外国读者的审美感受中，风是抽象的、不能驾驭的，为了让读者体会这种飘然而虚空的感觉，译者采用增译法，将这种感受以语言形式描述出来，将其译为"feeling as free as if we were riding the wind"，虽然"浩浩乎"与"凭虚"两词被省译了，但这一译文已将

第5章 英文版《中国文学》(1951—1966)英译作品的翻译规范研究

原文隐含的飘然虚空的意境尽可能地呈现出来。译者通过语言形式激发读者的联想,使得原文的这部分虚空飘然的意境不至于流失。

2. 交际规范

交际规范强调的是译者要通过翻译来实现跨文化交际,把源语文本转换为通顺流畅的译语文本,从而使交流能够顺利进行。而为了给读者呈现通顺流畅的译本,译者需要将译语文化中的文本语言规范考虑在内,这也是《中国文学》的翻译方针之一。

译者为了在译文中建立起目标读者所能接受的语篇连贯关系,通常需要考虑目标读者的思维模式和文本语言习惯。中文重意合,即词语或句子的衔接是通过词语、句子意思的内在逻辑性联系来实现的,尤其在古典散文中,句与句之间很少使用衔接手段。英语重形合,要求语言形式上的结构完整。

在杨、戴译本中,译者在段落层面和句法层面上都做了调整。首先,译者对原文的段落结构进行了部分调整,将原文第二段的头两句话"于是饮酒乐甚……望美人兮天一方"与第一段合并,将第二段余下部分"客有吹洞箫者……泣孤舟之嫠妇"与第三段的第一句话"苏子愀然……'何为其然也'"合并成一段,余下段落没有变动。其次,在处理译文的句子时,译者着力于语句间的衔接和连贯,同时对句子进行了拆分及顺序的调整。如:

举酒属客,诵明月之诗,歌窈窕之章。

I raised my wine cup to drink to my friends, and we chanted the poem on the bright moon, singing the stanza about the fair maid.

在译文中,译者主要采用了增译法。译者在翻译过程中增补了 I、we 这两个主语,还原了原文中被作者省略的主语。此外,译者还增补了连接词 and,揭示出原文句子中隐含的内在联系。译者将重意合的中文转换为通顺流畅的重形合的英文,从而达到更好的传意效果,实现交际的目的。又如:

盖将自其变者而观之,则天地曾不能以一瞬;自其不变者而观之,则物与我皆无尽也,而又何羡乎?

If you look at its changing aspect, the universe passes in the twinkling of an eye; but if you look at its changeless aspect, all creatures including ourselves are imperishable. What reason have you to envy other things?

译者将原文的一句话拆分为两句话。在拆分后的第一句话中,译者增补了 if、but 等几个连接词,使得语句之间的衔接更为连贯,符合英语注重语言形式衔接的特点;在第二句话中,"而又何羡乎"单独成句,译者增补了 you 这一主语。对译文的这种处理方式体现了译者对目标语语言规范的重视。

纵观杨、戴译本,译者对原文段落结构及句法结构的调整体现出译者对目标语文本语言规范的关注,是一种顺应交际规范的表现。同时,这种翻译方式更利于目标读者理解原文的连贯性和逻辑性。

3. 关系规范

关系规范强调"译者的翻译行为必须确保源语文本和目标语文本建立并保持着一种适宜的类似性"(Chesterman,1997)。这一规范所认为的源语文本与目标语文本的关系不是绝对等值的,而是具有"适宜的"相关性,即两者之间的关系是相对灵活的,译者可根据语篇类型、翻译目的等具体情况对两种语言文本的关系做出适当调整。

20 世纪五六十年代,国外对中国的了解并不多,而《中国文学》的发行恰好为世界了解中国开辟了一个窗口。该刊物在 1957 年的编辑计划中也指出"介绍我国整理文学遗产的成果,使国外读者重新认识中国的传统文化"的重要性。也就是说,当时的古典文学作品英译工作的意义在于向世界展现中华民族传统文化。因此,在这一方针的指示下,译者在处理两种语言的文本关系时,应该更倾向于呈现源语文本中的文化内涵。而作为优秀的翻译家,杨宪益也认为古文英译应该"信"于原文、忠实于中国文化,即译者除了要传达原文意思外,还要尽可能传达出中国的传统文化精髓(任生名,1994)。

《前赤壁赋》文本言简意赅,并且有各种寓意生动、能引起读者丰富联想的典故,富含中国传统文化信息。在侧重于源语文化的关系规范的影响下,杨宪益夫妇翻译文中的典故时,兼顾译文读者的接受度依据不同的情况,灵活采取了直译、意译、注释等技巧。如在"诵明月之诗,歌窈窕之章"一句中,"明月"与"窈窕"两个意象出自《诗经》,译者将"明月之诗"和"窈窕之章"分别译成 the poem on the bright moon 和 the stanza about the fair maid,将两个意象直译出来,保留了典故的原有形象。而在"渺渺兮予怀,望美人兮天一方"中,"美人"在原文中并非指美女,苏轼是借此典故指代自己的国家和亲人,抒发一种忧国忧民却难以施展抱负的忧郁苦闷之情,对此,译者将该词译作 my dear one,相较于其他译本中 the girl 的译法,这种译法将美人之意模糊化,相对忠实于典故内涵,避免了读者对其内涵的误解。此外,在"此非孟德之困于周郎者乎?"一句中,译者采用音译法翻译"曹操"(Tsao Tsao)和"周瑜"(Chou Yu)这两位历史人物的名字,并辅之以注释向英文读者介绍关于这两位中国历史人物的信息。由此可见,杨宪益夫妇在译文中尽可能地呈现了原作的文化信息,符合当时的关系规范。

然而,在侧重源语文化的关系规范视角下,译文也存在看起来不符合此关系规范的现象。如译者将曹操的字"曹孟德"也译成 Tsao Tsao,没有将古时候中国人本名外的别名——"字"这一文化现象呈现出来。在"羡长江之无穷"中,译者将"长江"译为 mighty river,采用意译方式,而不是选用通用的专有名词 Yangtze River。不过这些违背关系规范的现象对原文整体意思的传递并不存在太大的影响,从某种程度上说甚至是方便了读者的阅读和理解。所以,从总体上看,译文的大体意思与原文一致,达到了适宜的相关性标准,而在语言形式上的增减和修整属于可接受范围。

综上所述,杨、戴译本体现了翻译规范对译者的指引性作用,译者主要采用的翻译策略是异化法,能够尽可能做到"信"于原文与源语文化。不过,译者在翻译过程中也发挥了主观能动性,没有完全局限于规范,依据实际情况灵活调整翻译策略与技巧,以帮助读者更好地理解文本。

5.4.5　结语

切斯特曼的翻译规范论对翻译规范描述性研究提供了新的视角,其中所涉及的期待规范和专业规范影响了翻译活动的方方面面。通过上文对《前赤壁赋》的杨宪益、戴乃迭译本的分析发现,译者在翻译过程中,本着忠实传达中国优秀传统文化的精神,为了让外国读者更好地阅读译作和领略原文中的文化信息,主要采用的翻译策略是异化法,在一定程度上符合了读者的期待。在传达原文的意思和处理译文的逻辑衔接关系时,译者既能做到忠实传达原文大意,也能充分考虑目标语的文本语言规范,符合专业规范的要求。同时,译者在翻译活动中也发挥了主观能动性,能够根据具体情况灵活调整翻译策略与技巧,打破特定规范的限制。

第6章 英文版《中国文学》(1951—1966)英译作品的翻译策略和技巧研究

6.1 引　言

翻译策略是译者在翻译过程中所选择遵循的导向,若以源语语言文化为导向,即为异化策略;若以目的语语言文化为导向,即为归化策略。翻译技巧是译者在将源语文本转换成目的语文本时所采用的具体翻译方法。分析具体翻译策略与技巧的应用,不仅可以揭示具体历史时期社会文化语境对翻译活动的影响,而且还可以展现译者翻译思想、翻译目的和翻译风格等因素在翻译中的作用(胡开宝,2015:216)。

20世纪90年代以来,翻译策略研究和技巧研究可谓是欣欣向荣,每年产出的论文数量可观,然而这些研究绝大多数都是规定性翻译研究,描述性研究成果少之又少。近年来,一些学者开始提倡大力开展翻译策略和技巧的描述性研究(韩江洪,2015)。语料库方法是翻译策略和技巧研究可采用的重要方法。当下用语料库方法研究英译策略和技巧的成果还不是很多。

本章拟研究《中国文学》(1951—1966)小说散文及诗词的英译策略和技巧。我们选取汉语现当代小说散文中使用频率较高的话语标记语、称呼语、明喻、文化负载词和"搞"字作为观察对象,考察它们在英译本中的翻译策略和技巧。本章选择《中国文学》1958年刊登的毛泽东诗词英译本和该刊20世纪50年代连载的《警世通言》中的69首韵文英译本,以研究诗词的英译策略和技巧。

6.2 《中国文学》(1951—1966)现当代作品中话语标记语的英译研究——以"可是""当然"为例

6.2.1 引言

话语标记语是话语交际过程中说话人为了标示自己的立场、态度和情感而使用的词或短语,对话语的生成和理解起着至关重要的作用。20世纪70年代以来,话语标记语越来越受到学者们的关注,但是这些研究多集中于对英语话语标记语的研究,对汉语话语标记语及其英译的研究则有待进一步探讨。《中国文学》五十年间共发行394期,包含3 200多部文学作品,其中含有大量话语标记语,然而半个世纪以来,国内外却鲜有对《中国文学》作品中汉语话语标记语英译的专门研究。另外,传统的话语标记语研究多采用定性研究方法,所选例证往往不够全面,研究成果受学者主观因素及个人经验影响较大,研究成果具有局限性。本书借助《中国文学》英译作品双语平行语料库,着重探讨1951—1966年间该期刊发表的作品中典型话语标记语的英译情况,分析采取的翻译策略和方法,并从主观和客观、语言内和语言外等诸多角度探讨其动因,以期对今后汉语话语标记语的研究尤其是其英译研究有一定借鉴作用。

6.2.2 调查与分析

1951—1966年间是《中国文学》发展最快的时期,在此期间,《中国文学》以前所未有的姿态发展,文化交流相对频繁,文学作品输出量相对较大,在传播中国传统文化和当代文学经典作品方面起着极其重要的作用。本书以1951—1966年间发表在《中国文学》中的小说和散文及其中文版为语料建立英汉双语平行语料库。库中共包含431篇文学作品,字数6 635 300。利用Word Smith 4.0软件对语料库中所有词语进行使用频率的统计,进一步筛选出语料库中使用频率最高的话语标记语,以此为例研究话语标记的英译情况。

6.2.3 《中国文学》(1951—1966)话语标记语英译情况——以"可是""当然"为例

为了更好地研究语料库中话语标记语的翻译情况,本研究将该语料库中话语标记语分为两类。第一类主要是一些副词、连词,它们的主要作用是直接指出逻辑关系,如"可是""因为""所以"等。第二类旨在强调话语中的某些部分,或者是表达话语的停顿,它们不包含任何细节信息,但是可以丰富话语,使话语更流畅,例如"当然""我觉得""看来"等。通过数据整理,统计出这两类话语标记语中出现频率最高的分别为"可是"和"当然",接下来将以这两个词为例,具体阐述《中国文学》语料库中话语标记语的翻译情况。

6.2.3.1 "可是"英译统计

数据统计发现,《中国文学》语料库中共出现5 214个"可是",其中3 714个属于话语标记语,它们的翻译情况见表6.1:

表6.1 话语标记语"可是"的翻译情况

English Translations	Frequency	Percentage(%)
but	2 853	76.82

续 表

English Translations	Frequency	Percentage(%)
though	163	4.39
although	150	4.04
yet	147	3.96
however	113	3.04
then	23	0.62
nevertheless	18	0.48
still	17	0.46
only	14	0.38
while	6	0.17
and	5	0.13
now	5	0.13
or	3	0.08
when	1	0.02
actually	1	0.02
because	1	0.02
sure enough	1	0.02
omission	193	5.20
Total	3 714	100

从表 6.1 可以看出,"可是"被翻译成 but、though、although、still 和 and 等。一方面,超过 50%的"可是"被翻译成 but,说明"可是"和英语中的 but 的用法基本一致;另一方面,语料库中有约 193 个"可是"没有被翻译。

6.2.3.2 "当然"英译统计

统计发现,"当然"在《中国文学》语料库中共出现 659 次,其中 521 个属于话语标记语,它们的翻译情况见表 6.2:

表6.2 话语标记语"当然"的翻译情况

English Translations	Frequency	Percentage(%)
of course	342	65.64
naturally	82	15.74
certainly	15	2.88
and	13	2.50
why not/ why shouldn't	3	0.6
however	2	0.38
sure/I'm sure	2	0.38
obviously	2	0.38
since	2	0.38
how could /can	2	0.38
needless to say	2	0.38
admittedly	1	0.19
well	1	0.19
anyhow	1	0.19
indeed	1	0.19
always	1	0.19
without hesitation	1	0.19
must be	1	0.19
no wonder	1	0.19
no doubt	1	0.19
take for granted	1	0.19
not at all	1	0.19
It goes without saying	1	0.19
omission	42	8.06
Total	521	100

从上表中我们可以看出，超过 50％的"当然"被直译为 of course、naturally 和 certainly，有一些被译为 since、well 等，另有 42 处未被翻译。

6.2.4 《中国文学》(1951—1966)语料库话语标记语英译方法和策略

整个语料库包括 1951—1966 年间刊登在《中国文学》杂志上的 431 篇中国现代散文和小说节选及其译文。本章选取其中的高频词"可是"和"当然"分析译者话语标记语的主要翻译方法和策略。即使话语标记语没有真正的含义，它们对于指引读者准确理解话语含义仍具有重要意义，译者在翻译同一个话语标记语时也会有不同的译法，目的是在不同的语境下准确完整地传达话语包含的具体信息。译者采取的翻译策略和方法主要有以下三种：

6.2.4.1 直译

译者采取直译翻译策略主要是在保留原有句法结构的基础上传达原文的含义。在这种情况下，一个好的翻译不仅要做到信、达、雅，还要和源语的句法结构保持对等。直译是对源语的忠实翻译，这是一种常用的翻译策略。例如：

1. 河水仍然倒流着，**可是**生活却向西面无限而又豪迈地行进了。

The stream is still flowing backwards. **But** life in its normal course is surging west with boundless splendour.

2. 人家贩来的盐嘛，**当然**要加价呀，谁不想多赚个钱儿？

Of course salt is going up in price — what trader doesn't want to earn a little money?

在例 1 中，"可是"起到转折的作用，but 在英语中有同样的功能，在保持原意的基础上,目标语的句法结构也和原句保持一致。例 2 亦是如此。通过前面的数据分析,我们可以看出译者在翻译"可是""当然"时,超过一半采取的是直译的翻译策略,但是在一些情况下,译者不能直接翻译,这时会采取其他的翻译方法和策略。

6.2.4.2　意译

在翻译的过程中,并不是所有的句子都可以被直译。在这种情况下,为了保持源语中的信息,译者会打破源语的句法结构,采取意译的翻译策略去传达源语文本的主要含义。例如:

3. 我生在乡村,长在乡村,**当然**懂得乡村呀!

I was born and bred in the countryside. **How could** I fail to understand it?

4. 人的感觉有时是这样奇异,**当然**一下也就变换过来了。

Well, we all have our whims and I soon got over this one.

在上述两个例子中,"当然"都是一种缓和标记,主要作用是表现说话人的情感和态度。"当然"分别被翻译为 how could I 和 well。在例 3 中,说话人想要表现出他十分了解乡村,译者翻译为反问句可以更强烈地表达出说话人的情感。例 4 中,"当然"被译为 well,表现出说话人对这个命题的态度。这两种意译都与"当然"有着相同的语用功能,这样翻译可以使目标读者读来更舒适。

6.2.4.3　省译

在双语符号的转换过程中,为了实现译文的可接受性,对源语结构做些调整或词语增减是必要的。省译在汉英翻译过程中是很常见的,其目的是为了使译文简练通顺和符合英语译文的表达习惯。在该语料库中,"可是"省译约 5%,"当然"省译约 10%。

5. 今年他才十八岁,**可是**个头倒像个大人了。

Just turned eighteen, he looks like a grown man.

6. 我知道他厉害,**可是**人活百岁也是死,不如早死。

I know what he's up against. No man can live forever—I'm willing to risk my head now.

上述两个例子在保留源语含义的前提下,"可是"和"当然"都没有被翻译。例 5 中,"可是"起到强调的作用,译文中 just 已经可以表现年纪和体型之间的不对称,如果再把"可是"翻译出来,会显得多余。例 6 中"可是"未被译出是因为和句中的其他信息相比,它没有包含什么信息。因此,如果话语标记语在句中的作用不是那么明显,在译文中通常会被省去不译。另外,省译的主要是为了简洁,不会减少更不会删去源语包含的信息。

综上所述,虽然话语标记语没有实际意义,但是对于理解文本有着十分重要的作用,因此准确清晰地翻译出它们显得尤为重要。在翻译话语标记语时,既要考虑到清晰表达原文含义,又要促进读者更好地理解。因此,译者在翻译的过程中,首先要弄清楚源语的既存关系,再选择最合适的翻译策略和方法去服从目标语的规则,只有这样,译文才有助于读者的理解。

6.2.5 结语

虽然话语标记语不影响话语的真假,但是它们在言语交流中具有不可替代的作用,在具体语境下它们对话语的生成和理解都具有一定的指导意义。合适的翻译不仅要考虑语言内的原因,也要考虑一些客观语言外的原因,这样才能实现有效翻译。

6.3 《中国文学》(1951—1966)现当代作品中称呼语的英译研究

6.3.1 引言

称呼语广泛用于人们的日常生活,反映了交际双方之间的关系。在具体的语境中,由于交际双方的身份、地位、阶层、教养、动机、态度、情绪、年龄、性别等因素的不同,称呼语的实施模式和转换、包含的语用信息等表现出多样性、非规约性,充分体现了称呼语语境化、口语化、个性化的特征(么孝颖,2008)。称呼语是文化和语言的交融。Mona Baker(1992:21)指出,由于翻译中存在一些不对等的因素,如宗教信仰、社会习俗,甚至是一种食物等,这些富含复杂信息的特定文化概念,在翻译的过程中需要特别注意。称呼语作为翻译中的非对等因素之一,日益成为人们研究的焦点。

《中国文学》畅销全球超过100个国家及地区。如沙博理(1988:117)所说,《中国文学》包含很多当代作品,选取了20世纪早期最新的最受欢迎的小说将其译成英文,其中很多涉及反映社会背景和政治环境的小说。这些作品涵盖了成百上千的人物形象,折射出复杂和多样的人际关系,这为研究当时的称呼语提供了丰富的语料。

学术界对于称呼语多采用定性研究的方法,且从语言学的角度进行分析,用于研究的语料容量有限,缺乏一定的说服力。《中国文学》作为颇具影响力的官方读物,很有代表性,语料容量也很大,但其中针对称呼语的翻译情况进行探讨的研究寥寥。本章采取定性研究和定量研究相结合的方法对1951—1966年间的《中国文学》称呼语的翻译情况进行系统研究,可在一定程度上帮助我们了解当时的译者对于称呼

的处理方式。本章拟在语料库的视角下,回答如下两个问题:

(1) 不同类别的称呼语的翻译是否有潜在的差别?

(2) 在翻译这些称呼语时采取不同翻译策略背后的原因是什么?

6.3.2 数据的采集与分类

工欲善其事,必先利其器。要讨论《中国文学》(1951—1966)中称呼语的英译情况,必须明晰称呼语的概念,否则会影响研究成果的可靠性和科学性。纵观国内外的研究,对于称呼语和称谓语的概念仍旧没有达成一致的观点。概括起来有以下几种主要观点:第一种是把称谓语和称呼语等同,认为是一个概念。第二种认为称谓语和称呼语分别是广义和狭义用法。第三种认为称谓语包含称呼语,是上下义关系。第四种是称谓语和称呼语差异说。(马宏基、常庆丰,1998;曹炜,2005)第四种说法目前更受人们的关注。么孝颖(2008:04)认为称呼语有别于称谓语,是在言语交际中处在一个言语事件两端的讲话者和受话者,通过一定的渠道(口头、书面或电讯)交际时直接称呼对方所使用的名称。本书主要根据广为认可的 Richards 等人(1985:4)关于称呼语的定义,把称呼语界定为用于当面谈话或书信中称呼人的词或短语。本书中称呼语的数据统计范围包括所有交际谈话中用来代指对方、他人和谈话人自己的称呼语,包括但不限于用称谓名词指称,包括但不仅限于表明彼此关系,包括但不限于当面打招呼。

6.3.2.1 称呼语的数据采集

基于语料库的研究,数据的采集主要依靠 ParaConc、Word Smith 4.0、CorpusWordParser 等软件。首先,由于本书的研究重点之一是《中国文学》(1951—1966)中不同类别的称呼语是否存在翻译的差异,应依靠 ParaConc 软件实现语料的句级平行,并用 CorpusWordParser 对语料进行分词处理,以方便观察称呼语在句中的具体英译。其次,利用 Word Smith 软件进行初步检索,找出每类称呼语排名前两位的中文高频词,并利用 ParaConc 的检索功能将中文高频词输入检索对话框中,找出对应的英文译文。检索的结果并不能区分出是称呼语还是称谓语。最关键是需要进行二次检索,通过辅助检索条件如"说"":""' '"将称呼语从称谓语中检索出来。在这些软件的帮助下能获得所需数据,但更具体的数据仍需人工检索以确保数据的精确性。

6.3.2.2 称呼语的分类

通过反复检索和数据统计得知,亲属类称呼语、通用类称呼语、姓名类称呼语以及头衔类称呼语是本平行语料库中出现频次最高的四类称呼语。这四类称呼语也是日常生活中常用的四类称呼语。表 6.3 是本书所研究的代表性词汇和对应的词频数,以及称呼语占称谓语总词频的比重。称呼语所占的比重与语料库中文本类型有关,如莎士比亚戏剧英汉平行语料库中称呼语的比重比《中国文学》(1951—1966)高很多,其中通用称呼语 sir 的比重高达 95.4%,姓名称呼语的比重达到 74.8%。(张子哲,2008:45)这种现象的出现是由于戏剧文体的特殊性。戏剧的情节推动大都依靠对话进行,对话中富含称呼语。表 6.3 中称呼语的低比重主要是由于《中国文学》(1951—1966)汉英平行语料库中现当代作品文体的特殊性,小说的故事情节推动不如戏剧那样依赖对话。《中国文学》(1951—1966)汉英平行语料库的库容量较大,称呼语的比重不是很高,但仍旧提供了足够的数据支撑,并不影响称呼语研究的开展。

表 6.3 称呼语类型及词频

类型	高频词	称谓语词频	称呼语词频	比重
亲属类	妈妈	1 785	513	28.7%
	大娘	812	164	20.2%
通用类	同志	2 561	1 026	40.1%
	师傅	346	125	36.1%
姓名类	毛主席	529	292	55.2%
	翠翠	513	158	30.8%

续 表

类型	高频词	称谓语词频	称呼语词频	比重
头衔类	书记	1 028	225	21.9%
	班长	650	202	31.1%

6.3.3 称呼语英译情况的数据分析

表6.4 称呼语英译情况

词＼译法	直译	意译	省略	转换	明晰	音译
妈妈；大娘	83.8%	10.8%	4.4%	1.0%	0	0
同志；师傅	54.9%	6.3%	38.3%	0	0.5%	0
毛主席；翠翠	81.3%	3.6%	14.7%	0	0	0.4%
书记；班长	77.5%	7.5%	13.6%	1.4%	0	0

从对《中国文学》(1951—1966)现当代作品中称呼语的数据分析可知，《中国文学》称呼语的英译主要涉及六种翻译方法和技巧，分别是直译、意译、省略、转换、明晰和音译。亲属称呼语"妈妈"和"大娘"的英译主要使用了直译、转换、意译和省略的翻译方法。通用称呼语"同志"和"师傅"在再现的过程中采用了直译、意译、省略和明晰。姓名称呼语"毛主席"和"翠翠"的翻译采用了直译、意译、省略和音译。头衔称呼语"书记"和"班长"的翻译采用了直译、意译、省略和转换。由上可知，不同类别的称呼语在翻译方法和翻译技巧上存在明显差异。汉语亲属称呼语较西方的亲属称呼系统复杂得多，特别是拟亲属称呼语在翻译的过程中需涉及更多的翻译技巧。通用称呼语，则由于指代的对象很宽泛，在翻译过程中需要更多的翻译技巧明晰其具体含义。就姓名称呼语而言，含义深远，难以翻译，音译是公认的较好的翻译方法。头衔称呼语的翻译很少使用意译方法。总体来说，头衔称呼语的翻译表现方式更为稳定。

语料中称呼语的这些翻译方法和翻译技巧的使用受文化差异、翻译目的、译者的翻译信仰等因素制约。

6.3.4 《中国文学》(1951—1966)中称呼语英译背后的动因探究

6.3.4.1 文化差异

Hudson(1980:83-84)认为,语言的大部分内容都包含在文化之中。语言和文化的交叉部分即人类从他人处习得的语言。换句话来说,除去从他人处习得的语言,语言是完全存在于文化之中的。语言学家 Wardhaugh(2000:215)对语言和文化的关系进行了阐述:在不考虑语言和文化哪个在先时,语言和文化是密不可分的。而称呼语作为语言的一部分,与文化也是紧密相连的。称呼语可以反映人际关系和文化的不同面,同时也受文化的制约。

中国根植于农耕文化,一定数量的定居人口是农业生产的关键。不断繁衍扩大的人群逐渐形成了宗族制。中国人的家庭观念很重,对于亲属也相当重视。随着宗族制的发展,一些族外的人为了将自己同所称呼的人归到同一宗族中去,使用拟亲属称呼语如"妈妈""大娘"等,以拉近彼此的距离,增加亲密感。而西方的海洋文化,倡导探险和冒险精神,在此基础上形成了个人主义,强调每个人的个性,姓名是名在前,姓在后。

在不同文化的影响下,中西方称呼语系统存在显著差异。中方的亲属称呼语受宗族制和封建等级制度的影响,颇为复杂和精细。与之相比,西方的亲属称呼语则相对简单。如"妈妈"在语料中有丰富的含义,除 mother、mama 这些含义之外,还有很多拟亲属称呼语的用法,译成了 aunt、sister、matron 等以避免目标语读者的误解。"大娘"在目标称呼体系中没有完全对等的词可替换,可以采用意译法。中英称呼语体系中,姓名称呼语可以说是截然不同的。中国人是姓在前,名在后,西方则是相反。在中文姓名的英译过程中直译和音译是不可或缺的。如"毛泽东"的英译,姓直接被音译成了 Mao,"翠翠"则被直译为

Emerald。姓加上头衔称呼语用于称呼他人的方式普遍存在于中西方国家。通过这种方式可以快速地辨别被称呼者的职位。一方面,体现了礼貌原则,另一方面也可以体现出人们对于权力的敬畏(姜丽蓉,2003)。由于两类称呼语系统在头衔称呼语上存在相似之处,此类称呼语的翻译相对来说比较稳定。此外,通用称呼语"书记"也有着相对固定的译法大都被直译为 secretary。"班长"由于在当时有着更丰富的含义,译文更加多样。总的来说,通用称呼语有着较为固定的译法。

6.3.4.2 翻译目的

翻译不仅仅是一个语言过程,翻译是将一种语言中的语言和非语言交际符号转移到另一种语言中去的活动。Vermeer(1989:173)认为只有清楚了解翻译的目的和目标文本的功能,才能做好翻译工作,产生理想的译作。从这个角度来说,《中国文学》(1951—1966)的翻译工作取决于《中国文学》译介的目的。

根据 Vermeer(1989:100)的目的论,翻译行为主要有三个层次的目的:译者的翻译目的、目标文本在译入语中的交际目的、采用特定的翻译策略和翻译方法的目的。《中国文学》同样也是特定目的规约下的产物,同样也有三个层次的翻译目的:译者的翻译目的、《中国文学》的翻译目的、采用翻译策略和翻译方法的目的。由于《中国文学》是官方发行的读物,译者在外文局的要求下进行翻译,此时译者的翻译目的同《中国文学》的翻译目的是一致的。《中国文学》的目的主要是要向世界介绍中国积极正面的良好形象,增加其国际影响力。而采用适当翻译策略和翻译方法的目的也应与《中国文学》的目的一致。在明晰了《中国文学》的译介目的之后,译者应采取合适的翻译策略及方法以达到向世界生动地展现中国的愿景。翻译应注重将承载了中国文化的信息传递给外文读者,而不是把重视目标读者的感受放在首要位置。有了这层考虑,翻译策略的使用更加明朗了。

通常来说,翻译策略一般分为两种:归化和异化。然而,必须指出的是,归化与异化并不是完全对立的,译作通常都是归化与异化的融合,纯粹归化或异化的译作并不存在。异化策略下的翻译方法有零翻译、音译、逐词翻译、直译。归化策略下的翻译方法则是意译、仿译、改译、创译。翻译方法在使用的过程中又会涉及各类翻译技巧的使用。这些技巧林林总总、类别繁多,不过我们可以把它们大体归为五种,即增译、减译、分译、合译及转换(熊兵,2014:03)。从表6.4的数据统计中可以发现,语料中的称呼语的英译主要涉及六种翻译方法和技巧,根据熊兵对这些翻译方法的归类,除了少部分的意译外,多数翻译方法都属于归化策略下的翻译方法。根据数据统计,《中国文学》(1951—1966)中称呼语的英译总计2 710例,其中有1 710例称呼语的英译是直译,只有204例属于意译,仅占总译例数的7.5%。《中国文学》(1951—1966)中称呼语的英译在整体上呈异化倾向也就不证自明了。保留中华民族语言的鲜明特色,称呼语采用异化翻译,是期望向世界全方位展示中国文化。比如,通用称呼语"师傅"的翻译,就刻意保留了中国当时特殊历史时期的特点。新中国成立之初,"师傅"被广泛用以称呼普通人,其功能与西方的 sir 含义十分接近,然而在翻译的过程中,"师傅"被直接翻译成了 comrade 以保留鲜明的中国特色,更好地达到为译文功能服务的目的。姓名称呼语"毛主席"的翻译也是典型的异化策略。结合音译将其译为 Chairman Mao Tse-tung,在目标语中仍保留中方姓名的特点,而非参照西方的顺序变成 Chairman Tse-tung Mao。

6.3.4.3 译者因素

杨武能(1998)认为文学翻译家是阐释者、接受者和研究者。文学翻译同其他文学活动一样,活动的主体同样是人,即作家、翻译家和读者;原著与译作都是他们交流思想和情感的工具或载体,都是他们笔下创造出的客体。而在整个创造性的活动中,翻译家无疑处在中心枢纽的位置,发挥着最积极的作用。也有一些学者持有类似的观点,袁莉

(1996:8)认为翻译质量的高低很大程度上取决于翻译者的主观意识。如果忽视了这一点,就不可能解决翻译的基本问题。翻译活动是受翻译家意识驱使的主观性行为。为了更好地了解《中国文学》(1951—1966)中称呼语的具体实现情况背后的动因,就必须充分地考察译者因素对译文的影响。

《中国文学》(1951—1966)译者的翻译能力如何呢?据查证,《中国文学》在创立之初,仅有三位翻译家,分别是杨宪益、戴乃迭、沙博理。从牛津大学学成归国的杨宪益、戴乃迭夫妇在《中国文学》创刊之初承担了大量的翻译工作。"杨宪益的英文很流畅,他的文学知识,包括古文,都是杰出的。"(沙博理,2006:97)戴乃迭作为英语母语的译者,中文阅读能力很强,可以在不多借助词典和他人的帮助下阅读中国古典文学如《史记》《左传》《孔子》《孟子》等(邹霆,2001:353),精通中外,翻译能力突出。而沙博理出生于美国,在康奈尔大学、哥伦比亚大学、耶鲁大学学习过中文,于新中国成立前到中国。新中国成立后就参与《中国文学》的翻译工作,他"主要翻译当代作品,尤其是那些战争题材的、战斗的"(沙博理,2006:97)。后来,喻璠琴、唐笙、路易·艾黎等也加入翻译工作。他们都是能力卓越的知名翻译家。《中国文学》(1951—1966)语料库 431 篇英文作品中有 321 篇是出自这些资深的翻译家之手。由此,我们可以推测《中国文学》(1951—1966)的翻译质量很高。剩下 25.5%作品的翻译工作是由英文专业刚毕业的大学生承担的。(沙博理,1988:114)最初由于担心这些刚毕业的英文专业大学生的翻译能力,外文局并没有招聘这类翻译人员,后来经过陈毅 1963 年的批评,才开始吸收大学生并加以培养。(周东元、亓文公,1999:311)在外文出版社的严格把控下,《中国文学》译者的翻译能力得到了保证。因此,从专业上来说,《中国文学》(1951—1965)的中英文译者无论是文学功底还是语言功底,应该都是能够胜任这项工作的。有了这些精通源语和目标语的翻译家,《中国文学》(1951—1965)中的称呼语在目标文本中得到了良好的还原。译文中大部分的称呼语都在逻辑上合理,文化上契合度也很高。译者能清晰地意识到哪些称呼语在译文中仍需保留中方特色,哪些称呼语应明晰以助于读者理解。如语料中姓名称呼语"翠翠"的翻译,在多数译成 Emerald 的情况下,仍有少部分译成 Lass,这种译法使译文更加地道。

译者在从事翻译工作之前都有自己的翻译信条。这些翻译信条不仅能指导译者的翻译工作,还是判断译者翻译质量高低的标准。由于《中国文学》(1951—1965)具有官方意志产物的特殊性质,译者的翻译信条都要通过官方的翻译标准来体现。当时的译者在翻译标准上达成了一致的意见,即信、达、雅。艺术性翻译(文学翻译)标准,只有一个广义的"信"字——从内容到形式全面而充分的忠实,"达"和"雅"包含在"信"之内,因为形式为内容服务,艺术性不可外加。(卞之琳等,2009:731-732)对于文艺作品,翻译时必须运用文学语言,体会原文的风格,必要时须做适当的文字加工,如简化或改动重复、含糊的词句,颠倒前后句的次序,但不能随便改动原文的内容或自由发挥。(周东元、亓文公,1999:367-371)在这种翻译标准的指导下,《中国文学》(1951—1965)中称呼语的翻译力求忠实于原文。在四类称呼语的翻译中,直译占据了主导地位。65.2%的称呼语为了在目标语中保持准确性,均采用了直译的翻译方法。例如,大部分的"妈妈"都被译成 mother、mama,"大娘"译成 aunt,"同志"译为 comrade 等。通用称呼语和头衔称呼语的翻译中,省译占据了重要位置。与亲属称呼语相比,这些称呼语在很多情境中对目标语读者来说携带的信息量很小,为了不违背"达"的标准,在翻译的过程中译者选择了舍弃。同理,其他翻译方法和技巧的选择在某种程度上也都是受这些翻译标准的影响。

6.3.5 结语

基于《中国文学》汉英平行语料库,并利用英汉平行语料库检索软件 ParaConc,本书采用了定性研究和定量研究相结合的方法,探究《中国文学》(1951—1966)中称呼语的具体翻译情况。研究发现,《中国文学》中称呼语的翻译多采用直译、音译、意译、省略、明晰、转换等翻译策略和方法。不同类别的称呼语在翻译上的确存在差异。亲属称呼语的翻译比姓名称呼语和头衔称呼语更具有多样性。亲属称呼语中特别是拟亲属称呼语的翻译会涉及更多的翻译方法。就姓名称呼语而言,其内涵复杂、难以翻译,音译是公认的较好的翻译方法。而头衔称呼语的翻译有一些相对固定的翻译形式,意译和其他的翻译方法使用得就比较少。通用称呼语由于其丰富的内涵,在翻译过程中需要多样的翻译技巧去明晰其具体含义。称呼语的翻译在整体上呈现出异化的倾向。这些具体翻译情况的出现可以从如下三个方面加以解释:(1)文化差异的影响。由于中西称呼语系统的差异,不同类型的称呼语在翻译上存在多样性。(2)翻译的目的和作用。《中国文学》(1951—1966)旨在向世界全方位介绍中国,以增加中国的国际影响力。(3)译者的翻译能力和翻译信仰对译文的作用。语料中称呼语的英译,是在信、达、雅翻译标准的导向下选择适当的翻译策略及方法。事实上,语料库中称呼语的英译都是在上述因素的综合影响下实现的。

  本研究利用语料库研究《中国文学》(1951—1966)中称呼语英译的情况是对称呼语英译研究的深化,丰富了《中国文学》(1951—1966)的研究,关于《中国文学》(1951—1966)更深层的研究有待进一步开展。

6.4 《中国文学》(1951—1966)明喻英译策略研究

6.4.1 引言

  明喻是一种直白显明的修辞手段。它能将抽象的概念具体化,使深奥的事物变得浅显,令语言饱满生动,引起读者的丰富联想。英语与汉语中均存在明喻,且二者在构成上不谋而合,因而汉语明喻的英译在一定程度上有法可循。本章以《中国文学》(1951—1966)译介的文学作品为研究对象,研究明喻翻译的主要策略。研究发现《中国文学》(1951—1966)的译者在翻译明喻时主要采取了以下三种策略。

6.4.2 直译

直译是既保持原文内容,又保持原文形式的翻译方法。译文与原文通常会以相同的表达形式来体现同样的内容,并产生相同的效果。《中国文学》(1951—1966)的译者翻译汉语明喻句,在不违背译入语使用原则的前提下,大多采用了直译的方式以完全忠实于原文的内容和风格。这些以直译方式译出的英汉明喻句不仅在格式上相通,本体、喻体、喻义也相同。汉语中明喻形象与喻义的搭配在英语中也得到了相同的体现。例如:

> 就在这个时候,欧阳海,他像支离弦的箭,他像颗出膛的炮弹,冲着车头,朝着战马,迎着危险飞奔而去。
>
> Hai shot out like an arrow from a bow, like a shell from a cannon, and flew towards the train, the horse, the rushing danger.

原文句中以"像"为喻词引导两个明喻句,将"欧阳海"比作"离弦的箭"和"出膛的炮弹",生动地刻画出欧阳海的迅猛有力。译文以两个以 like 为喻词的英语明喻译出,将"离弦的箭"直译为 an arrow from a bow,"出膛的炮弹"直译为 a shell from a cannon,英汉明喻的本体、喻体和喻义与原文一致,表达内容也相同。译文保留了原文的明喻修辞格与语言上的特色,透过翻译体现出原文生动形象的语言表达效果,对于读者理解原文内容与感情色彩大有帮助。

谭福民(2002)指出,汉英民族使用的语言虽在音系、形态、结构上迥然不同,并且所处的文化背景以及自然环境也存在差异,但人们对比喻的接受心理大致相同,这一共性使得人类对自身、对外界产生了一定的共识。因此在汉英这两种差异明显的语言里,比喻有着惊人的相似之处,喻体对同一本体设喻,语言结构也大同小异。直译能忠实于原文,在译文中保留原文的意象或表达形式,反映异国文化。新成立的中华人民共和国迫切需要在国际社会树立崭新的国家形象。明喻作为反映一个国家和民族的审美取向与文学作品艺术性的重要手段,能够以直译的形式进入西方国家,既便于目的语读者的接受和理解,又极大限度地保留中国为扭转国际社会的歪曲理解而传递的积极、正面的文化特色,使得西方读者得以打破对旧中国封闭落后的印象。由此可见,在明喻英译过程中,译者选择直译的策略与《中国文学》对外宣传中国、塑造中国崭新形象的动机相统一。

6.4.3 增译/减译喻底

"比喻的好处,一是形象化,具体化,一见就明白,捉摸得住;二是高度集中,在纷纭现象中用一二字就点出核心,语言的运用不能比它更精练了。而要做到这两点,须有将两种不同事物联系在一起——将熟悉的、身边的东西同生疏的、辽远的东西联在一起,将琐碎的、实际的、无甚意义的小东西同一个大背景、大的精神世界联在一起的想象力……"(王佐良,1983)这个"想象力"就是将两种不同事物联系在一起的、形象思维的能力,其在明喻句子上的表现就是本体与喻体之间的相似点——喻底。

6.4.3.1 增译喻底

英译中增译喻底的情况大致可分为两类:一是汉语明喻句中的喻底隐含时增译喻底。汉语明喻句中喻底大部分显示在文中,表达清晰,英译时比较容易处理。但也有不少明喻句的喻底隐藏在文字背后,若不加以解释明示,读者难免觉得捉摸不透,尤其"当喻体是读者不懂的

第6章 英文版《中国文学》(1951—1966)英译作品的翻译策略和技巧研究

民族色彩较强的事理(这并非设喻者的本意)时,译者就得努力去选择一个合适的相似点,以达到让读者读懂译文的目的"(魏以达,1998:103)。喻底、喻体与本体的三者搭配,会减少构造歧义的可能性。喻体与喻底的共现也有助于点明语义。例如:

> 我并不怎么介意于他的宣告,但也受了些影响,日夜躺着,无力谈话,无力看书。连报纸也拿不动,又未曾炼到"心如古井",也只好想,而从此竟有时要想到"死"了。

> Though I paid not too much attention to his announcement, it has influenced me a little: I spend all the time on my back, with no energy to talk or read and not enough strength to hold a newspaper. Since my heart is not yet "as tranquil as an old well", I am forced to think, and sometimes I think of death too.

"心如古井"作为明喻,其喻底未在文中显现,若不加以解释便直接译为 my heart is not yet "as an old well"必然会使英语读者丈二和尚摸不着头脑。该词出自孟郊《烈女操》诗句:"波澜誓不起,妾心古井水。"意在说明内心像年代久远、不起波澜的枯井,形容心中十分平静或一点也不动情。译者在处理这个明喻时,将其喻底以 tranquil 一词增译出来,使得这个明喻直白妥帖,避免了读者的误解与疑问。

增译的另一类与汉英喻体文化意象差异密切相关。文化意象凝聚着不同民族的智慧及历史文化,明喻翻译时通过增译喻底起到解释说明的作用,以保留住汉文化审美意象,反映汉民族审美内涵。例如:

> 有些胜利者,愿意敌手如虎,如鹰,他才感到胜利的欢喜。假使如羊,如小鸡,他便反觉得胜利的无聊。

> Some say that there are victors who take no pleasure in a victory unless their opponents are as fierce as tigers or eagles;

and if their opponents are as timid as sheep or chickens then they feel the victory is an empty one.

汉文化中,虎是百兽之王,鹰是猛禽,二者均是凶猛有力的代表;相反,羊和小鸡则是软弱胆小的象征。而在英语中与虎的联想义相对应的是 lion,胆小则以 rabbit / hare 来喻。译者为了忠实地再现原文中的比喻关系,保留体现中国特色的文化意象和审美取向,在译文中分别增译了 fierce 和 timid。

比喻词语集中体现了一个民族的文化精髓,译者采取何种翻译策略对读者接受度的影响不容忽视。译者在明喻英译时尽力保留汉语文化意象及强烈的中国式审美,以增译喻底的方式减少生涩感,从而使译语读者得以窥探中国文化,与《中国文学》对外译介的初衷相呼应。

6.4.3.2 减译喻底

墙上新刷了一层黄泥,像镜面一样光滑平整。
The walls, freshly daubed with yellow clay were as mirrors.
这几个字就像破庙中刺耳的钟声一样。
The dread words rang in her ears like a bell tolling in an abandoned temple.

译文中减译喻底"光滑平整"与"刺耳的",主要依据是中西方读者共享的信息背景:镜面是平整光滑的,破庙中传来的钟声是令人心惊又刺耳的。译者在英译时减译喻底,使其简洁明了。

20世纪60年代中期,外文出版社要求对外宣传的作品文字通俗易懂,篇幅短小。译者减译喻底是考虑到中西对常识的普遍共识。英译后的明喻精练短小,更符合译语表达习惯,方便西方读者阅读。

6.4.4　译入英语隐喻

隐喻是比喻修辞的一个类型。何晓琪(1991)指出,英语隐喻的类型,根据本体和喻体的隐现,可以分为四种类型:一是 A is B 型,其本体和喻体在句中都出现;二是只出现本体,喻体隐含在谓语动词中;三是只出现喻体,本体隐含在上下文中;四是隐喻的本体和喻体都不出现,只能根据上下文判断。冯树鉴(1989)还提出用介词 of 将本体与喻体联系起来的修饰性隐喻。研究发现,翻译过程中汉语明喻主要被译为 A is B 型隐喻、喻体隐含在谓语动词中的隐喻及修饰性隐喻。

第一种类型,即 A is B 类型,如:

非洲人民反殖民主义的斗争像星星之火,现在已经燎原了。
The anti-colonial struggle of the African people is a spark which has already set the prairie afire.

原文以"像"引导的明喻句将"非洲人民反殖民主义的斗争"比喻为"星星之火",而在英译时则以隐喻的基本形式 A is B 译出。

第二种类型,即汉语明喻译为喻体隐含在谓语动词中的英语隐喻,根据译者选取的包含喻体的谓语动词的含义及来源,可分为原生动词型及名动转用型。可充当隐含喻体的谓语动词的原生动词一般意指人或物特有的动作,与喻体属不同类。下面以具体译例说明。

像狸猫一样,他竖着耳朵。
He pricked up his ears to listen.

谓语 prick up 本身为动词短语,指(猫狗等在警觉时)竖起(耳朵),译文中用在人"他"身上,是一种拟物用法的隐喻,比喻"他"像猫一样竖起了耳朵,巧妙地将原文的明喻转化出来。

名动转用,也就是名词临时转用作动词,其语法上的特点是一个名词范畴的词语临时转为动词范畴,成为句法形式上的谓语动词(高芳、徐盛桓,2000)。例如:

在天山的高处,常常出现巨大的天然湖。湖面明净如镜,水清见底。高空的白云和四周的雪峰清晰地倒映在水上,把湖山天影融为晶莹的一体。

Among the crags of Tienshan you often find a large lake whose calm and clear waters mirror the snowy peaks and white clouds.

徐盛桓(2001)指出名动转用得以实现的语义基础是名词的语义内容含有若干表动作的语义成分,转用后的句义是经过语用推理来把握的。在例句中,mirror 是名词,其本意为"镜子",名动转用后词语在从句中充当了谓语一职,语义上来说,衍生了依托 mirror 本意特征的动作义,即(像镜子一样)反映。原文把"湖面"比喻为"镜子",而在英译中喻体 mirror 一词经由名动转用成了句中的谓语动词,使得汉语明喻表现为英语隐喻。

第三种类型为修饰性隐喻,也是译者将汉语明喻译入英语隐喻时所表现出来的一种形式。如:

立时,如潮水般的战士们,涌了进来。
A great wave of soldiers surged across towards the city.

原文中的明喻"如潮水般的战士",在译文中成为修饰性隐喻"a great wave of soldier",soldier 是本体,通过 of 与喻体 wave 联系起来,喻体对本体起修饰作用。

"人们选择隐喻而非明喻,是出于语言简洁方面的考虑。这是因为隐喻中没有喻词,因而比明喻简洁。"(郭爱萍、郝玫,2009)译者选择将汉语明喻以英语隐喻形式译出,力求在不影响读者理解的前提下,以简洁的语言形式将原文的意义表现出来,这与《中国文学》杂志译文力求篇幅短小的宣传文风相契合,也使当时明喻的英译具有更多的变化,体现了《中国文学》译者与编辑群体的高水平。

6.4.5　结语

研究发现,《中国文学》(1951—1966)文学作品中明喻的英译以直译为主要策略,其次是增译/减译喻底,最后是译入英语隐喻。译者对明喻做出如此处理与时代背景、汉英文化差异、对外宣传文风、读者群体等相关。

6.5　《中国文学》(1951—1966)英译文本中草原文化的传播

6.5.1　引言

梳理1951—1966年这一时期《中国文学》所译介的作品,发现涉及草原文化传播的作品共18篇,但未见学界对这一问题的研究。为此,本书尝试以这18篇作品为样本,研究英文版《中国文学》中草原文学作品对草原文化的传播,以丰富民族文学作品的译介研究,更好地传播民族文化。

草原文化是世代生息在草原地区的先民、部落、民族共同创造的一种与草原生态环境相适应的文化,这种文化包括草原人民的生产方式、生活方式以及与之相适应的风俗习惯、社会制度、思想观念、宗教信仰、文学艺术等(哈萨、马永真,2010:7)。为方便研究,本书基于尤金·奈达的文化分类方式(生态文化、物质文化、社会文化、宗教文化和语言文化)(Nida,2007:91),将草原民族文化归为三大类,即语言文化(习语和成语等)、草原民俗(草原地区的社会和宗教习俗文化,如服饰、地名、人名、物名等)和草原精神(独特地理位置和生态环境所塑造出的精神文化,如革命乐观主义精神等)。

6.5.2　研究设计

6.5.2.1　语料选取

从现有的《中国文学》汉英平行语料库中选取语料,从译文对词汇、句子的处理方法和翻译策略进行考察,分析归纳翻译的共性和文化传播的特点,并试图解释其中的原因。

6.5.2.2　研究步骤

首先,从汉语原文出发,找出草原文化作品中涉及语言文化、草原民俗和草原精神三个方面的描写;其次,利用 ParaConc 软件整理出涉及语言文化、草原民俗和草原精神三个方面相应的英译处理;再次,对比汉语原文和英译文本,分析草原文化作品英译策略与翻译方法;最后,归纳草原文化对外译介的共性并解释其原因。

6.5.3　结果与讨论

语言作为文化的载体和文化传播最重要的媒介,无处不体现着不同文化之间的差异性和多样性。翻译工作者面临着如何更好地处理不同时代、地域和民族之间文化的差异在语言上的转化问题。文化传播能否顺利进行,在很大程度上依赖于译者能否准确译出源语语言的文化意义,草原文化的对外译介也是如此。翻译策略有归化和异化倾向之分,通常将音译、直译和注释等方法归于异化倾向,省译、替换和阐释三种方法为归化倾向(迟庆立,2007)。以下根据此理论进行讨论。

6.5.3.1 英译文对语言文化描写的处理

《中国文学》(1951—1966)中涉及草原民族相关俗语、习语等特殊语言文化现象的描写共有 29 处,其中直译 8 处、阐释 7 处、省译 6 处、替换 8 处,没有出现音译和注释,见表 6.5。由于跨语言文化的差异性,同时为便于外国读者对草原地区特殊语言文化现象的理解,英文版《中国文学》中译介的草原文学作品多运用归化策略,采用阐释、省译、替换等意译方法,较少采用直译的方法。

表 6.5 草原文化专有项英译统计

	音译	直译	注释	阐释	省译	替换	样本总数
数量	0	8	0	7	6	8	29
%	0	27.6	0	24.1	20.7	27.6	100

(1) 省译。如:

棒打狍子瓢舀鱼,野鸡飞到饭锅里。(《鄂伦春组曲》)
译文无。

原文是对草原人民生活的真实写照,由于自然条件和社会条件的限制,人民为了丰富食品种类,只能靠山吃山靠水吃水,以野生动植物作为食材。但是,这有违 20 世纪五六十年代西方倡导的人与自然和谐相处的理念,考虑到中西方文化观的这种冲突,译者在翻译时有意略去这些关于草原人民原始生活方式的描写。又如:

不当娼妓当不了太太,不当土匪当不了大官!
译文无。

上例语言粗俗,其实原文有很多这种粗语、骂人的俗语,生动地传达出草原民族人民豪爽、敢爱敢恨、率真的个性,但是西方读者可能无法理解这种特殊的民族性格,为更好地对外传播中华文化,译者在翻译时采用"净化"翻译策略,省去这些骂人的粗俗语,取其精华,去其糟粕,向西方读者展现一种干净、文明的民族个性。

(2)替换。如:

依我看,咱们还是磨硬了肉皮子等着吧!
It seems to me we'd better just grit our teeth and wait.

此处译者将"肉皮子"译为 teeth,偷换了意象,采用了西方俗语中较常采用的 teeth,以利于译入语读者接受。本书所选语料中还有很多这种替换式翻译策略,如将"神仙"译为 angle(天使),"狗腿子"译为 flunky(男仆),"西天"译为 paradise,等等。

(3)阐释。如:

牲口还看人下菜碟。
Even animals know whom to play up to.

此处译者采取了阐释的方法将汉语原文中特殊的俗语变通为易于读者理解和接受的英译文。由于跨语言之间文化的差异性,译入语读者对"下菜碟""睁开眼睛"等俗语的文化内涵很难理解,所以译者没有按照字面意思直接翻译,而是译出其深层意义,从而传达出完整的语言文化意义,实现跨文化交流。从以上分析可以看出,译者在草原民族语言文化的英译上对源语文本隐含的意义或信息尽量明示,但也有少部分因语言体现的文化与译入语文化相冲突而采用省译,否则不易为译入语读者所理解。根据柯飞的观点,作为一种翻译现象,显化还应包括意义上的显化转换,即在译文中增添有助于读者理解的显化表达,或者说将源语文本隐含的信息显化于译文中,使意思更明确,逻辑更清楚(胡开宝,2011:84)。所选样本中草原民族语言文化对外译介基本符合这一显化翻译策略。

6.5.3.2　英译文对草原民俗描写的处理

民俗是某一特定文化中比较稳定的行为规范,是千百年传承下来的民俗习性、风土人情,对本民族人民起着潜移默化的教化作用,对民俗展开跨文化研究将产生巨大的学术价值和实用价值(张婧,2011)。检索18部草原文学作品样本发现,译文对民俗文化的处理采取音译有8处、直译16处、阐释7处、省译18处、替换10处,没有出现注释。服饰、地名、物名等作为人们生活中不可缺少的物质与文化因素,与时代、民族、区域的政治、经济、思想文化、道德审美观念等诸多方面息息相关(汪世荣,2013)。以下讨论《中国文学》(1951—1966)文学作品中草原民俗文化的翻译策略。

(一)服饰名称

译文在涉及草原民族服饰名称的翻译时,通常采用直译。由于受自然条件和社会条件等因素的影响,草原民族在服饰方面有其独有的特色,与汉族或其他少数民族有很大差异。由于1951—1966年间《中国文学》中涉及草原文化作品的翻译工作主要由戴乃迭、沙博理等英语母语译者完成,这些译者很难了解中国草原文化的特质,所以大多采用直译或省译方法翻译民族服饰名称。如:

爬上顶峰,朝老人一瞧,老人穿的那身儿子给他遗下的军用皮大衣。

When we reached the top and gathered around him, I saw that all that remained was the great coat his son had left to him. (省译)

译者将"军用皮大衣"直接省译为great coat,只译出了大衣的外在特征,没有准确传达出这件军用皮大衣对人物和情节的重要意义。联系上下文语境可发现,此处原文作者想要强调的并不是大衣的大,而是这件大衣原先是军用的,老人的儿子在朝鲜战场上牺牲前,委托组织把自己作战时穿的军用皮大衣捎给父亲,这件大衣是儿子留给他的唯一纪念。如:

而赶车的战士还裹着个大皮帽。(《在路上》)
Yet the driver wore his big fur hat.(直译)

此处译者将"大皮帽"直译为 big fur hat,显然丢失了原文突出天气寒冷、自然条件恶劣,侧面烘托赶车战士精神面貌的效果。结合上下文语境,由动词"裹"可以看出,这里的大皮帽是草原地区人民为了御寒戴着的、耷拉着两个帽耳的皮帽。

(二)地名与物名

检索18篇草原文学样本作品发现,译文对人名的翻译基本上采用音译,本书此处不做讨论。本书着重讨论地名、称呼和物名的翻译策略,检索发现18篇作品对称呼和物名的翻译基本上采用直译和替换。如将"蒙古包""红楼"这些有草原民族鲜明特征的建筑物简单译为 yurt、a new building,没有译出这些建筑物的特征;"屯子""保林艾里"等地名全部译为 village;"贡品""苏勒"等和草原民族精神信仰有关的也都替换为 gifts、the spirits;"龙梅之歌""花轱辘牛车""马头琴"等都直接译为 songs、Mongolian ox-cart、horse-headed fiddle。另外,原文中"文成公主出嫁西域的典故""引用的杜甫诗句""学习苏联""仇视日本"等相关称谓词都略去不译。隐化可分为概念意义隐化、人际意义隐化和语篇意义隐化(胡开宝,2011:91)。上述例子都以概念意义和人际意义隐化翻译为主。草原民俗的对外译介在这一时期主要是隐化翻译,出于行文的需要,译者将源语文本中表示具体概念意义的词汇译作意义笼统的词汇,将源语文本中明确表示人际关系的词汇译作意义模糊或笼统的词汇,或将源语文本所表示的情态意义和评价意义略去不译。

(三) 英译文对草原精神描写的处理

草原民族人民在得天独厚的自然条件下,形成了其特有的民族精神,其中最为突出的是不屈不挠的革命乐观主义精神。汉语语言结构重意合,可以通过上下文语境和特殊标点符号凸显人物的精神和情感态度;形合的英语语言习惯从句型结构上加以强调。笔者基于语料库统计方法,对18篇草原文化作品的句式进行分析,就最为典型的感叹句式进行统计,发现源语文本大量的感叹句式所反映的草原精神在英译文本中有很大的改动,大部分转换为陈述句式,小部分转换为疑问句式,具体统计结果如表6.6所示。

表 6.6 文学作品中感叹句译文统计

作品	原文感叹句	译文感叹句
《在路上》	40	1
《老车夫》	33	6
《善丁河畔》	52	27
《在暴风雪中》	41	16
《从富拉尔基到齐齐哈尔》	52	17
《迷路》	52	13
《鄂伦春组曲》	86	40
《草原烽火》	646	6
《二送藏袍》	42	1
《欢乐的除夕》	37	
《奴隶村见闻》	27	1

还能说啥,干呗!

All I can do is have a good stab at job.

原文中草原人民的干劲活生生体现在上述短句中,译者将原文的疑问句译为倒装句,按照西方人的思维进行了改译,符合译入语读者的语用习惯。

> 嘻嘻,真有意思!
> Quite a joke, isn't it?

上例中,译者将原文中抽象的感叹词转换为具体意象,利用反义疑问句加强语气,较好地传达出了草原人民的乐观精神,这比单独翻译原文的感叹拟声词表达效果更强。基于汉、英两种语言差异,译者采用这种明晰化的反问句式,将源语文本中的口语翻译为标准的英语书面语,使目的语读本的可读性更强。再如:

> 是多好的机会呀!
> I have been in luck.
> 多么舒畅呵!
> It was a glorious experience.

上述两例说明译者选用简单句式翻译原文不完整的感叹句,使其合乎目的语文本规范,组织结构更加连贯。

> 猎人,那不是什么人都能够凑个数啦!
> It's not everyone who can be a hunter.
> 请吧,风暴!
> Come on, storm. We are ready for you.
> 找不见你!
> I went to your place but you were not home.

上述三例的原文,要依赖上下文语意的连贯性,才能理解语句所表达的意义。这种奇特的语法结构不为英语读者所能接受,译者将这类偏口语化的语句结构处理为较标准的英语书面语结构。根据Vanderauwera(1985:91)对范化翻译倾向的定义,范化是为遵循目的语文本传统的趋向,译者在标点符号、词汇选择、文体、句子结构和篇章结构等方面所表现出的倾向。梳理18篇样本作品,发现译者对外传达草原精神时采用范化的翻译倾向,即使用简单的句式翻译信息不完整的或特殊的源语语句结构,将源语文本中的口语翻译为标准的书面语,从而使译入语文本倾向于目的语语言传统规范,增加目的语文本的可读性,使其组织结构更符合目的语语言逻辑性。

6.5.4　动因分析

6.5.4.1　语言文化差异

由于汉、英两种语言语法体系和形式化程度的差异,草原民族独特的习语、俗语这些有深厚语言文化背景的源语,想要译为形式化程度高的译入语,译者必须使用阐释、省译、替换等归化翻译手段对这些语言文化显化处理,以弥补语言文化之间的差异,从而为译入语读者所理解,增强译文的可接受性和可读性。

汉语重意合,英语重形合,译者对源语文本中具有特殊文化内涵的名称词进行归化翻译处理,降低创造性词汇和外来词的使用频率;源语文本中的特殊句式译为合乎目的语语言逻辑规范的句法结构,增强目的语文本的组织结构连贯性和可接受性。

6.5.4.2　译者因素

1951—1966年间参与《中国文学》草原文学作品翻译的译者大部分是英语母语译者,其中有为中国翻译事业做出突出贡献的戴乃迭、沙博理。这些英语母语译者虽然对译入语的结构了解透彻,但是对博大精深的中华文化难以完全理解。由于这种文化背景的差异,译者在翻译时，或多或少都会对一些特殊文化内涵的词语进行隐化处理，以保证译文的精确性，不至于使译入语读者在理解上发生偏差或误解。

此外，草原文化作品英译的主要目的是向译入语读者传播草原民族特有的文化精神，因此，译者对目的语读者接受程度的关注在一定程度上影响翻译文本的范化程度。上述对草原文化中草原精神翻译的范化倾向，主要是考虑到译入语读者能否正确理解和接受，这种范化处理有利于增强草原文化乃至中华文化的传播影响力。

6.5.4.3　现实条件限制

1951—1966 年处于新中国成立之初，全国掀起民族大团结运动，各民族平等、共同繁荣，政府积极倡导宣传少数民族文化，提倡文化多样性，"百花齐放，百家争鸣"，但是由于受现实条件如语言不通、交通不便、文化差异等各方面的限制，在翻译少数民族文化作品中的草原文化作品时，很多民族文化特征无法实现准确完整的传达。在草原民族色彩浓厚的服饰名称、地名、称呼、物名的翻译上，只得做隐化处理，避免译入语读者理解上的偏差，易于为目的语读者理解和接受。

6.5.5　结语

本节基于 1951—1966 年间英文版《中国文学》中 18 篇典型的草原文化作品，自建小型语料库，研究这一时期翻译工作者对草原民族语言文化、草原民俗和草原精神三个方面的翻译共性，发现译者对习语、俗语等语言文化的翻译采用显化翻译策略；对服饰名称、地名、称呼、物名的翻译有隐化的趋势；对表达草原精神语句的翻译倾向于范化翻译策略。这可能与语言文化差异、译者动因及政治环境影响有关。

草原文化是民族文化的重要组成部分。《中国文学》选择体现草原文化的文学作品进行英译，有助于异域读者认识和理解中国民族独特文化、族群特征和语言结构。从一定程度上说，明确草原文化作品英译的根本目的，选择最佳的源语文本，采用适宜的翻译策略，或许能改变目前草原文化、民族文学翻译的边缘地位,从而实现中华文化全面走出去。

6.6 《中国文学》(1951—1966)作品中虚化动词"搞"的英译研究

6.6.1 引言

虚化动词是指本身的词汇意义明显弱化,在句法上又可以替代许多具体动词的一类词,其后可接名词或名词性结构、形容词或形容词结构、动词或动词结构,还能重叠、单用,它能随着不同语境表达一种宽泛而不十分确定的意义。因此,"在某些句子里把它们去掉并不影响原句的意思"(朱德熙,1985)。

"搞"是一个非常独特的虚化动词,它从西南区方言里吸收而来,具有口语化、高频率、泛义性特征。有的学者甚至称其为"万能动词"(徐流,1996)。"搞"的发展史就是整个现代汉语发展史的一个缩影(刁晏斌,2015)。追溯"搞"字的发端,"搞"由方言词被吸收进全民通用语是在新中国成立前后。

虚化动词是一种常见的语言现象,在中国文化对外传播过程中,虚化动词"搞"的英译引起了学界的关注。相对于其他动词小类的研究,虚化动词研究的广度和深度都有所欠缺,这个领域的论文著作也很少。朱宏清(1994)的《小议"搞"的英译》、杨全红(1995)的《"搞"字英译补遗》以及龙友元、万丽(2005)的《语境决定语义——从翻译"搞名堂"说起》,通过举例,运用规定性研究方法讨论了"搞"在英语文本中的常见表达;刘瑾(2011a)的《谈英译中"搞"字的词汇意义》和刘瑾(2011b)的《从句法功能谈"搞"字的英译》分别从词汇和句法层面分析"搞"的翻译技巧,并进行了较为细致的分类。迄今为止,学界对"搞"的英译研究主要为搭配研究、意义研究,较少涉及特定历史时期(1951—1966)文学文本中"搞"的翻译特点及其动因的研究。本章运用定量分析和定性分析相结合的方法,探讨语料库内 431 篇小说散文的英译本中虚化动词"搞"的英译特征及其内在动因,揭示"十七年"特殊时期的文学翻译政策和受众对翻译活动的影响,为中国当代文学作品的对外译介提供借鉴。

6.6.2 《中国文学》(1951—1966)中"搞"的语料库检索

笔者基于《中国文学》(1951—1966)小说散文汉英平行语料库(见表 6.7),对分词后的源语文本利用 Word Smith 和 ParaConc 并辅之以人工处理,统计出了《中国文学》中出现的高频词汇。发现虚化动词"搞"在《中国文学》文本中有着相当高的使用频率,这与"搞"字在新中国成立前后迅速崛起的这一语言现象吻合。

表 6.7 《中国文学》(1951—1966)小说散文汉英平行语料库概况

	汉语原文	英语译本
类符总计	62 639	34 744
形符总计	3 379 015	3 309 505

统计发现,《中国文学》中"搞"字出现了 510 次,位于 766 位。对 510 条相关语料进行筛选、整理,通过剔除汉英语料无对应(73 例)、带有口头习语性质的"怎么搞的(咋搞的)"(42 例)、重叠词"搞搞"重复计算(12 例)等情况共计 127 例,最终确定了 383 条有效汉英对照语料。本书将探讨在《中国文学》(1951—1966)中"搞"字的英译。

在《中国文学》(1951—1966)中,虚化动词"搞"的 383 次英译从形式上主要分为两种情况:一种是"搞"字在英文译本中可以找到对应的动词形式,通过灵活运用英语中的常见动词与其他词汇的搭配来翻译,即动词对译,有 288 次,其中动词直接对译 233 次,动词间接对译 55

次；另一种则是"搞"字在英文译本中无对应动词，通过跨语际信息重组与转换，采用符合英语规范的惯用表达来翻译其意境，即变通补偿法，有 95 次。下面我们结合这两种情况具体阐述《中国文学》(1951—1966)语料库中"搞"字的英译特征。

6.6.3 《中国文学》(1951—1966)语料库中"搞"的英译特征

6.6.3.1 采用动词对译的手段

"搞"的原意为做和弄，后来用法越来越扩大，可以代替很多动词。根据统计，"搞"被译成了 119 个对应动词，其中高频动词见表 6.8。在表层形式对应的动词对译语料中，根据深层含义的不同，又分为动词直接对译和动词间接对译两种情况。

表 6.8 "搞"的英译高频动词列表

排序	词汇	频次	排序	词汇	频次
1	do	37	7	organize	6
2	work	21	8	run	6
3	get	15	9	try	5
4	make	13	10	have	5
5	go	11	11	collect	4
6	bring	9	12	start	4

1. 动词直接对译

动词直接对译既保留原文的内容又保留原文的形式，从而构成了形神兼备、具有中国情调原汁原味的译文。在动词直接对译的 233 条语料中，"搞"字在原文语境中均为典型的"动词＋宾语"或"动词＋补语"结构，且含义均具有明显的泛义特征，其语言形式、意义、精神和风格都被再现了出来。下面将依据具体释义进行举例说明。

（1）"搞"表示最基本的含义：做、弄、干、开展、进行。如：～生产、~工作、~建设。如：

他们搞得很不错！（林雨《红色子弟》）
They're doing quite well!（戴乃迭译）

译文将"搞"译为了动词 do,表达"做"的意义。又如：

搞秋收运动（梁斌《红旗谱》）
organize the harvest movement（戴乃迭译）

上述"搞秋收运动"中的"搞"是组织开展之意,用对应的动词 organize 翻译恰如其分。

(2)"搞"的第二种基本含义：设法获得。如：
搞柴搞粮也有些麻烦。（茹志鹃《同志之间》）
[It]was harder, too, to get the fuel and grain we needed.（戴乃迭译）

"搞柴搞粮"中,"搞"译为 get。"搞"还译为 seize、collect、forage、bring 等词。

(3)"搞"的第三种基本含义：整治人,使吃苦头。如：

他想着郑德明是不是打算怎么搞他,心里很怀疑。（李准《冰化雪消》）
He had begun to doubt whether he was right to suspect Cheng Teh-ming of trying to harm him.（唐笙译）

上述译文将"搞"字翻译成动词 harm,表达了原文中的整治、陷害之意。

以上是"搞"的三种基本语义,然而"搞"的泛化语义还不止这三种。对类似上述"搞+宾语"的结构,往往采用简明易懂的动词直译法;对于"搞+补语"结构,如"搞清楚""搞好"等,动词直接对译同样简洁明了、忠实准确。如:

石得富是粮站的负责人,又是党员,应该亲自去搞清楚那面的情况。

Shih Defu was in charge of the grain station. Besides, he was a Communist. He felt he should go personally to investigate the situation.

译文中"搞"字翻译为动词 investigate,表达原文中"调查"的意思。

由此看出,在采用动词直接对译法时,不仅完整地保留了原文的形式,还保留了原文的内容,包括原文的修辞手段和基本结构。这种动词对译法体现了直译的翻译策略,占"搞"字英译的 60.84%,可见译文忠实于原文的程度相当高。

2. 动词间接对译

动词间接对译,即译者选用的动词是通过意译或者解释来传译的。由于"搞"字常随不同的配价表示多种相异的意思,在具体语境中显示出独特的语义泛化特征。在翻译过程中,虽然仍采用动词对译法,但如果套用某一动词及其搭配与之直接对译,会使译文佶屈聱牙、晦涩难懂,不能为译语读者所接受。这种情况下,译者不得不舍弃原文"搞"的搭配形式,运用目的语读者习惯易懂的、切合原意的词语和句式,来传达原文"搞"字的含义与意境。动词间接对译按具体情况可分为以下两种:

(1) 解释法

有时翻译"搞"所选取的动词并不直接翻译"搞"字词组的意义,而是根据语境进行文本信息的转换。如：

农闲期，互助组在这里搞副业哩。

It also had a somewhat larger room where the mutual-aid team made soybean curd during the slack months of the year.

在翻译"搞副业"时，并未通过相应的动词及其搭配直接对译，而是翻译为 made soybean curd。下一句是："现在，十几个庄稼人，已经蹭满这豆腐坊的潮湿土地"，可以看出，"搞副业"在原文中指的就是生产豆腐，因此将之翻译为 made soybean curd，直接解释了"搞副业"的内在含义，更有助于读者的理解。

（2）借译法

译者改变了原文的形式或修辞，而借用英语中的一些习惯表达方式，使英语读者能够产生和原文读者同样的共鸣。如：

他决心在这次作战中搞点名堂出来，立功入党。

He swore he'd distinguish himself in this battle. He'd win an award and join the Party.

通常"搞名堂"是玩花样的意思，此外"名堂"还有结果或道理的意思。此处"搞点名堂"表达"要做出点成绩"的意义，英文中的 distinguish oneself，有"引人注目，脱颖而出，大显身手"之意，与之对译，恰到好处地传递了语意。

由此看出，动词间接对译具有动词对译的形式，但是在实际翻译过程中或借用英语中的习惯表达，或通过解释说明以达到准确表达原文含义的作用。动词间接对译共有 55 例，属于意译的翻译策略，占比 14.36%。

6.6.3.2 采取变通补偿的手段

翻译是一种创造性的语际转换活动。为使译文更好地忠实于原作，使言内意义和语用功能更好地再现，译者往往运用变通和补偿的手段。在《中国文学》中"搞"字的英译有 95 例采用了变通补偿手段，其措施主要有词性转化、释义加注、视点切换、意象转换等。

1. 词性转化。如：

这两人从山东搞游击队起就在一道。

Their friendship began when they were guerillas together in Shantung province.

"搞游击队"是指"搞游击队的人、游击队员"，将动词用名词形式译出，译为 guerillas。又如：

搞气象一定要准确。

A meteorologist must be accurate.

"搞气象"此处指的是"搞气象工作的人"，译为 meteorologist。

2. 释义说明。如：

好姑娘，不愿意，以后再说吧，眼前要给你母亲背一背，不要搞个"抓屎糊脸"。

If you don't want to, we don't have to settle that right away anyhow. The thing to do now is take the blame from your mother's shoulders. No one must know that she had a lover. That's a disgrace for a widow.

"抓屎糊脸"是一句四川方言,意思是"将与自己毫不相干的丑事往自己头上揽,使自己颜面尽失"。通常是用来挖苦那些搬石头砸自己脚的蠢人。根据语境,"搞抓屎糊脸"在此处指"(女性)做出的不光彩的事、违背妇道的事、有婚外情"等,在这里分译为两个句子进行解释:没人知道她有情人,有情人对寡妇来说是个耻辱。运用释义说明法,可以将原文意思更加清楚明白地传递给译语读者,增强文章的可读性和可理解性。

3. 视点切换

视点是人们观察和描述事物的角度。视点切换指的是转换原语信息的表层形式,从与原语不同甚至相反的角度来传达同样信息(柯平,1991:115)。如:

解放后,单人独户搞不成。

Right after liberation it was too much trouble for any single peasant.

"搞不成"译为"it was too much trouble for"(很大困难去做某事),通过切换视点,重组原句信息、变换语序,传达出语义的同时兼顾了英语国家读者的阅读习惯。

4. 意象变换

意象是客观事物在人们脑海中留下的映像,是人的认知领域对客观事物的主观表征。意象在美化语言的多种修辞手法中具有突出的作用(党秋菊,2011)。如:

要没有他,账会搞得一片糊涂。

Without him they would be in the soup with their accounts.

由于文化背景的不同,如若把汉语中"搞得一片糊涂"进行生硬的移植,既无法忠实地传达语义,也会使读者莫名其妙。此时需要舍表逐里、信息解码,运用译语读者所熟悉的固定短语 in the soup(在困境中)进行意象转换,让译语读者有和原文读者相同的阅读感受。

综上,变通补偿的手段同样舍弃或改变了原文的形式或修辞,保证了最重要信息的优先准确传译。

6.6.4 "搞"字英译特征的动因

通过归类解读和数据分析,我们发现虚化动词"搞"在《中国文学》英译中的译法灵活多样、富于变化,灵活运用了动词对译和变通补偿相结合的方法,呈现出直译为主、意译为辅的翻译特征。一个民族的文学对外传播是一个复杂的系统工程,受到政治、经济、历史、文化等各种因素的影响和制约(吴自选,2012)。下面,将结合语料背景对此翻译特征进行原因分析。

6.6.4.1 翻译政策影响下译者的直译法选择

"搞"的动词对译中的直译法是内容和形式上的完美统一,忠实全面地传达了《中国文学》原作的信息、意义、风貌和韵味。运用动词直接对译的直译法,能够忠实于原文的思想和意思,忠实于原文的结构和形式,忠实于原文的语气和风格,把《中国文学》的汉语原文信息以近乎保持其本来面目的方式译成英语,尽可能多地传达了原作的中国文化特色、原作特有的语言形式以及源语作者特有的写作方法。这与当时外译活动的翻译目的、翻译政策是紧密相关的。

6.6.4.2 译者受众意识指导下的意译法选择

如果说不同民族之间思想和表达方式的相同或相通之处是直译的基础,那么两者之间的差异则是意译法的依据。由于汉英两种语言思维模式、文化背景、句法结构以及表达习惯上存在明显的差异,"搞"字在译成英语时,其"形""意""神"往往不能兼顾。而变通补偿的方法能够保证最重要信息的优先准确传译,争取最大限度的翻译等值(郭文琦,2010)。在《中国文学》"搞"的英译过程中,译者考虑到译语读者的接受能力,运用符合译入语的表达规范,使用变通补偿的意译法来弥补直译之不足,使译文具有可读性和可接受性。

《中国文学》的海外读者分布广泛,社会地位、教育背景、对中国的态度都各不相同,以第三世界国家读者为主。其中有商人和家庭主妇,有学者、教授、学生、华侨,还有各类社会活动家(林文艺,2014)。对于读者而言,译介的内容远远重于所使用的语言形式(郑晔,2012)。《中国文学》(1951—1966)中的"搞"具有时代性、口语化、泛义化特征,在不同的语境中有不同的含义。从海外读者反应来看,对这一时期的译语语言没有评价,可见读者并未有阅读障碍,译文流畅可读,英语读者和中国读者一样受到感染。这说明变通补偿的意译法是必要的,要以译出原文风格为最高标准,而不是一味地追求语言形式。

建国"十七年"时期《中国文学》的翻译策略较为统一,旨在传递源语文本信息的内涵,同时也尽可能兼顾译文的流畅性(倪秀华,2013)。《中国文学》中虚化动词"搞"的英译,直译法是主要方法,意译法是对直译的补充,但后者虽然只是补充,却也不能缺少。

6.6.5 结语

《中国文学》是当时的国外读者了解中国文学、中国历史与现状的重要窗口,是那一时期"中国文学作品走向世界的唯一窗口"(陈岚,2008)。本书用语料库方法研究《中国文学》(1951—1966)中虚化动词"搞"的英译特征和动因,揭示社会背景与文学刊物翻译之间不可分割的联系。《中国文学》的译者凭借多元文化背景和精湛的翻译技巧,秉承忠实于原文的精神,考虑读者的审美情趣与阅读习惯,传递了文学原作的文学价值,保障了译文的优秀品质,代表了当时中国文学对外译介的最高水平。

6.7 毛泽东诗词1958年英译版翻译研究
——与1976年官方英译修订版对比

6.7.1 引言

毛泽东(1893—1976)不仅是一位伟大领袖、政治家,还是中国现代诗歌史上雄视古今的一代诗杰(朱琦,2014)。毛泽东诗词研究的开创者臧克家说:"毛泽东诗词是一个说不尽的话题。"(张智中,2008)20世纪50年代末,毛泽东诗词在国内结集出版,最早的版本为1958年9月外文出版社出版的《毛主席诗词十九首》。迄今,毛泽东诗词产生了近28个英译版本。目前国内学者在毛泽东诗词英译研究方面成果丰硕。毛泽东诗词英译研究大多集中在对多个译本的对比及这些译本本身的特点,译本包括许渊冲译本、辜正坤译本、李正栓译本、巴恩斯通译本和官方译本等。其中对官方译本的研究稍显薄弱,几乎没有学者专门对比官方译本在修订过程中的变化特点及变化的原因。因为修订、增译及再版等原因,毛泽东诗词英译前后存在三个官方版本:1958年版、1976年版和1999年版(马新强,2016)。1999年版本是在1976年版本基础上重新编排,内容和形式上与前一版本没有本质区别。1958年版本和1976年版本同是官方政府组织下的翻译本,反映了当时的主流意识形态,由于两个译本产生的时代背景差异和翻译组织人员的不同,译本在修订中的变化及变化的原因更加有探讨价值。本研究对象确定为1958年版、1976年版译本和毛泽东诗词原文本,具体探讨两个问题:毛泽东诗词官方译本在英译修订过程中形式和内容上的变化特征;导致这些变化的主要原因。

6.7.2 研究设计

6.7.2.1 语料选取

本书所研究的毛泽东 19 首诗词创作于 1927—1958 年间,是这一时期毛泽东诗词创作的代表作品。国内最初的英译版是由叶君健和于宝渠等翻译,经外文专家安德鲁·波义德(Andrew Boyd)润色并以后者署名刊于 1958 年英文版《中国文学》上的 18 首。同年,外文出版社出版了英译本《毛泽东诗词十九首》(*Mao Tze-tung Nineteen Poems*),其中包括了安德鲁·波义德翻译的 18 首诗词和戴乃迭翻译的《蝶恋花·答李淑一》。1960 年,戴乃迭翻译的《蝶恋花·答李淑一》又刊登在了英文版《中国文学》上。1961 年,为进一步完善和保证毛泽东诗词的翻译质量,中央成立了专门的毛泽东诗词英译定稿小组。定稿小组从成立之初就明确了自己的工作目标:"对翻译的毛泽东诗词进行修订和重译(主要针对 1958 年外文出版社的毛诗 19 首版本),最后出版单行本。"(叶君健,1991)直至 1976 年此译本才得以出版,共收录毛泽东诗词 37 首,其中有 19 首是对旧译版本的修订。可以说,1958 年英译版是 1976 年英译本形成的基础。

本书选取了其中经过修订的 19 首毛泽东诗词,将 1958—1960 年英文版《中国文学》上刊登的英译版与 1976 年外文出版社出版的《毛泽东诗词》(*Mao Tse-tung Poems*)英译本进行对比,通过对汉语原文及英语译文去噪、平行,建成研究所需的小型语料库——毛泽东诗词汉英平行对比语料库(见表 6.9)。该语料库由汉语原文和两个英译文组成,主要包括三大部分:第一部分是毛泽东诗词的汉语原文,选取的是早期最先结集出版的 19 首诗词;第二部分是安德鲁·波义德和戴乃迭共同完成的《毛泽东诗词十九首》,即 1958 年毛泽东诗词英译本(以下简称 1958 版);第三部分是官方组织修订的 1976 年毛泽东诗词英译本(以下简称 1976 版)。

表 6.9　毛泽东诗词汉英平行对比语料库概况

	汉语原文	1958 版	1976 版
类符总计	622	842	756
形符总计	1 174	2 240	1 693

6.7.2.2　研究方法与步骤

本研究运用语料库检索软件 Word Smith 4.0、AntConc 3.3 和 ParaConc 对研究文本进行检索,将定量研究和定性研究相结合,从诗词的文本和非文本两个方面入手,文本层面又分为内容和形式两个层次,分别探究毛泽东诗词官方英译本修订的变化特征。

6.7.3　结果与讨论

按照软件检索步骤与方法对语料进行检索及人工处理,并对结果整理和归纳分析。

6.7.3.1　文本层面

基于所建小型语料库,借助语料软件 ParaConc 对毛泽东诗词原文和英译版进行句级平行,对两个英译本做对比归纳和筛选,总共统计出 340 处修改痕迹。笔者将这些修改痕迹依照修改方式分成 6 类:词汇选择、句子改写、句子重组、增译、删除、时态变化,见表 6.10。第一类为词汇选择,是词汇层面的修改,译者为了使译文更能精准地传达原文意思而对个别词汇进行了替换。第二类为句子改写,是句子层面的修改,译者为了能更好地传达原文句子的交际效果而用另一种意思的译文句子将原句表达出来。其中句子改写分为句子变非句子修改、否定变主动和其他修改。第三类为句子重组,也是句子层面的修改,译者对句子的顺序或者句子内部的词汇词组顺序进行调整。句子重组主要分成副词结构提前、副词结构后置和其他重组修改。第四类为增译,即在修改的译文中增补缺失信息。第五类为删除,即删除冗余的信息。第六类为时态变化,即将译文的时态进行变换。

表 6.10 毛泽东诗词官方英译本修订痕迹数量统计

类型 诗篇	词汇选择	句子改写			句子重组			增译	删除	时态变化	总计
		句子变非句子	否定变主动	其他	副词结构提前	副词结构后置	其他				
1	14	5	1	10	3	2	2	4	10	0	51
2	7	0	0	2	0	0	1	0	4	0	14
3	6	0	1	0	2	0	1	1	3	0	14
4	3	0	0	1	0	0	0	2	4	0	10
5	3	1	0	3	0	0	0	0	3	0	10
6	0	4	0	1	0	1	1	0	1	0	8
7	2	4	1	2	0	1	0	0	7	1	18
8	8	0	1	1	0	1	0	1	3	0	15
9	14	5	1	2	0	0	0	0	7	1	30
10	5	0	1	1	0	1	1	2	1	0	12
11	9	1	0	5	0	1	0	0	16	0	32

续 表

类型诗篇	词汇选择	句子改写			句子重组			增译	删除	时态变化	总计
		句子变非句子	否定变主动	其他	副词结构提前	副词结构后置	其他				
12	14	4	0	6	0	1	1	3	21	0	50
13	1	2	2	0	0	0	1	0	2	1	9
14	3	0	0	2	0	0	1	0	2	0	8
15	5	0	0	3	1	0	1	1	0	1	12
16	7	1	1	3	1	0	1	1	0	1	16
17	6	0	0	1	0	0	0	0	1	0	8
18	6	0	0	2	0	0	0	2	1	0	11
19	5	0	0	0	0	1	1	3	2	0	12
总计	118	27	9	45	7	9	12	20	88	5	340
百分比	34.8%	8.0%	2.6%	13.2%	2.1%	2.6%	3.5%	5.9%	25.9%	1.5%	100%

如表 6.10 可见，在这 340 处修订痕迹中，词汇选择在所有修改痕迹中占比最大，占 34.8%；其次是删除修改，占 25.9%；然后是句子改写，占 23.8%，其中除去没有一般性规律改写的其他类句子改写，占比最大的句子结构变非句子结构的改写占 8.0%；接下来依次是句子重组、增补和时态变化，分别占比 8.2%、5.9% 和 1.5%。在这些修改痕迹中，词汇选择是常见修订模式，为了使译文更加精确，译者通常会反复磨炼选词。笔者发现，对于毛泽东诗词官方英译修订，词汇层面的删除省略修订和句子结构变非句子结构成为较典型的规律性特征而得以凸显。前者是译作在词汇层面的简化，后者是在句法结构上的简化，都共同体现了译文的简洁性和凝练性趋向。

1. 词汇删除省略

毛泽东诗词中删除修改占了 25.9%，主要体现在文本词汇层面。笔者发现，在不影响原语意传达的情况下，这类删除修订中实词省略占了一部分比重，如《七律二首·送瘟神》中诗句"六亿神州尽舜尧"的翻译，1958 版译文为"Six hundred million in this Sacred Land all equal Yao and Shun"，而修订后的 1976 版译文为"Six hundred million in this land all equal Yao and Shun"。其中"神州"的翻译由 Sacred Land 修订成 land，省略了实词。而相比实词，虚词的删减和省略占据了更大的比例。这些词主要包括代词 this、that，介词 for、to、of，连词 if、and、but，冠词 a、the，助动词 did 等。例如《忆秦娥·娄山关》中：

人民五亿不团圆，一唱雄鸡天下白。

1958 版译为：

And the five hundred million people were disunited.

But now that the cock has crowed and all under heaven is bright.

1976 版译为：

And the five hundred million people were disunited.
Now the cock has crowed and all under heaven is bright.

修订版对连词 but 和 that 进行了省略,这说明在原语意表达保持不变的情况下,1976 年版有词汇简化的趋势,力求用最精简的词汇表达出完整的诗词意思。

2. 句子结构变非句子结构

在文本句法结构层面,经统计可发现,1958 版译文多将原文翻译成独立的句子或者分句,但 1976 版却将其部分修订成了非句子形态,包括现在分词和过去分词为主的分词结构和短语结构。这表明译本修订在句法上由层次较多的复杂结构向层次少的简单结构移位,在句子结构上有简化的趋势。英语句子结构与其表达功用之间有着密不可分的联系,"句子成分在语法上越接近句子,其重要性就越大"(黄敬标,2008)。相反,句子结构分量从重到轻的变化体现了表达功用从高到低的走向。例如《菩萨蛮·大柏地》中:

雨后复斜阳,关山阵阵苍。
当年鏖战急,弹洞前村壁。
1958 版译为:
After the rain the setting sun has returned,
And, line after line, the hills and the pass are blue.
Once there raged a desperate battle here;
Bullet-holes have scored the village walls;
1976 版译为:
Air after rain, slanting sun:
mountains and passes turning blue
in each changing moment.

Fierce battles that year:
bullet holes in village walls.

从此例可以看出,1958版本倾向于将原文译成句子形态,而修订后的1976版将大部分句子或分句改写成了分词或短语形式。首先,"雨后复斜阳"在1958版的译文是"After the rain the setting sun has returned",有着完整的主谓宾语;而1976版则译成了"Air after rain, slanting sun"这样的名词结构。"当年鏖战急,弹洞前村壁"修订后的译文为"Fierce battles that year: bullet holes in village walls",所在小句结构简化为名词性结构,本身不能成句。其次,"关山阵阵苍"的译文由"And, line after line, the hills and the pass are blue"修订成了"mountains and passes turning blue",谓语动词变成了非谓语形式turning,句法结构得到简化。1976年版在保留原核心句意的前提下,省去了一部分次要结构。

3. 诗体形式

除了词汇和句子层面,笔者还对两译文文本的诗体形式进行了对比。19首诗词中16首是词,3首是七律诗。两个译本的诗行均与原诗诗行保持一致,但1958年版本大部分词采用了缩进式,伴随诗行的具体长短不等,而1976版本中则都是采用了左对齐的建行形式。由此可见,1958版本译文考虑了汉语诗和词的区别并将其在译文中进行区分;而修订之后的1976年版译文却忽略不计两者的形式区别,只是单纯地将原本诗意体现出来。例如《沁园春·长沙》中:

指点江山,激扬文字,粪土当年万户侯。
曾记否,到中流击水,浪遏飞舟。
1958版译为:
We pointed the finger at our land,

第6章 英文版《中国文学》(1951—1966)英译作品的翻译策略和技巧研究

We praised and condemned the written word.

And in those days we counted honours and high position no more than dust.

But don't you remember

How, when we reached mid-stream, we struck the waters,

How the waves stopped our boat in its speeding?

1976 版译为:

Pointing to our mountains and rivers.

Selling people a fire with our words,

We counted the mighty no more than muck.

Remember still

How, venturing midstream, we struck the waters

And waves stayed the speeding boats?

《沁园春·长沙》是一首词作,就诗行而言,两版本一致,均为六行,但在建行形式上,明显可见 1958 版参差不齐,长短不一,近似于原词的形式;而 1976 版更加规整统一,全部采取左对齐的建行,在形式上模糊了诗和词的区别。

6.7.3.2 非文本层面

除了文本层面的差异对比,笔者还对两译本的非文本进行了对比。译者的模糊化和副文本的删减都体现出修订后版本的简单化特征。

(1) 在译者署名方面,1958 版译文前 18 首译者署名是安德鲁·波义德,最后一首译者署名是戴乃迭。而 1976 版译文后没有译者署名,这表明译者的个人身份在译文中趋于模糊化。

(2) 在序跋和注释方面,"1958 版译文中附有臧克家和周振甫所作的毛泽东诗词讲解和注释,这是当时对毛泽东诗词的权威阐释。正文还附有臧克家专为英译本而写的序言。序言既包括对毛泽东诗词思想性和艺术性的评介,又有臧氏本人对诗歌翻译尤其是中国古典诗歌翻译方面的见解"(马士奎,2007)。同样,发表在英文版《中国文学》上的19首毛泽东诗词也有关于人名、地名和典故的译者注释;而毛诗1976版译文则没有序言和译者注释,只保留了作者原注。该译本仅在书末"附有对中国传统诗歌形式的说明(Notes On the Verse Form),并注明是出自译者群体(translators)"(马士奎,2007)。

通过以上对比分析可以看出,毛泽东诗词修订过程中在文本层面呈现出词汇省略、句式结构移位、诗体形式模糊的特征;非文本层面,有信息删减化的特征。这些都表明修订过后的1976年版本存在简化的趋势。

6.7.4 原因探究

修订之后的1976年版译文文本较1958年版本更为简化,非文本信息删减。对于两版译文对比呈现出的差异,笔者认为有两种原因。

6.7.4.1 特殊时代背景下宣传动机的强化

本书选取的1958版译文曾刊登在《中国文学》杂志上,而后同年外文出版社出版了英译本合集《毛泽东诗词十九首》(*Mao Tse-tung Nineteen Poems*);1976版译文是作为"官方定本"组织翻译并出版的《毛泽东诗词》(*Mao Tse-tung Poems*)。

20世纪50年代,新中国刚成立不久,各项事业百废待兴。1951年创刊的《中国文学》代表着20世纪后半叶我国为对外传播优秀文学作品所做的最大努力,其"旨在对外宣传新中国,树立中国形象"(孙明珠、韩江洪,2017)。50年代驱使《中国文学》诞生的主要原因是迫切要向国外介绍中国文学和传播中国文化,"特别是20世纪40年代初到新中国建国十年间的文学"(吴自选,2012),其面向的读者群绝大多数是海外的普通读者。最开始向国外译介毛泽东诗词时,1958年版译文更多的是让毛泽东诗词去靠近海外读者。为了尽可能完整地向海外读者介绍中国的文学作品，译文比较注重原文所包含的信息，并且还会添加注释进行详细的解释。同时，在词汇和句法层面都尽量地追求译作的原创性，也尽可能地保留毛泽东诗词的诗行特点，以区别译介诗和词。

1976 版在一定程度上需要适应对外宣传毛泽东思想的要求。"1976 版英译本的产生可以说是对其代表源语社会权威观点'定本'需求的体现"（马士奎，2007），以达到输出意识形态的目的。因此修订过后的毛诗英译本采取了较为保守的翻译策略，删去了译者个人的注释，最大限度地去实现"文化本真"，让海外读者去靠近毛泽东诗词。

同时，20 世纪 60 年代中期，外文出版社在对外宣传的文风、方法上有了一些改进，在此基础之上，修订后的 1976 版译文为了追求精简，在文本内容上对译文冗余的部分进行删除整合，在形式上也进行模糊化的处理，内容和形式均呈现出简化的特征。

6.7.4.2　译者翻译主体性地位的弱化

译者主体性是指"作为翻译主体的译者在尊重翻译对象的前提下，为实现翻译目的而在翻译活动中表现出来的主观能动性。这不仅体现在译者对作品的理解、阐释和语言层面上的艺术再创造，也体现在对翻译文体的选择、翻译的文化目的、翻译策略和在译本序跋中对译作做预期文化效应的操纵等方面"（查明建，2003）。对比两个译本对序跋和注释的处理方式，可以看出修订前后译本中译者主体性地位的差异。

1958 年版译作和 1976 年版译作都是在官方组织下翻译的，都不是由单个译者完成的翻译。1958 版译文是由叶君健和于宝渠等翻译，外文专家安德鲁·波义德润色后完成。1976 版译文修订时则成立了专门的毛泽东诗词英译小组，定稿组成员有袁水拍、乔冠华、叶君健、钱钟书、赵朴初及英文专家苏尔·艾德勒等，这是一种"'译场式'的集体翻译"（马士奎，2007）。在此英译过程中，"文学翻译几乎达到了最神圣、最庄严的境界，定稿组成员都是具有不同背景的权威人士。袁水拍担任组长,且是当时的中宣部文艺处处长、诗人兼翻译家,主要负责对原作的阐释,对原作有最后的发言权并从政治上把关;乔冠华在外交部任职,主要负责对原作进行解释,以及与毛泽东进行沟通;成员中还有大学者、作家钱钟书,以及《中国文学》杂志负责人叶君健,此二人主要负责译文后期的润色工作;定稿组还有被认为真正'懂诗'的诗、词、曲名家赵朴初以及外籍专家苏尔·艾德勒"(马士奎,2007)。

由此可看出,相比于 1958 版译文,1976 版译文的译者群体更大。译者主体性的特征之一为译者的受动性,即"翻译行为会受到外界诸多因素的影响,尤其是译者所处的时代语境与社会环境"(查明建,2003),比如时代话语与权力关系、外交与政治关系等。代表主流意识形态和官方立场的翻译组织者实际上成为翻译活动中最具决定性的因素,在翻译活动诸要素中占据主要地位。集体翻译方式使得几乎每一文本背后都存在一个群体,"译者"身份本身都成为一个比较模糊的概念。就毛泽东诗词作品本身而言,其中富含历史典故和神话传说,而且很多涉及毛泽东本人所经历的重大历史事件。"对异文化中的一般读者而言,缺少相关的背景介绍和译者注释会给其对毛诗的理解和领会带来困难,这在当时曾引起不小的争议,后来也被视作该译本的一个重要缺陷。"(马士奎,2007)在非文本层面对译者注释和序跋的删除,是在特定时代译者翻译主体性地位弱化的表现。

6.7.5 结语

由于《毛泽东诗词》的特殊性,其在英文译介及译介修订过程中国家政治形势、国家意识形态和译者的翻译主体性都是高度统一的。20世纪 50 年代,新中国迫切需要向国外介绍中国文学和传播中国文化,官方组织的毛泽东诗词 1958 年英译版应运而生。考虑到目标读者的阅读需求,该译本采用了译入语取向。到了 60 年代,受国家意识形态和特殊时代政策的影响,毛泽东诗词官方版的修订必须严格按照原文本的语言,忠实于原文文化内涵,且外宣文字尽量追求篇幅短小,该译本采用了译出语取向。在修订过程中,译作在文本和非文本层面、内容和形式上都呈现出简化的特征。

从 1958 版到 1976 版译本的修订可以看出官方翻译团队为提升毛泽东诗词翻译质量和水平而进行的不懈磨砺。1958 版和 1976 版两个译本都是老一辈翻译家和外文专家的集体劳动成果和智慧结晶,它们在不同的时期肩负着传播毛泽东思想和中国文化的历史使命,可为当下中国文化"走出去"提供有益借鉴。

6.8 《警世通言》两译本韵文翻译对比

6.8.1 引言

《警世通言》是白话短篇小说集,含 40 篇白话小说,与《喻世明言》《醒世恒言》合称"三言",由明末文学家冯梦龙收集、整理和创作,是拟话本小说的杰出代表(胡士莹,2011:158)。杨宪益、戴乃迭夫妇选译了《警世通言》中的 4 篇短篇小说并连载于 20 世纪 50 年代的英文版《中国文学》上。美国贝茨大学教授杨曙辉及夫人杨韵琴翻译的《警世通言》2005 年由美国华盛顿出版社出版,2009 年收入我国重大出版工程《大中华文库》,是迄今未为止《警世通言》的唯一英文全译本。

目前,国内外对包含《警世通言》在内的"三言"英译研究很少,或是对"三言"译本的概述,或是对某个"三言"故事选译集或译本的分析评价,几乎没有学者将"三言"的英译本进行对比研究。国内外对译者杨宪益、戴乃迭夫妇的研究已硕果累累,多集中于夫妇二人的生平经历以及他们翻译的作品《红楼梦》的研究上,甚少学者关注夫妇二人英译的这 4 篇选自拟话本小说《警世通言》的故事,对体现话本主要特征的韵文的翻译研究更是极少。国内外对译者杨曙辉、杨韵琴夫妇的翻译研究也很少,多是对二人的学术经历和"三言"全译本翻译思想的简要介绍。

本章以杨、戴夫妇和双杨夫妇所译的4篇《警世通言》故事中的69首韵文为研究对象,从功能主义目的论的视角出发,结合韵文的语言特点,将两译本韵文英译所采取的翻译方法进行直观对比,从而为韵文的英译,乃至典籍英译、中国文化"走出去"提供借鉴和启示。

6.8.2 《警世通言》及其韵文

《警世通言》中的题材主要涉及以下几个方面:其一,婚姻爱情与女性命运。其二,功名利禄与人世沧桑。其三,奇事冤案与鬼怪。这些题材从各个角度呈现了当时的社会百态。

《警世通言》的语言以白话为主,融合部分文言,间或穿插一些韵文,具有"散韵夹杂"的特征。韵文的体裁主要以简约的偶句和诗词为主体,赋赞次之,偶句多为俗语、谚语,一般以"有诗为证""有诗赞云""正是""真个""后人叹云"等指示性语言引起。(王庆华,2003)韵文具有叙事功能,或抒情,或议论,是话本小说重要的文体特征。

本书选自《警世通言》的中文故事分别为《崔待诏生死冤家》《范鳅儿双镜团圆》《白娘子永镇雷峰塔》和《杜十娘怒沉百宝箱》,共含韵文69首。

6.8.3 翻译目的论与两译本的翻译目的

6.8.3.1 翻译目的论

翻译目的论(Skopos Theory)产生于20世纪70年代的德国,属于功能翻译理论。弗米尔的"目的论"是功能理论中最重要的理论,产生了广泛的影响。

翻译是一种人类行为,而任何行为都是有目的的。决定翻译过程的首要因素是翻译目的。(Vermeer,1989)也就是说,译者应该根据不同的翻译目的采用相应的翻译策略,而且有权根据翻译目的决定原文的哪些内容可以保留,哪些需要调整或修改,翻译策略要取决于目的语读者或听众的需求和期望。(罗新璋,1984:124-126)

6.8.3.2 两译本的翻译目的

1. 杨、戴译本的翻译目的

20 世纪 50 年代,杨、戴夫妇翻译《警世通言》篇目时正供职于《中国文学》杂志社,杨、戴夫妇的翻译工作必须遵循外文出版社的编辑方针,翻译自主权受到一定限制。

外文出版社 1953—1954 年的图书编译出版工作总结(1955 年 2 月 23 日)中指出:"翻译中存在生搬硬译的倾向……伤害国际和平统一战线的提法,从外国人习惯看来引起副作用的说法,以及对中国人说来不需解释而对外国人则莫名其妙的语句。在外文方面,我们主要的倾向是硬译,其结果是不能被人理解,甚至产生不良的宣传效果。"(周东元、亓文公,1999:112-113)

可以看出,受制于当时的历史环境与杂志社对古典文学的编辑方针,杨、戴《警世通言》的翻译目的必然是在传播中国文学和介绍中国文化给外国读者的同时,尽可能使所译内容符合中国当时的意识形态,使译文符合外国读者的阅读习惯,避免"硬译",避免外国读者难以理解的语句。

2. 双杨译本的翻译目的

杨曙辉及杨韵琴的《警世通言》双杨译本 2009 年收入"大中华文库"。杨牧之在"大中华文库"版总序部分称"系统、准确地将中华民族的文化经典翻译成外文,编辑出版,介绍给全世界"(杨牧之,2009:1),可以看出"大中华文库"作为一项国家级的文化出版工程,强调的是出版译文的系统性。

杨曙辉在《警世通言》的前言中称:"'三言'所收录的白话短篇小说文体结构多样……以前的译文常常省略了说话人的诗词和入话部分,

本译作首次完整地将17世纪的'三言'中的第二部翻译成了英语,我们希望这不仅能使英语读者更加全面了解明末前复杂的中国社会环境,而且更为重要的是让他们了解传统说书人所表达的观点。"(杨曙辉,2009:35)话本小说的重要文体特征就是韵文,而韵文在《警世通言》中的大量运用正是用来体现话本说书人观点的。

因此我们不难看出,双杨译本的翻译目的就是全面呈现话本的文体特征,弥补以前译作翻译的不足,系统全面地译介中华文化。

6.8.4 目的论视角下两个译本韵文翻译对比

出于不同的翻译目的,杨宪益、戴乃迭夫妇和杨曙辉、杨韵琴夫妇翻译韵文时在翻译方法的选择上各有不同,主要体现在译文中韵文的保留程度、韵文的韵律处理上。

6.8.4.1 韵文的保留程度

因韵文多以偶句、诗句、词的形式出现,我们以",""。"".""!""。"为切分标记对韵文原文进行了句子划分,并以原文为参照,利用 ParaConc 软件将两个英译版本中的英文韵文与中文进行句子级别上的平行对齐,得到表6.11的统计结果:

表6.11 两译本原文—译文句级对应比例

	句子总数	译出比例	未译比例
原文	298		
杨、戴	138	46%	54%
双杨	292	98%	2%

由表6.11可以明显看出,69首韵文原文的298个句子中,杨、戴夫妇的译文共有138个句子,对应译出的比例不到一半;相比之下,双杨译文共有292个句子,对应译出的比例高达98%,没有译出的韵文句子只有6句。由此可见,双杨译本总体上对韵文原文相当忠实,并没有刻意去删减韵文数量和内容,而是秉持一种忠实再现原文的态度,力图

给国外读者一个完整的版本。而杨、戴夫妇则删减了大量韵文,呈现给国外读者的并不是完整版本。经分析发现,杨、戴夫妇对韵文做出的翻译处理为:或整首全部删去,或缩减韵文内容,运用意译的方法去解释韵文,从而达到译本的简练易懂,能简要传达故事情节的目的。双杨则更多运用直译加注的方法,使得译本在传递中国文化信息的同时,还能保留话本小说的特色。

1. 完全删除

杨、戴夫妇完全删除的韵文包括《崔待诏生死冤家》篇首的 11 首描写春光的入话诗词,《白娘子永镇雷峰塔》中许仙用来感恩皇上大赦的长诗,《杜十娘怒沉百宝箱》篇尾的议论性偶句,《范鳅儿双镜重圆》篇尾的议论性偶句以及文中夹杂出现的几首或议论或抒情的偶句。

这些出现在篇首和篇尾的诗词偶句与主体故事情节关联不大,杨、戴夫妇为了便于读者的理解进行了删译。而双杨却更重视这些诗词所体现的说书人的观点,全部予以保留。

2. 部分保留

对于没有删除的韵文,杨、戴夫妇也没有完全对照韵文原文一一对应地译出,译出的韵文或多或少有所缩减,缩减的多是含敏感词汇和中国神话、历史典故的句子。

朱唇缀一颗樱桃,皓齿排两行碎玉。**莲步半折小弓弓**,莺啭一声娇滴滴。(《崔待诏生死冤家》)(黑体为了笔者所加,下同)

杨、戴译文:

Her lips were cherry-red, her teeth like jade, And sweeter than an oriole she could sing.

双杨译文:

Her lips a red cherry,

Her teeth two rows of white jade,

Her dainty feet curved like tiny bows,
Her voice trilling sweetly like that of an oriole.

"莲步"为"三寸金莲",即"缠足",是封建糟粕,不符合 20 世纪 50 年代清除封建残余的主流意识形态,因此杨、戴夫妇并没有译出"莲步半折小弓弓",直接删去了这句,韵文也就从原先的 4 句变为 3 句;双杨则全部忠实译出。

(杜十娘生得:)脸如莲萼,**分明卓氏文君**;唇似樱桃,**何减白家樊素**。(《杜十娘怒沉百宝箱》)

杨、戴译文:

Her face was as fresh as dew-washed lotus;
Her lips were as crimson as ripe peaches.

双杨译文:

Her cheeks as lovely as lotus petals,
She was the very image of **Zhuo Wenjun**.
Her lips the shape of a cherry,
She was a veritable **Fan Su**.

*Zhuo Wenjun was renowned for her beauty, intelligence, and musical talent, for her elopement with the celebrated writer Sinma Xiangru(79 - 117 B.C.E).

*Fan Su was a maid employed in the household of the famous Tang Dynasty poet Bai Juyi (772 - 846), who wrote the line "Fan Su's cherry of a mouth."

卓文君、白樊素是中国古代有名的美女,这里引用她们是用来渲染名妓杜十娘的美貌。两位古代美女负载了很多文化信息,实译可能会影响译本的流畅,给读者增加阅读负担,不译会有损外国读者对中国文化的了解。杨、戴夫妇删去了这两个典故,仅译了"脸如莲萼"和"唇似樱桃"来简明扼要地描述杜十娘的美貌。双杨则音译出人名,并在文后注释人物背景知识,促进读者对译文的理解,再现原文典故,向外国读者传达中国的历史文化。

五通神牵住火葫芦,**宋无忌**赶番赤骡子。又不曾泻烛浇油,直恁的烟飞火猛。(《崔待诏生死冤家》)

杨、戴译文:

As if whole mountains had been burned,
Or Heaven's furnace overturned!
So fierce was the fire!

双杨译文:

The **Wutong god** held on to the fire gourd;
Song **Wuji** hastened on his fire-red donkey.
With no candle drippings, no fuel added,
The smoke swirled up and the flames burned high.

* The Wutong god is a fire god in Daoist beliefs.

* Song Wuji is revered in Daoism as a fire god who rides a red donkey.

这一大段诗词是说书人用来描述火势凶猛,吸引和打动听众的,中间穿插了神话传说来渲染火势之大,如"宋无忌""五通神",这些神话故事本身含有鲜明的中国特色。杨、戴译本采用意译法向读者阐释大火,删去了原文中的神话传说,仅在文末用"so fierce was the fire!"来简要概括火势的凶猛。这样的简译看似平淡,少了说书的感觉和话本的特色,却简洁明了地将故事的主要情节传达给外国读者,使译文通顺流畅,考虑到了外国读者的阅读感受,不让"语义重复"这样的文学渲染干扰外国读者的理解。双杨译本则选择了直译加注的方式逐句译出韵文,人名多为音译,非常忠实于原文。双杨的译法很好地突出了说书人的存在,非常重视传达说书人的观点,仿佛时刻提醒读者这是中国的话本小说,督促读者去感受话本小说的魅力,文后的注释对所涉及的典故人物进行了介绍,使得没有相关背景知识的外国读者能够更好地去理解典故中的文化含义,译文在忠实于原文的同时力图兼顾译文的可理解性,且向外国读者传达了中国文化。

6.8.4.2 韵文的韵律处理

杨宪益夫妇在翻译《警世通言》的 69 首韵文时,除了部分韵文因表达的需要没有押韵以外,很多韵文在英译时都严格遵循英诗的韵律,多押尾韵,展现了语言的美感和灵活性。相较之下双杨夫妇则将关注点放在诗词中蕴含的文化意义上,所译韵文基本无押韵,多为自由体。

山外青山楼外楼,西湖歌舞几时休?
暖风熏得游人醉,直把杭州作汴州。(《白娘子永镇雷峰塔》)

杨、戴译文:

Pavilion tops pavilion, hill tops **hill**;
The music on the lake is never **still**;
And pleasure-seekers, drunk on balmy **air**,
Declare that Hangchow is beyond **compare**.

双杨译文:

Hill beyond green hill, tower beyond tower;
When will songs and dances by West Lake ever **cease**?
Enchanted by the warm **breezes**,
The sightseers take Hangzhou for Bianzhou.

原诗出自宋代诗人林升的《题林安邸》,是一首七言绝句,原诗抑扬顿挫,精炼含蓄,朗朗上口。说书人在《白娘子永镇雷峰塔》的篇首引用此诗是为交代故事发生的地点,即西湖。由黑体画线部分可以看出,杨

第 6 章　英文版《中国文学》(1951—1966)英译作品的翻译策略和技巧研究

宪益夫妇采取的是 AABB 的押韵形式,第一诗行和第二诗行押韵,第三诗行和第四诗行押韵。且首句还运用了头韵,读起来极富韵律美。双杨译本押韵方式则为 XBBY((X 和 Y 表示不押韵),第二诗行和第三诗行押韵,但整首译诗的韵律不如杨、戴所译明显。

杨、戴对偶句的押韵在译本中随处可见,多采用 AA 的双行押韵格式,堪称精妙,双杨夫妇的译诗则很少押韵。

不劳钻穴逾墙事,稳做偷香窃玉人。(《白娘子永镇雷峰塔》)

杨、戴译文:

A man who will not bore a hole or clamber up a **wall**
Will find no lovely paramour and win no prize at **all**.

双杨译文:

He need not scale walls or crawl into holes
But steals the fragrant jade, risk-free.

只为夫妻情爱重,致令父子语参差。(《范鳅儿双镜重圆》)

杨、戴译文:

Because she loved her husband **well**,
Her father's blame upon her **fell**!

双杨译文:

The love between the husband and the wife,
Pitted the father against the daughter.

由上述两例可以看出,杨、戴对韵文的处理大致都遵循 AA 或双行押韵的变体 AABB 的格式,即每两行押韵,下一诗节与上一诗节押韵不同。杨、戴译文韵脚整齐,用词生动,使得译文具有如同原诗般的感染力。相比之下,双杨对于韵文的翻译则没有过多讲究诗歌的韵律,而是力图将诗歌原义完整地展现出来,即使是牺牲些诗歌的语言形式或意象,所译诗歌基本采用自由体,这与两位译者译书的初衷以及这套全译本的宗旨不谋而合。

6.8.5 结语

翻译目的论主张一切翻译行为都取决于翻译目的。《警世通言》的两个译本受不同历史环境影响,翻译目的各有不同。为方便读者的理解,保证译本的通顺流畅,杨宪益夫妇对译本中的韵文多采取意译、删译、省译的方法,韵律工整。杨曙辉夫妇则力图再现中国话本小说的特色,向读者传递中国文化,没有删减原文内容,多采用音译、直译加注的方法,押韵少。两个译本都从不同角度再现了韵文的特色,展示了译者学贯中西的素养和功底,为中国典籍和传统文化的外译提供了宝贵的借鉴意义。

第 7 章　结　论

7.1　本书的主要成果

7.1.1　英文版《中国文学》(1951—1966)译者翻译风格研究

20世纪五六十年代,为英文版《中国文学》工作的译者有十多人,其中最具代表性的当推杨宪益、戴乃迭、沙博理、唐笙、喻璠琴、路易·艾黎等。学界近年来对杨宪益、戴乃迭、沙博理翻译风格的研究已成果颇多,对唐笙、喻璠琴和路易·艾黎翻译的研究则极为少见。我们运用语料库方法研究了唐笙、喻璠琴和路易·艾黎的翻译风格。

本书通过考察唐笙译文的形式标记及非形式标记探讨其翻译风格。经研究发现,形式标记方面,唐译文音系标记倾向于选用音节数较少的词语。语域标记方面,唐译文常用词所占比例要略高于一般文本;章法标记方面,唐译文平均句长略小于20世纪英语国家流行小说,体现为小范围内的长句拆分、句序微调,使其更符合目标语的表达习惯。非形式标记方面,唐笙英译过程中偏向于采用省译的策略而较少采用增译的方式。究其原因,这种总体上简洁明了的笔译风格与她个人从事口译工作的经历息息相关。

喻璠琴译文在词汇层面,用词偏向简短,正式化程度低;在句法层面,与 BNC 小说语料库相比,喻璠琴译文平均句长小于 BNC 小说语料库平均句长,很大程度上保留了原文语言简洁白话的特点;在句子层面,喻璠琴翻译处理方法灵活多样,多使用整句省译。喻璠琴译文风格的形成可归因于汉语原文风格的影响和当时翻译政策的制约。

我们还选取了《中国文学》中路易·艾黎的杜甫"三吏""三别"英译本作为研究对象,将其与许渊冲的英译本进行对比,用语料库方法从词汇和句子两个层面考察译文,研究发现艾黎译本所传递的原文信息更加丰富,翻译风格倾向于散文式的改写,重在传达原作精神,语言流畅自然;许渊冲译文则更加注重形式上的统一,保留了原文的诗歌形式,讲求押韵。路易·艾黎独特的译文风格之形成源自其本人的翻译目的、翻译理念和文化身份。

7.1.2 英文版《中国文学》(1951—1966)英译作品的语言特征研究

我们选取《中国文学》(1951—1966)小说散文英译文本,试图借助语料库方法客观科学地描述这些英译文本语言上呈现的总体翻译特征。经研究发现,这些英译文本的翻译具有三个基本特征:译文正面主题强化、译文语言简化、四字成语的归化翻译倾向。同时,我们又分四个不同的专题,考察了古代散文英语译文中语气的改写特征、当代戏剧英译文中的语言时代风格、高频短语 there be 结构的运用、英译文里的漏译/省译,以及其他一些语言特征。

我们借助语料库方法,研究了《中国文学》(1951—1966)中刊登的古代散文英语译文语气改写特征。通过对其中语气发生改变的句子的统计分析发现,英语译文保留一致式或将原文的隐喻式语气改写为一致式的比例最高;语气发生改变的句子一半以上是直接引语。这些特征背后的原因包括:(1) 译者降低阅读难度、提升译文易读度的翻译目的有形或无形地影响了译文风格;(2) 译者塑造人物形象的需要;(3) 英汉两种语言之间固有的差异影响了翻译结果。

我们以《中国文学》(1951—1966)当代戏剧中的词汇为研究对象,从雄伟壮丽的名词、遒劲有力的动词、铺张扬厉的形容词、范围扩大的数量词以及时代色彩词五个方面分析了汉语戏剧雄健豪放的语言时代风格在英译文本中的再现情况。研究发现,由于英汉语言差异、文化语境差异以及译者对目的语读者的关照,源语文本中以上五类词汇中一半以上的词汇未能在译语文本中等效传达,其中,情节省译所占比例最高,其次是词义弱化,再次是替代译出,最后是整合省译,汉语戏剧雄健豪放的语言时代风格在英译文本中发生弱化。

我们基于《中国文学》(1951—1966)语料库,采用定性与定量相结合的方法,对1951—1966年间《中国文学》杂志中译者选择将何种中文句式翻译成there be句型及其原因进行分析和研究。结果表明译者选择翻译成there be句型的汉语句式主要为一般句,存现句次之;译者多将以动词和形容词为核心的汉语语句翻译成there be句型。译者做出这样操作的可能原因有三:一是当时以归化为主导的翻译策略影响下译者做出了此翻译选择;二是汉英句子结构与汉英思维方式的差异;三是文本类型和存现句所具有的话语功能的影响。

我们运用语料库方法,对《中国文学》中收录的431篇现当代文学作品英译本中的大量漏译现象进行探讨,发现几乎所有的漏译现象都是译者有意的省译,主要表现为叹词、重复、细节描写、传统文化、政治信息、粗俗语、对话、致读者语、结尾语等方面的省译。省译的主要原因包括五个方面:语言差异、文艺政策、政治运动、外交政策、官方机构。

7.1.3 《中国文学》(1951—1966)英译作品的翻译规范研究

本书运用语料库方法,探讨了《中国文学》(1951—1966)现当代小说散文中文化负载词和政治词汇的翻译,结合当时的时代背景重构了翻译规范。研究发现,在翻译生态类和物质类以及具有政治色彩的文化负载词时,译者更倾向于采用异化策略,而在处理社会类、宗教类及语言类的文化负载词时,译者更倾向于运用归化策略。政治词汇的翻译主要采用异化策略。20世纪五六十年代制约翻译策略选择的翻译规范主要有期待规范、责任规范、交际规范、关系规范和操作规范。当时的期待规范要求译者翻译时根据读者对中国文学作品思想内容与反映的意识形态的期待,考虑译文的可接受性,保证中国文化与思想的有效展示;译者既要满足目标读者了解中国的需求,也要满足《中国文学》作为外宣刊物的属性要求。责任规范要求译者应主要对外文出版社负责,承担树立中国外宣形象的责任;译者在翻译活动中要履行政治使命——让世界了解中国,提升新中国的国际形象。交际规范要求译者通过翻译优化目标读者与中国文学作品之间的沟通与理解;翻译要实现传意效果最优化。关系规范要求译者在翻译活动中实现语义的相似度和效果的相似度。操作规范要求译者为满足期待规范与交际规范,要将翻译明晰化,使得译文语义表达清晰明确,保证目标读者阅读顺畅。

在20世纪五六十年代,不管是期待规范和责任规范,还是交际规范、关系规范和操作规范,从根本上说都从属于国家意识形态规范。《中国文学》(1951—1966)翻译原文的选择和翻译策略的应用都受国家意识形态规范所制约。

7.1.4 《中国文学》(1951—1966)英译作品的翻译策略和技巧研究

我们以《中国文学》(1951—1966)英译作品汉英平行语料库为平台,采取定性与定量相结合的分析方法,研究了汉语话语标记语、称呼语、明喻、毛泽东诗词、《警世通言》韵文、草原文化负载词和"搞"字的英译策略和技巧。总体来说,这些词语、修辞格、诗词和韵文的英译策略以异化为主、归化为辅。译者们采用了直译、意译、音译、转换、简化、省译、注释等多种翻译技巧。翻译策略和技巧背后的动因有翻译目的、语言文化差异、翻译政策、读者因素,等等。

我们对其中高频汉语话语标记语的英译情况进行了分析。研究表明,一方面,译者在翻译话语标记语时多采用直译的翻译策略,这不仅是为了充分反映源语文本中话语标记语的风味,也因为受到当时社会意识形态、赞助人等因素的约束;另一方面,译者对话语产生的交际语境以及语言语境的主动顺应使得译者在适当情况下也会采用意译、省译等翻译策略和方法,使译文更符合以外国读者为主要群体的目标读者的表达习惯,以求达到有效翻译,使目标读者准确清晰地获得话语的真正意义。

我们探讨了称呼语翻译过程中译者们采用的翻译策略与方法,并对这些翻译行为背后的动因进行分析。《中国文学》中称呼语的翻译,多采用直译、音译、意译、省略、明晰、转换等翻译策略和方法。不同类别的称呼语翻译的确存在差异。亲属称呼语的翻译比姓名称呼语和头衔称呼语更具多样性。亲属称呼语特别是拟亲属称呼语的翻译涉及更多的翻译方法。就姓名称呼语而言,其内涵复杂,难以翻译,对此音译是公认的较好的翻译方法。而头衔称呼语的翻译有一些相对固定的翻译形式。通用称呼语则由于其丰富的内涵在翻译过程中需要多样的翻译技巧去明晰其具体含义。称呼语的翻译在整体上呈现出异化的倾向。这些具体翻译情况的出现主要是因文化差异、翻译目的、译者的翻译能力和翻译信仰等影响因素造成的。

我们还考察了1951—1966年间《中国文学》中明喻这一修辞手法的翻译情况。《中国文学》(1951—1966)作品中明喻的英译以直译为主要翻译方法,其次为增加或删减喻底、译入英语隐喻的方式。译者采取的相关翻译策略与时代背景、英汉固有文化差异、《中国文学》海外读者群体等因素密切相关。

我们基于1951—1966年间《中国文学》中18篇典型草原文化作品,研究了这一特殊时期翻译工作者在语言文化、草原民俗和草原精神三个方面的翻译共性,发现译者在习语、俗语等语言文化的翻译上倾向于采用显化翻译策略;在服饰名称、地名、称呼、物名等翻译上表现出隐化趋势;在表达草原精神语句的翻译上倾向于范化翻译。译文采用不同的翻译策略与方法,可能与语言文化差异、译者动因和政治环境的影响有关。

我们基于《中国文学》(1951—1966)现当代小说散文汉英平行语料库,以颇具特色的虚化动词"搞"为切入点,从翻译方法层面分析了其英译特点及成因。《中国文学》中"搞"的英译灵活运用了动词对译和变通补偿相结合的方法,呈现出直译为主、意译为辅的翻译特征,形成了忠实于原文而又可读性强的译文。翻译方法背后的原因可从《中国文学》(1951—1966)所处的时代背景、翻译政策和译者受众意识等角度分析。

我们选取《中国文学》毛泽东诗词1958年英译版,与1976年英译小组的译本进行对比研究,用语料库和人工筛选方法从文本和非文本两个层面对比毛泽东诗词两个官方译本之间的差异并探讨原因。研究发现,1951—1966年间的毛泽东诗词英译主要采用了注释技巧,比1976年版本更繁复,在文本层面呈现出诗体形式清晰的特征;在非文本层面存在信息冗繁的特征。两英译版本差异的原因主要为:特殊时代背景下宣传动机的强化和译者主体性地位的弱化。

我们从《警世通言》韵文的保留程度和韵律的处理两方面,对比分析了《警世通言》杨宪益夫妇译本和杨曙辉夫妇译本中69首韵文的翻译方法,研究发现:20世纪50年代,杨宪益夫妇为便于外国读者理解和保证译本的通顺流畅,缩减了大量韵文内容,韵文多押韵,以意译为主。2005年出版的杨曙辉夫妇译本则重视向读者传达中国文化和展现说书人的观点,忠实再现了韵文内容,韵文押韵少,以直译加注为主。

7.2 本书的主要创新之处

中国文学作品英译主要有三大障碍:一是中国作家使用的带有文化色彩的特别词汇,二是政治、经济用语,三是中国小说含有的不合西方读者观念的历史因素。本书的主要创新之处有以下四点。

第一,本书首次运用语料库方法系统地揭示了唐笙、喻璠琴、路易·艾黎等翻译家的英译风格,以及为克服三大障碍而采用的翻译策略和技巧。研究成果可为当下从事中国文学"走出去"的翻译工作者提供有益借鉴。

第二,本书依照"翻译方法的选择决定于翻译规范,而翻译规范决定于价值观"这一原理,首次从文本内和文本外两个途径较为全面而具体地重构了20世纪五六十年代的翻译规范,明确地阐述了当时的期待规范、责任规范、交际规范、关系规范、操作规范的具体内容。这对于了解我国"十七年"汉语文学作品英译的特点和规律具有重要意义。

第三,本书通过语料库在词汇、词块、句法、语篇等层面的变量检索和统计,呈现了《中国文学》(1951—1966)英译作品的典型语言特征。该研究涉及搭配、语篇语义等新兴内容,揭示了翻译英语典型特征背后的深层动因,而跨度为两个年代的多篇英译作品的语言特征研究是前所未有的。

第四,我们从意识形态角度入手,对英文版《中国文学》(1951—1966)作品英译中的信息再现和译者主体性进行考察,对于"十七年"时期的汉语文学作品英译与意识形态关系提出了新的观点。

参考文献

[1] BAKER M. Corpora in translation studies: an overview and some suggestions for future research[J]. Target, 1995 (7): 223-243.

[2] BAKER M. In other words: a coursebook on translation[M]. London: Routledge, 1992.

[3] BIBER D, et al. Longman grammar of spoken and written English[M]. London: Pearson Education Limited, 1999.

[4] CHESTERMAN A. Memes of translation: the spread of ideas in translation theory [M]. Amsterdam: John Benjamins, 1997.

[5] FOLLETT W. Modern American usage: a guide[M]. New York: Hill and Wang, 1996.

[6] HALL E T. Beyond culture[M]. New York: Anchor Books Publishing Company, 1977.

[7] HALLIDAY M A K. Spoken and written English[M]. Victoria: Deakin University Press, 1985.

[8] HUDSON R A. Sociolinguistics [M]. Oxford: The Alden Press, 1980.

[9] LEFEVERE A. Translation rewriting and manipulation of literary fame [M]. Shanghai: Shanghai Foreign Language

Education Press, 2004.

[10] LEFEVERE A. Translation-history, culture: a sourcebook[M]. Shanghai: Shanghai Foreign Language Education Press, 1992.

[11] MUELLER-VOLLMER K, IRMSCHER M. Introduction[C]// Translating literatures, translating cultures: new vistas and approaches in literary studies. Stanford: Stanford University Press, 1998.

[12] NEWMARK P. A textbook of translation [M]. Shanghai: Shanghai Foreign Language Education Press, 2001.

[13] NIDA E A. Toward a science of translating [M]. Shanghai: Shanghai Foreign Language Education Press, 2007.

[14] NIDA, E A. Linguistics and ethnology in translation problems [J]. Word, 1945(2):194-208.

[15] RICHARDS J, PLATT J, and WEBER H. Longman dictionary of applied linguistics[M]. London: Longman, 1985.

[16] RICHARDS J R, SCHMIDT H et al. Longman dictionary of language teaching and applied linguistics[M]. 3rd ed. London: Pearson Education, 2002.

[17] SAMOVAR L A, PORTER R E, STEFANI L A. Communication between cultures[M]. Beijing: Foreign Language Teaching and Research Press, 2000.

[18] TOURY G. A handful of paragraphs on "Translation" and "Norms"[C].//PERREN G and TRIM J L M.(eds.) Applications of linguistics. Cambridge: Cambridge University Press, 1971.

[19] TOURY G. In Search of a theory of translation[M]. Tel Aviv: The Porter Institute for Poetics and Semiotics, 1980.

[20] TU F. Selected Poems[J]. Chinese Literature, 1955(2):132-145.

[21] URE J N. Lexical density and register differentiation[C]// PERREN G and TRIM J L M. (eds.). Applications of linguistics. Cambridge: Cambridge University Press, 1971.

[22] VANDERAWERA R. Dutch novels translated into english: the transformation of a "minority" literature[M]. Amsterdam: Rodopi, 1985.

[23] VENUTI L. The translator's invisibility: a history of translation[M]. London and New York: Routledge, 1995.

[24] VERMEER H J. Skopos and commission in translational action[C]//CHESTERMAN(ed.), Readings in translation theory. Helsinlci: Oy Finn Lectura Ab, 1989.

[25] VERMEER H J. Skopos and commission in translational action[C]//VENUTI L. (ed.). The translation studies reader. London and New York: Routledge, 2000.

[26] VERSCHUEREN J. Understanding pragmatics[M]. Beijing: Foreign Language Teaching and Research Press, 2000.

[27] WARDHAUGH R. An introduction to sociolinguistics[M]. Beijing: Foreign Language Teaching and Research Press, 2000.

[28] YANG H Y, YANG G. The double mirror[J]. Chinese Literature, 1955(1):104.

[29] YANG H Y, YANG G. The jade Kuanyin[J]. Chinese Literature, 1955(1):86,88.

[30] YANG H Y, YANG G. The white snake[J]. Chinese Literature, 1959(7):128,103.

[31] YANG H Y, YANG G. The courtesan's jewel box[J]. Chinese Literature, 1955(3):91.

[32] 艾黎.艾黎自传[M].北京:新世界出版社,1997.

[33] 卞之琳,等.艺术性翻译问题和诗歌翻译问题[M].北京:商务印书

馆,2009.

[34] 曹炜.现代汉语中的称谓语和称呼语[J].江苏大学学报,2005(2):62-68.

[35] 陈必祥.古代散文文体概论[M].台北:文史哲出版社,1987.

[36] 陈定安.英汉比较与翻译[M].增订版.北京:中国对外翻译出版公司,1998.

[37] 陈岚.中国现当代文学作品英译研究概述[J].湖南社会科学,2008(3):158-161.

[38] 陈莉.从文化空缺词的翻译看文化移植中的妥协——从杨译《儒林外史》英译本谈起[J].石河子大学学报(社科版),2008(4):83-85.

[39] 陈梅.论杜甫诗歌英译数据库的创建[J].外语电化教学,2013(4):36-40.

[40] 陈奇敏.许渊冲唐诗英译研究——以图里的翻译规范理论为观照[D].上海外国语大学,2012.

[41] 陈瑜敏,黄国文.语法隐喻框架下英语文学原著与简写本易读度研究[J].外语教学与研究,2014(6):853-864.

[42] 迟庆立.文化翻译策略的多样性和互补性研究[D].上海外国语大学,2007:22.

[43] 戴曼纯,梁毅.中国学生的英语存在句习得研究[J].外语研究,2007(6):41-48,110.

[44] 戴延年,陈日浓.中国外文局五十年大事记(一)[M].北京:新星出版社,1999.

[45] 党秋菊.略谈汉英翻译中的变通和补偿措施[J].宁夏师范学院学报,2011(4):118-120.

[46] 但汉源.翻译风格与翻译的理论剖视[J].语言与翻译,1996(3):29-31.

[47] 刁晏斌.虚义动词"搞"的使用情况及其变化[J].宜春学院学报,

2015(5):81-90.

[48] 丁金国.关于语言风格学的几个问题[J].河北大学学报,1984(3):55.

[49] 冯梦龙.大中华文库汉英对照·警世通言Ⅱ[M].杨曙辉,杨韵琴,译.长沙:岳麓书社,2009.

[50] 冯庆华.母语文化下的译者风格:《红楼梦》霍克斯与闵福德译本研究[M].上海:上海外语教育出版社,2008.

[51] 冯树鉴.翻译中的明喻与隐喻[J].外语与外语教学,1989(3):33-36.

[52] 符家钦.唐笙——同声传译拓荒人[J].对外大传播,2004(6):51.

[53] 付建舟.中国散文文体的近现代嬗变[J],湖南大学学报(社会科学版),2009(1):81-86.

[54] 付文慧.多重文化身份下之戴乃迭英译阐释[J].中国翻译,2011(6):16-20.

[55] 高芳,徐盛桓.名动转用与语用推理[J].外国语,2000(2):7-14.

[56] 耿强.国家机构对外翻译规范研究——以"熊猫丛书"英译中国文学为例[J].上海翻译,2012(1):1-7.

[57] 郭爱萍,郝玫.论明喻和隐喻的认知取舍倾向性[J].外语教学,2009(5):40-42+46.

[58] 郭文琦.浅谈汉英谚语翻译中的变通和补偿手法[J].陕西教育(高教版),2010(6):34.

[59] 哈萨,马永真.草原文化[M].长春:吉林文史出版社,2010.

[60] 韩江洪,郝俊芬.基于语料库的唐笙笔译风格研究:以《中国文学》(1951—1966)唐笙英译小说为例[J].天津外国语大学学报,2016(2):34-39.

[61] 韩江洪.国内翻译策略研究述评[J].外语与外语教学,2015(1):75-80.

[62] 韩江洪.切斯特曼翻译规范论介绍[J].外语研究,2004(2):44-56.

[63] 韩礼德.功能语法导论[M].彭宣维,赵秀凤,张征,等译.北京:外

语教学与研究出版,2010.

[64] 何晓琪.英语隐喻同明喻的区别[J].解放军外语学院学报,1991(6):13-16.

[65] 洪捷.五十年心血译中国——翻译大家沙博理先生访谈录[J].中国翻译,2012(4):62-64.

[66] 胡开宝.基于语料库的莎士比亚戏剧汉译研究[M].上海:上海交通大学出版社,2015.

[67] 胡开宝.语料库翻译学:内涵与意义[J].外国语,2012(5):59-70.

[68] 胡开宝.语料库翻译学概论[M].上海:上海交通大学出版社,2011.

[69] 胡士莹.话本小说概论[M].北京:商务印书馆,2011.

[70] 胡显耀,曾佳.对翻译小说语法标记显化的语料库研究[J].外语研究,2009(5):73-79.

[71] 胡显耀.当代汉语翻译小说规范的语料库研究[D].华东师范大学,2006.

[72] 胡显耀.基于语料库的汉语翻译小说词语特征研究[J].外语教学与研究,2007(3):214-227.

[73] 胡裕树.现代汉语(重订版)[M].上海:上海教育出版社,2011.

[74] 黄粉保.英语中粗语、脏话的翻译[J].中国翻译,1998(3):17-18.

[75] 黄国文.语篇分析的理论与实践[M].上海:上海外语教育出版社,2001.

[76] 黄敬标.英语句子结构"从低到高"的功用原则探析[J].山东外语教学,2008(5):32-36.

[77] 纪海龙."我们"视野中的"他者"文学——冷战期间英美对中国"十七年文学"的解读研究"[D].武汉大学,2010.

[78] 姜丽蓉,韩丽霞.英汉称呼语中折射出的文化内涵[J].北京理工大学学报(社会科学版),2003(S1):91-93.

[79] 蒋欣悦.汉语存在句与英语 There Be 句式对比研究[D].吉林大

学,2014.

[80] 金积令.英汉存在句对比研究[J].外国语,1996(6):10-16.

[81] 金圣华,黄国彬.因难见巧:名家翻译经验谈[M].北京:中国对外翻译出版公司,2011.

[82] 柯平.英汉与汉英翻译教程[M].北京:北京大学出版社,1991.

[83] 冷惠玲.论译者风格批评[D].上海外国语大学,2008.

[84] 黎运汉.1949年以来语言风格定义研究述评[J].语言文字应用,2002(1):100-106.

[85] 黎运汉.汉语风格学[M].广州:广东教育出版社,2000.

[86] 黎运汉.论语言的时代风格[J].暨南学报,1988(3):114,116.

[87] 李洁.琴声何处不悠扬——中国古典艺术散文英译的审美沟通[D].苏州大学,2008.

[88] 李洁.杨宪益的翻译思想研究[J].理论界,2012(9):112-113.

[89] 李勇忠.论话语标记在话语生成和理解中的作用[J].四川外语学院学报,2003(5):78-82.

[90] 李战子.评价理论:在话语分析中的应用和问题[J].外语研究,2004(5):1-6.

[91] 梁步敏.《水浒传》的粗俗语英译研究[D].广西大学,2008.

[92] 廖七一.论翻译中的冗余信息[J].外国语,1996(6):47-51.

[93] 廖旭和.把中国文学精品推向世界[J].对外大传播,1999(6):18-20.

[94] 林煌天.中国翻译词典[M].武汉:湖北教育出版社,1997.

[95] 林文艺.二十世纪五六十年代英文版《中国文学》作品选译策略[J].福建论坛,2011(4):49-51.

[96] 林文艺.主流意识形态语境中的中国对外文化交流——以英文版《中国文学》研究为中心[D].福建师范大学,2014.

[97] 刘彬.话语标记语英译研究——以《茶馆》英译个案为例[J].河北联合大学学报(社科版),2014(5):114-120.

[98] 刘瑾.谈英译中"搞"字的词汇意义[J].语文学刊,2011a(2):24-25.

[99] 刘瑾.从句法功能谈"搞"字的英译[J].长江大学学报,2011b(10):54-56.

[100] 刘开骅.中古汉语疑问句研究[M].哈尔滨:黑龙江人民出版社,2008.

[101] 刘礼近.话语生成与理解:语序标记语的作用[J].外语教学与研究,2002(3):22-28.

[102] 刘宓庆.翻译的风格论(上)[J],外国语,1990(1):13-7+41.

[103] 刘敏.基于语料库的元话语标记语"就是"在《红楼梦》及其两英译本中的对比研究[D].华中科技大学,2012.

[104] 刘文嘉.许渊冲:诗译英法唯一人[N].光明日报,2010-1-29(12).

[105] 刘晓凤,王祝英.路易·艾黎与杜甫[J].杜甫研究学刊,2009(4):95-101+108.

[106] 刘英梅,田英宣.戴乃迭《红旗谱》英文译本翻译得失[J].南昌教育学院学报,2012(7):156-158.

[107] 刘煜.自由直接引语和自由间接引语在小说中的运用[S].外语研究,1986(2):9-13.

[108] 龙友元,万丽.语境决定语义——从翻译"搞名堂"说起[J].湖北师范学院学报,2005(1):44-46.

[109] 卢静.历时视阈下的译者风格研究——语料库辅助下的《聊斋志异》英译本调查[J].外国语.2014(4):20-31.

[110] 罗新璋.翻译论集[M].北京:商务印书馆,1984.

[111] 骆忠武.中国外宣书刊翻译及传播史料研究(1949—1976)[D].上海外国语大学,2013.

[112] 马宏基,常庆丰.称谓语[M].北京:新华出版社,1998.

[113] 马士奎.中国当代文学翻译研究(1966—1976)[M].北京:中央民族大学出版社,2007.

[114] 马萧.文学翻译的接受美学观[J].中国翻译,2000(2):47-51.

[115] 马新强.正本清源——毛泽东诗词英译官方版本考辨[J].图书馆,2016(4):109-111.

[116] 么孝颖.称呼语=称谓语吗?——对称谓语和称呼语的概念阐释[J].外语教学,2008(4):20-24.

[117] 倪秀华.翻译新中国:《中国文学》英译中国文学考察(1951—1966)[J].天津外国语大学学报,2013(5):35-40.

[118] 潘鸣威.基于语料库的学习者汉英翻译中的省译策略初探——兼谈对于汉英翻译测试的几点思考[J].外语研究,2010(5):72-77.

[119] 潘群辉.从社会符号学视角看《水浒传》中粗俗语的英译——以沙博理和赛珍珠的英译本为例[D].南华大学,2010.

[120] 潘苏悦.《毛泽东选集》英译本意识形态操纵之分析[J].上海翻译,2015(1):68-71.

[121] 彭宣维.英汉语篇综合对比[M].上海:上海外语教育出版社,2000.

[122] 齐沪扬.论现代汉语语气系统的建立[J].汉语学习,2002(2):1-12.

[123] 钱乃荣.现代汉语[M].北京:高等教育出版社,1990.

[124] 任生名.杨宪益的文学翻译思想散论[J].中国翻译,1993(4):30-36.

[125] 任生名.杨宪益的文学翻译思想散记[J].中国翻译,1994(4):33-35.

[126] 沙博理.我的中国[M].北京:十月文艺出版社,1988.

[127] 沙博理.我的中国[M].北京:中国画报出版社,2006.

[128] 沙博理.让中国文化走出去[N].人民日报,2010-02-03.

[129] 申丹.叙述学与小说文体学研究[M].北京:北京大学出版社,2001.

[130] 申丹.西方叙事学:经典与后经典[M].北京:北京大学出版社,2010.

[131] 施康强.译或不译的取舍标准:一个个案分析[M].香港:香港中文大学出版社,1998.

[132] 宋翠平.美学视角下的古典艺术散文英译研究[D].大连海事大学,2010.

[133] 苏雪林.唐诗概论[M].北京:商务印书本馆,1947.

[134] 孙明珠,韩江洪.《林海雪原》中姓名称谓语的英译特征研究——以《中国文学》中沙博理英译文为例[J].沈阳大学学报(社会科学版),2017(1):75-79.

[135] 孙致礼.中国的文学翻译:从归化趋向异化[J].中国翻译,2002(1):39-44.

[136] 孙致礼.译者的职责[J].中国翻译,2007(4):14-18.

[137] 谭福民.汉英比喻对比研究[D].湖南师范大学,2002.

[138] 唐建文,唐笙.漫谈同声传译[J].中国翻译,1984(5):6-9.

[139] 唐笙,周珏良.口译工作及口译工作者的培养[J].西方语文,1958(3):321-327.

[140] 田文文.英文版《中国文学》(1951—1966)研究[D].华侨大学,2009.

[141] 汪世荣.《三国演义》文化专有项的描述性英译研究[D].武汉大学,2013.

[142] 王宏志.重释"信达雅"二十世纪中国翻译研究[M].上海:东方出版中心,1999.

[143] 王克非,黄立波.语料库翻译学的几个术语[J].四川外语学院学报,2007(6):101-105.

[144] 王庆华.话本小说文体形态研究[D].上海:华东师范大学出版社,2003.

[145] 王秋菊.认知语言学视角下英语存在句研究[D].哈尔滨理工大

学,2015.

[146] 王水照(选注).苏轼选集[M].上海:上海古籍出版社,1984.

[147] 王振华.评价系统及其运作——系统功能语言学的新发展[J].外国语,2001(6):13-20.

[148] 王正胜.英语文本易读性测量软件 AntWordProfile 的使用[J].外语艺术教育研究,2010(4):42-45.

[149] 王佐良.词义·文体·翻译[M]//翻译理论与翻译技巧论文集.北京:中国对外翻译出版公司,1983.

[150] 魏泓.传记文学外译:中国文化走出去之"先锋"文学[J].沈阳大学学报(社会科学版),2016(2):241-245.

[151] 魏以达.在译与不译之间——试论明喻句中相似点的英译[J].四川外语学院学报,1998(2):103-108.

[152] 魏在江.英汉语气隐喻对比研究[J],外国语,2003(3):46-53.

[153] 文军,李培甲.杜甫诗歌英译研究在中国(1978—2010)[J].杜甫研究学刊,2012(3):78-88.

[154] 吴蒙.论译者主体性研究中的译者主体意识:以《瓦尔登湖》的两个中译本为例[J].沈阳大学学报(社会科学版),2015(6):838-841.

[155] 吴瘦松.从专为赠送尼克松而出版的《毛泽东诗词》说起[J].党的文献,2007(3):88-89.

[156] 吴翔林.英诗格律及自由诗[M].北京:商务印书馆,1993.

[157] 吴旸."中国文学的诞生".中国外文局五十年回忆录[M].北京:新星出版社,1999.

[158] 吴自选.翻译与翻译之外:从《中国文学》杂志谈中国文学"走出去"[J].解放军外国语学院学报,2012(4):86-90.

[159] 习少颖.1949—1966年中国对外宣传史研究[M].武汉:华中科技大学出版社,2010.

[160] 新华社新闻研究部.新华社文件资料选编(第二辑)[M].北京:新

华出版社,1953.

[161] 熊兵.翻译研究中的概念混淆——以翻译策略、翻译方法和翻译技巧为例[J].中国翻译,2014(3):82-88.

[162] 徐流.从汉语词汇史角度论"为"与"搞"[J].重庆师范学院学报,1996(3):25-32.

[163] 徐盛桓.名动转用的语义基础[J].外国语,2001(1):15-23.

[164] 许渊冲.古代诗歌1000首[M].北京:海豚出版社,2013.

[165] 许渊冲.逝水年华(增订版)[M].北京:外语教学与研究出版社,2011.

[166] 许渊冲.新世纪的新译论[J].中国翻译,2000(3):3-7.

[167] 严苡丹.诗歌翻译中译者风格的研究——以李白诗歌英译本为例[J].兰州大学学报(社会科学版),2011(3):145-146.

[168] 杨惠中.语料库语言学导论[M].上海:上海外语教育出版社,2002.

[169] 杨柳,朱安博.基于语料库的《温莎的风流娘儿们/妇人》三译本对比研究[J].外国语,2013(3):77-85.

[170] 杨牧之.大中华文库汉英对照·警世通言I·序[A].长沙:岳麓书社,2009:1.

[171] 杨全红."搞"字英译补遗[J].中国翻译,1995(5):59-61.

[172] 杨曙辉.大中华文库汉英对照·警世通言I·前言[A].长沙:岳麓书社,2009.

[173] 杨武能.翻译、接受与再创造的循环文学翻译断想之一[C]//许钧编.翻译思考录.武汉:湖北教育出版社,1998.

[174] 杨宪益.漏船载酒忆当年[M].薛鸿时,译.北京:十月文艺出版社,2001.

[175] 杨宪益.略谈我从事翻译工作的经历与体会[M]//金圣华,黄国彬,编.因难见巧:名家翻译经验谈.北京:外语教学与研究出版社,2015.

[176] 杨宪益.杨宪益对话集:从《离骚》开始,翻译整个中国[M].北京:人民日报出版社,2011.

[177] 杨振兰.现代汉语词彩学[M].济南:山东大学出版社,1996.

[178] 叶君健.毛泽东诗词的翻译——一段回忆[J].中国翻译,1991(4):7-9.

[179] 叶斯柏森.语法哲学[M].何勇,夏宁生,等译.北京:语文出版社,1988.

[180] 于国栋,吴亚欣.话语标记语的顺应性解释[J].解放军外国语学院学报,2003(1):11-15.

[181] 袁洪庚.试论文学翻译中的作者风格和译者风格[J].兰州大学学报(社会科学版),1988(2):109-116.

[182] 袁莉.也谈文学翻译之主体意识[J].中国翻译,1996(3):6-10.

[183] 苑因.往事重温[M].上海:华东师范大学出版社,2008.

[184] 查明建.论译者主体性——从译者文化地位的边缘化谈起[J].中国翻译,2003(1):19-24.

[185] 张斌.现代汉语描写语法[M].北京:商务印书馆,2010.

[186] 张会平.基于语料库的英语存在句使用规律研究[D].北京邮电大学,2009.

[187] 张兢田.成语英译时的归化与异化[J].沈阳大学学报,2003(9):92-99.

[188] 张景先.存在主义的马克思主义研究[D].吉林大学,2012.

[189] 张婧.对少数民族民俗文化译介的思考[J].湖北民族学院学报,2011(4):154-156.

[190] 张莹.一部中国语料库翻译学的教科书——评胡开宝《语料库翻译学概论》[J].中国翻译,2012(1):54-56.

[191] 张裕禾,钱林森.跟钱林森教授漫谈文化身份研究[C]//和而不同——中法文化对话集.南京:南京大学出版社,2009.

[192] 张智中.毛泽东诗词英译比较研究[M].北京:中国社会科学出版

社,2008.

[193] 张子哲.基于语料库的莎士比亚戏剧中称呼语的翻译研究[M].上海交通大学,2008.

[194] 郑晔.国家机构赞助下中国文学的对外译介:以英文版《中国文学》(1951—2000)为个案[D].上海外国语大学,2012.

[195] 郑银芳.英语存在句的认知语言学解读[J].外语与外语教学,2008(3):28-30.

[196] 郑元会.语气系统和人际意义的跨文化建构[J].外语学刊,2008(4):80-84.

[197] 中国社会科学院语言研究所词典编辑室.现代汉语词典(2002年增补本)[M].北京:商务印书馆,2002.

[198] 周东元,亓文公.中国外文局五十年史料选编(一)[M].北京:新星出版社,1999.

[199] 周晔.禁忌语翻译的"语用标记对应"原则[J].外语研究,2009(4):83-85.

[200] 朱德熙.现代书面汉语里的虚化动词和名动词[J].北京大学学报,1985(5):23-25.

[201] 朱宏清.小议"搞"英译[J].中国翻译,1994(6):49-50.

[202] 朱琦.期待视野观照下毛泽东诗词的意象英译[J].沈阳大学(社会科学版),2014(4):545-549.

[203] 邹霆.永远的求索:杨宪益传[M].上海:华东师范大学出版社,2001.

[204] 祖利军.译者主体性视域下的话语标记语的英译研究——以《红楼梦》中的"我想"为例[J].外语教学,2010(3):92-113.

附　录

英文版《中国文学》(1951—1966)主要作品清单

一、古典作品

《诗经》

《芣苢》	1962.3
《摽有梅》	1962.3
《野有死麕》	1962.3
《静女》	1962.3
《载驰》	1962.3
《氓》	1962.3
《君子于役》	1962.3
《将仲子》	1962.3
《伐檀》	1962.3
《硕鼠》	1962.3
《七月》	1962.3
《东山》	1962.3
《采薇》	1962.3
《大东》	1962.3
《北山》	1962.3

屈原

《离骚》	1953.2

乐府诗

《有所思》	1963.5
《上邪》	1963.5
《江南》	1963.5
《乌生》	1963.5
《东门行》	1963.5
《饮马长城窟行》	1963.5
《艳歌行》	1963.5
《白头》	1963.5
《怨歌行》	1963.5
《蜨蝶行》	1963.5
《悲歌》	1963.5
《枯鱼过河泣》	1963.5
《冉冉孤生竹》	1963.5
《迢迢牵牛星》	1963.5
《上山采蘼芜》	1963.5
《陌上桑》	1960.6
《孤儿行》	1960.6
《孔雀东南飞》	1959.4

陶渊明

《始作镇军参军经曲阿作》	1958.2
《归园田居三首》	1958.2
《戊申岁六月中遇火》	1958.2
《移居》(其二)	1958.2
《庚戌岁九月中于西田获早稻》	1958.2
《杂诗三首》	1958.2
《饮酒四首》	1958.2
《怨诗楚调示庞主簿邓治中》	1958.2
《咏贫士一首》(其二)	1958.2
《桃花源诗》(并记)	1958.2
《读山海经》	1958.2
《咏荆轲》	1958.2
《乞食》	1958.2
《挽歌诗三首》(其三)	1958.2
《癸卯岁始春怀古　田舍二首》(其二)	1958.2

王维

《终南别业》	1962.7
《渭川田家》	1962.7
《新晴野望》	1962.7
《山居秋暝》	1962.7
《山居即事》	1962.7
《终南山》	1962.7
《过香积寺》	1962.7
《观猎》	1962.7
《使至塞上》	1962.7
《汉江临眺》	1962.7
《鸟鸣涧》	1962.7
《鹿柴》	1962.7
《木兰柴》	1962.7
《栾家濑》	1962.7
《竹里馆》	1962.7
《辛夷坞》	1962.7
《杂诗三首》	1962.7
《送元二使安西》	1962.7
《山中》	1962.7

李白

《古风》(其二十四)	1960.9
《战城南》	1960.9
《丁都护歌》	1960.9
《蜀道难》	1960.9
《静夜思》	1960.9
《渌水曲》	1960.9
《春思》	1960.9
《赠汪伦》	1960.9
《梦游天姥吟留别》	1960.9
《黄鹤楼送孟浩然之广陵》	1960.9
《望庐山瀑布》(其二)	1960.9
《宿五松山下荀媪家》	1960.9
《月下独酌》(一首)	1960.9

杜甫

《前出塞九首》	1955.2
《春望》	1955.2
《羌村三首》	1955.2
《新安吏》	1955.2
《石壕吏》	1955.2
《潼关吏》	1955.2
《新婚别》	1955.2
《垂老别》	1955.2

《无家别》	1955.2	**李贺**	
《同谷七歌》	1955.2	《南园·寻章摘句老雕虫》	1962.12
《兵车行》	1962.4	《南园·长卿牢落悲空舍》	1962.12
《自奉先县咏怀五百字》	1962.4	《老夫采玉歌》	1962.12
《月夜》	1962.4	《感讽·合浦无明珠》	1962.12
《悲陈陶》	1962.4	《感讽·南山何其悲》	1962.12
《彭衙行》	1962.4	《江楼曲》	1962.12
《赠卫八处士》	1962.4	《将进酒》	1962.12
《梦李白二首》	1962.4	《神弦曲》	1962.12
《凤凰台》	1962.4	《长歌续短歌》	1962.12
《白沙渡》	1962.4	《苏小小墓》	1962.12
《春夜喜雨》	1962.4	《致酒行》	1962.12
《水槛遣心》	1962.4	《李凭箜篌引》	1963.12
《茅屋为秋风所破歌》	1962.4	《雁门太守行》	1963.12
《闻官军收河南河北》	1962.4	《大堤曲》	1963.12
《旅夜书怀》	1962.4	《梦天》	1963.12
《白帝》	1962.4	《天上谣》	1963.12
《登高》	1962.4	《浩歌》	1963.12
《夜闻觱篥》	1962.4	《金铜仙人辞汉歌》	1963.12
白居易		《秋来》	1963.12
《宿紫阁山北村》	1961.7	**司空图**	
《新制布裘》	1961.7	《二十四诗品》	1963.7
《歌舞》	1961.7	**张籍**	
《上阳白发人》	1961.7	《野老歌》	1965.1
《新丰折臂翁》	1961.7	《筑城词》	1965.1
《杜陵叟》	1961.7	《促促词》	1965.1
《缭绫》	1961.7	《江村行》	1965.1
《卖炭翁》	1961.7	《牧童词》	1965.1
《琵琶行》	1961.7	**王建**	
《钱塘湖春行》	1961.7	《田家行》	1965.1

《水夫谣》	1965.1	《江城子·密州出猎》	1962.12
《簇蚕辞》	1965.1	《水调歌头·明月几时有》	1962.12
《海人谣》	1965.1	《浣溪沙·照日深红暖见鱼》	1962.12
《羽林行》	1965.1	《定风波·莫听穿林打叶声》	1962.12

苏轼

《辛丑十一月十九日 既与子由别于郑州西门之外 马上赋诗一篇寄之》	1962.12	《念奴娇·赤壁怀古》	1962.12
		《水龙吟》	1962.12
		《卜算子·黄州定慧院寓居所》	1962.12
《和子由渑池怀旧》	1962.12	《蝶恋花·春景》	1962.12
《游金山寺》	1962.12	《江上看山》	1965.9
《六月二十七日望湖楼醉书·黑云翻墨未遮山》	1962.12	《望海楼晚景》(其一)	1965.9
		《出城送客不及步至溪上二首》	1965.9
《六月二十七日望湖楼醉书·放生鱼鳖逐人来》	1962.12	《除夜大雪留潍州 元日早晴遂行中途重复作》	1965.9
《吴中田妇叹》	1962.12	《陈季常所蓄朱陈村嫁娶图》(其二)	1965.9
《法惠寺横翠阁》	1962.12	《雨晴后步至四望亭下遂自乾明寺东冈上归》	1965.9
《新城道中》	1962.12		
《有美堂暴雨》	1962.12	《红梅》	1965.9
《书双竹湛师房》	1962.12	《琴诗》	1965.9
《和子由送春》	1962.12	《南堂》(其二)	1965.9
《中秋月》	1962.12	《书李世南所画秋景二首》(其一)	1965.9
《李思训画长江绝岛图》	1962.12		
《海棠》	1962.12	《荔枝叹》	1965.9
《题西林壁》	1962.12	**陆游**	
《竹外桃花三两枝》	1962.12	《游山西村》	1963.8
《慈湖夹阻风》	1962.12	《山南行》	1963.8
《纵笔》	1962.12	《剑门道中遇微雨》	1963.8
《澄迈驿通潮阁》	1962.12	《三月十七日夜醉中作》	1963.8
《江城子·乙卯正月二十日夜记梦》	1962.12	《闻房乱有感》	1963.8
		《花时遍游诸家园》(其二)	1963.8

《关山月》	1963.8	《破阵子·醉里挑灯看剑》	1964.3
《过灵石三峰》	1963.8	《鹧鸪天·壮岁旌旗拥万夫》	1964.3
《五月十一日夜且半梦从大驾亲征尽复汉唐故地》	1963.8	《永遇乐·千古江山》	1964.3
		《声声慢·征埃成阵》	1965.7
《冒雨登拟岘台观江涨》	1963.8	《鹧鸪天·扑面征尘乡路遥》	1965.7
《草书歌》	1963.8	《水龙吟·渡江天马南来》	1965.7
《秋夜将晓出篱门迎凉有感》	1963.8	《青玉案·东风夜放花千树》	1965.7
《十一月四日风雨大作》	1963.8	《西江月·明月别枝惊鹊》	1965.7
《落梅二首》	1963.8	《鹧鸪天·陌上柔桑破嫩芽》	1965.7
《农家叹》	1963.8	《浣溪沙·北垅田高踏水频》	1965.7
《衰疾》	1963.8	《南乡子·何处望神州》	1965.7
《示儿》	1963.8	《生查子·悠悠万世功》	1965.7
《八月二十二日嘉州大阅》	1965.5	《浣溪沙·寸步人间百尺楼》	1965.7
《宝剑吟》	1965.5	**范成大**	
《雨》	1965.5	《缲丝行》	1965.3
《过野人家有感》	1965.5	《夔州竹枝歌九首》（二首）	1965.3
《万里桥江上习射》	1965.5	《雪中闻墙外鬻鱼菜者　求售之声甚苦》	1965.3
《出塞曲》	1965.5		
《初发夷陵》	1965.5	《观禊贴有感三绝》	1965.3
《弋阳道中遇大雪》	1965.5	《四时田园杂兴》（五首）	1965.3
《秋旱方甚七月二十八夜忽雨喜而有作》	1965.5	**王安石**	
		《感事》	1965.11
《春早得雨》	1965.5	《收盐》	1965.11
辛弃疾		《春风》	1965.11
《水龙吟·楚天千里清秋》	1964.3	《次韵平甫金山会宿寄亲友》	1965.11
《菩萨蛮·郁孤台下清江水》	1964.3	《梅花》	1965.11
《清平乐·绕床饥鼠》	1964.3	《出郭》	1965.11
《丑奴儿·少年不识愁滋味》	1964.3	《书湖阴先生壁》	1965.11
《清平乐·茅檐低小》	1964.3	《泊船瓜州》	1965.11
《贺新郎·把酒长亭说》	1964.3	《江上》	1965.11

龚自珍

《又忏心一首》	1966.4
《十月廿夜大风不寐起而书怀》	1966.4
《己亥杂诗》（四首）	1966.4

笔记小说

《列异传》

《张奋宅》	1957.4
《宗定伯》	1957.4
《谈生》	1957.4

《搜神记》

《天上玉女》	1957.4
《韩凭夫妇》	1957.4
《秦巨伯》	1957.4
《李寄》	1957.4
《干将莫邪》	1957.4
《吴王小女》	1957.4
《卢充》	1957.4

《搜神后记》

《灵鬼志》	1957.4
《袁相根硕》	1957.4
《白水素女》	1957.4

《幽明录》

《刘晨阮肇》	1957.4
《黄原》	1957.4
《卖胡粉女》	1957.4
《甄冲》	1957.4
《庞阿》	1957.4
《焦湖庙祝》	1957.4
《新死鬼》	1957.4

《续齐谐记》

《阳羡书生》	1957.4
《清溪庙神》	1957.4

《冥祥记》

《凝阴民妇》	1957.4

《冤魂志》

《徐铁臼》	1957.4
《弘氏》	1957.4

沈既济

《任氏传》	1954.2

李朝威

《柳毅传》	1954.2

李公佐

《南柯太守传》	1954.2

白行简

《李娃传》	1954.2

裴铏

《聂隐娘传》	1960.3
《裴航》	1960.3
《崔炜》	1960.3

话本

《错斩崔宁》	1955.1
《碾玉观音》	1955.1
《冯玉梅团圆》	1955.1
《白娘子永镇雷峰塔》	1959.7
《杨思温燕山逢故人》	1961.12
《杜十娘怒沉百宝箱》	1955.3
《神偷寄兴一枝梅》	1955.3
《金玉奴棒打薄情郎》	1955.3

罗贯中《三国演义》

43、46、47、50回部分	1962.1—2

施耐庵《水浒传》

7—10回	1962.1—2

林冲部分	1959.12	《恶鬼吓诈不遂》	1961.5
智取生辰纲	1963.10	寓言	
吴承恩《西游记》		《社鼠》	1960.12
火焰山	1961.1	《守株待兔》	1960.12
三打白骨精	1966.5	《鹬蚌相争》	1960.12
吴敬梓《儒林外史》		《叶公好龙》	1960.12
6—7回	1966.5	《燕石为宝》	1960.12
范进中举	1954.4	《截竿入城》	1960.12
李汝珍《镜花缘》		《亲戚朋友》	1960.12
7—40回压缩本	1958.1	《愚公移山》	1960.12
曹雪芹《红楼梦》		《攘鸡》	1960.12
18、19、20回	1964.6	《澄子亡缁衣》	1960.12
32、33、34回	1964.7	《狐假虎威》	1960.12
74、75、77回	1964.8	《枭将东徙》	1960.12
蒲松龄《聊斋志异》		《中山狼》	1960.12
《长亭》	1956.1	《送死》	1960.12
《王成》	1956.1	《兄弟买靴》	1960.12
《梦狼》	1956.1	《习惯》	1960.12
《田七郎》	1956.1	《大门和嘴巴》	1960.12
《罗刹海市》	1956.1	《跌倒》	1960.12
《促织》	1959.6	《高帽子》	1960.12
《偷桃》	1959.6	司马迁	
《妖术》	1961.5	《信陵君列传》	1955.4
《婴宁》	1962.10	《李广列传》	1955.4
《黄英》	1962.10	《荆轲列传》	1955.4
《鸽异》	1962.10	《郭解列传》	1955.4
上官融		《项羽本纪》	1955.4
《史公宅》	1961.5	《廉颇蔺相如列传》	1955.4
袁枚		《孙子列传》	1955.4
《豁达先生》	1961.5	《豫让传》	1955.4

《聂政传》	1955.4	《黔之驴》	1957.2
刘勰		《永某氏之鼠》	1957.2
《文心雕龙选》	1962.8	《鞭贾》	1957.2
《神思》《风骨》	1962.8	《始得西山宴游记》	1957.2
《情采》《夸饰》	1962.8	《钴鉧潭西小丘记》	1957.2
《知音》	1958.5	《至小丘西小石潭记》	1957.2
韩愈		《袁家渴记》	1957.2
《师说》	1959.2	《小石城山记》	1957.2
《圬者王承福传》	1959.2	《石渠记》	1957.2
《画记》	1959.2	《石涧记》	1957.2
《蓝田县丞厅壁记》	1959.2	《愚溪诗序》	1957.2
《与崔群书》	1959.2	**法显**	
《送孟东野序》	1959.2	《佛国记》	1956.3
《送李愿归盘谷序》	1959.2	**王禹偁**	
《送区册序》	1959.2	《黄冈竹楼记》	1961.10
《送高闲上人序》	1959.2	**范仲淹**	
《石鼎联句诗序》	1959.2	《岳阳楼记》	1961.10
《柳子厚墓志铭》	1959.2	**欧阳修**	
《祭十二郎文》	1959.2	《醉翁亭记》	1961.10
柳宗元		**苏轼**	
《捕蛇者说》	1957.2	《前赤壁赋》	1961.10
《驳复仇议》	1957.2	《后赤壁赋》	1961.10
《段太尉逸事状》	1957.2	**晁无咎**	
《蝜蝂传》	1957.2	《新城北山游记》	1961.10
《临江之麋》	1957.2	**归有光**	
《钴鉧潭记》	1957.2	《尚书别解序》	1961.10
《罴说》	1957.2	《畏垒亭记》	1961.10
《宋清传》	1957.2	《项脊轩志》	1961.10
《种树郭橐驼传》	1957.2	《张自新传》	1964.1
《童区寄传》	1957.2	**(战国策)**	
		《邹忌讽齐王纳谏》	1964.1

《陈轸说昭阳毋攻齐》	1964.1	《延师》	1960.1
《冯谖客孟尝君》	1964.1	《闺塾》	1960.1
《不死之药》	1964.1	《肃苑》	1960.1
《燕昭王求士》	1964.1	《惊梦》	1960.1
魏学洢		《诀谒》	1960.1
《核舟记》	1966.2	《闹殇》	1960.1
许獬		《忆女》	1960.1
《古砚记》	1966.2	《玩真》	1960.1
张溥		**郑廷玉**	
《五人墓碑记》	1966.2	《看钱奴》	1962.9
袁宏道		**孔尚任《桃花扇》节选**	
《山居斗鸡记》	1966.2	《眠香》	1963.2
刘基		《却奁》	1963.2
《狙公》	1966.4	《辞院》	1963.2
《卖柑者言》	1966.4	《守楼》	1963.2
洪升《长生殿》节选		《寄扇》	1963.2
《定情》	1954.4		
《贿权》	1954.4	**二、现代作品**	
《权哄》	1954.4	**巴金**	
《密誓》	1954.4	《黄文元同志》	1954.2
《惊变》	1954.4	《我们永远站在一起》	1961.8
《埋玉》	1954.4	《坚强战士》	1963.6
《骂贼》	1954.4	《月夜》	1962.5
《闻铃》	1954.4	《化雪的日子》	1962.5
《改葬》	1954.4	《从镰仓带回的照片》	1963.6
关汉卿		**草明**	
《窦娥冤》	1957.1	《大涌围的农妇》	1964.3
《救风尘》	1957.1	《和平的果园》	1964.3
汤显祖《牡丹亭》节选	1960.1	**丁玲**	
《腐叹》	1960.1	《寄给在朝鲜的中国人民志愿军	

部队》	1951.1	《藤野先生》	1956.3
《太阳照在桑干河上》	1953.1	《女吊》	1956.3
端木蕻良		《明天》	1956.4
《雪夜》	1962.4	《肥皂》	1956.4
《鹭露湖的忧郁》	1962.4	《离婚》	1956.4
郭沫若		《奔月》	1956.4
《女神之再生》	1958.4	《中国小说的历史的变迁》	1958.5—6
《凤凰涅槃》	1958.4	《论雷峰塔的倒掉》	1959.5
《地球,我的母亲》	1959.5	《夏三虫》	1959.5
胡也频		《聪明人和傻子和奴才》	1959.5
《一个穷人》	1960.5	《论"费厄泼赖"应该缓行》	1959.5
靳以		《纪念刘和珍君》	1959.5
《造车的人》	1962.12	《论"旧形式的采用"》	1959.9
《火》	1962.12	《答〈戏〉周刊编者信》	1959.9
《红烛》	1962.12	《无产阶级革命文学和先驱的血》	
《月牙儿》	1957.4		1960.5
《上任》	1962.2	《为了忘却的记念》	1960.5
《微神》	1962.2	《狂人日记》	1961.9
鲁迅		《祝福》	1961.9
《阿Q正传》	1952	《伤逝》	1961.9
《故乡》	1954.1	《从百草园到三味书屋》	1961.9
《铸剑》	1954.1	《呐喊》自序	1961.9
《秋夜》	1956.2	《战士和苍蝇》	1961.9
《雪》	1956.2	《对于左翼作家联盟的意见》	1961.9
《风筝》	1956.2	《我们不再受骗了》	1961.9
《好的故事》	1956.2	《写于深夜里》(第一、二节)	
《腊叶》	1956.2	《死》	1961.9
《淡淡的血痕中》	1956.2	《过客》	1961.9
《五猖会》	1956.3	《死火》	1961.9
《无常》	1956.3	《这样的战士》	1961.9

罗淑		《一千八百担》	1959.11
《生人妻》	1961.11	《箓竹山房》	1964.1
《桔子》	1961.11	**魏金枝**	
《井工》	1963.1	《奶妈》	1960.7
《刘嫂》	1963.1	**夏衍**	
茅盾		《包身工》	1960.8
《林家铺子》	1954.2	**萧红**	
《崇高的使命》	1959.1	《手》	1959.8
《春蚕》	1962.7	《小城三月》	1961.8
《小巫》	1962.7	《呼兰河传》	1963.2
柔石		**萧乾**	
《为奴隶的母亲》	1955.1	《草原即景》	1957.3
《二月》	1963.6—7	**许地山**	
沙汀		《枯杨生花》	1957.1
《磁力》	1957.2	《春桃》	1957.1
《一个秋天的晚上》	1957.2	《在费总理的客厅里》	1964.9
《你追我赶》	1961.3	《铁鱼的鳃》	1964.9
《在其香居茶馆里》	1961.6	**杨振声**	
《凶手》	1964.10	《贞女》	1964.2
《老烟的故事》	1964.10	《磨面的老王》	1964.2
沈从文		《李松的罪》	1964.2
《边城》	1962.10.11	**叶紫**	
王鲁彦		《丰收》	1955.1
《桥上》	1959.6	《星》	1962.8
《童年的悲哀》	1961.3	**叶圣陶**	
王统照		《多收了三五斗》	1960.4
《湖畔儿语》	1959.9	《稻草人》	1961.7
《五十元》	1959.9	《一粒种子》	1961.7
吴组缃		《潘先生在难中》	1963.5
《沉船》	1964.1	《夜》	1963.5

《一篇宣言》　　　　　　　1963.5
郁达夫
《春风沉醉的晚上》　　　　1957.3
《薄奠》　　　　　　　　　1957.3
《微雪的早晨》　　　　　　1962.2
《杨梅烧酒》　　　　　　　1963.12
《出奔》　　　　　　　　　1963.12
张天翼
《夏夜梦》　　　　　　　　1962.1
朱自清
《匆匆》　　　　　　　　　1958.1
《房东太太》　　　　　　　1958.1
《荷塘月色》　　　　　　　1958.1
《温州的踪迹》(之一、之二、之三)
　　　　　　　　　　　　　1958.1
《背影》　　　　　　　　　1958.1

三、当代作品
阿·麦斯伍德
《他找到自己的道路》　　　1956.4
莫·阿斯尔
《在路上》　　　　　　　　1964.12
艾明之
《火种》(7、8、10、11、12)　1964.4—5
艾芜
《石青嫂子》　　　　　　　1954.3
《野牛寨》　　　　　　　　1962.9
安柯钦夫
《在冬天的牧场上》　　　　1957.2
敖德斯尔
《老车夫》　　　　　　　　1960.10

《草原上的摔跤手》　　　　1962.11
《欢乐的除夕》　　　　　　1963.12
《旗委书记》　　　　　　　1964.12
碧野
《走进天山》　　　　　　　1957.3
《南疆千里行》　　　　　　1960.2
《雪路云程》　　　　　　　1966.3
柴川若
《志愿军与美军俘虏》　　　1951
陈白尘
《无声的旅行》　　　　　　1959.7
陈残云
《水乡探胜》　　　　　　　1960.11
陈登科
《活人塘》　　　　　　　　1952
陈广生
《毛主席的好战士——雷锋》1966.1—2
崔璇
《迎接朝霞》　　　　　　　1964.5
大群
《小矿工》　　　　　　　　1958.5
戴景山
《美国侵略军的丑态》　　　1958.6
丁仁堂
《夜泊》　　　　　　　　　1964.10
董钧伦
《蚕姑》　　　　　　　　　1959.8
杜鹏程
《保卫延安》之一章　　　　1956.1
《总指挥》　　　　　　　　1958.4

《年轻的朋友》	1958.4	高云览	
《夜走灵官峡》	1959.3	《小城春秋》	1958.3
《延安人》	1959.3	官克一	
范彪		《青年马龙》	1965.3
《去工地的路上》	1956.1	**顾工**	
范乃中		《从澜沧江到雅鲁藏布江》	1955.2
《小技术员战胜神仙手》	1959.2	《孩子们回来了》	1963.8
方纪		**官伟勋**	
《歌声与笛音》	1957.2	《机场上的故事》	1965.6
方衍宏		**管桦**	
《单敏和他的"黑闺女"》	1956.2	《卖韭菜的》	1959.3
费枝		《井台上》	1959.3
《离婚》	1961.10	《葛梅》	1962.2
凤章		《旷野上》	1964.1
《水港桥畔》	1962.8	《待客》	1964.8
冯牧		《鹰巢岭》	1965.6
《西双版纳漫记》	1961.11	**灌玉**	
《虎跳峡记游》	1963.5	《珀苏颇》	1957.4
冯德英		**郭光**	
《苦菜花》	1966.4—6	《英雄的列车》	1960.3
傅泽		**海默**	
《小姐妹们》	1958.1	《结婚》	1956.2
傅志华		《我的引路人》	1959.5
《向导吐尔根》	1960.7	《四嫂子》	1959.9
高缨		《马》	1963.3
《达吉和她的父亲》	1959.11	**寒风**	
《金江放舟》	1963.11	《尹青春》	1952
《白头浪》	1964.6	**韩统良**	
高晓声		《家》	1966.8
《解约》	1956.4	**韩文洲**	
		《兰帕记》	1959.10

菡子
《万妞》　　　　　　　　　　1961.11

郝斯力汗
《起点》　　　　　　　　　　1959.4

浩然
《月照东墙》　　　　　　　　1959.11
《杏花雨》　　　　　　　　　1964.8
《姑嫂》　　　　　　　　　　1965.2
《喜期》　　　　　　　　　　1965.6
《送菜籽》　　　　　　　　　1966.6

何永清
《痛击英军格罗斯特姆》　　　1958.6

何为
《小城大街》　　　　　　　　1962.10
《樱花之忆》　　　　　　　　1962.10
《两姐妹》　　　　　　　　　1962.10
《白鹭和日光岩》　　　　　　1963.5

和谷岩
《枫》　　　　　　　　　　　1960.1
《纺车之歌》　　　　　　　　1965.8

红梅　王宽
《替班一日》　　　　　　　　1964.11

侯金镜
《果林公社散记》　　　　　　1959.9

胡天亮　胡天培
《山中新人》(一、二)　　　　1965.9—10

胡万春
《一点红在高空中》　　　　　1960.5
《特殊性格的人》　　　　　　1965.4
《前辈》　　　　　　　　　　1965.8

黄浩
《范费里特的"压轴戏"》　　　1958.6

吉学霈
《一面小白旗的风波》　　　　1956.1

季音
《黄浦江边的新船》　　　　　1956.3

季羡林
《梨树下的人家》　　　　　　1960.8

江波
《长江上的白鸽》　　　　　　1958.2

蒋桂福
《一家人》　　　　　　　　　1966.9

焦祖尧
《时间》　　　　　　　　　　1965.10

金敬迈
《欧阳海之歌》　　　　　　　1966.7—11

井频
《跋涉者的问候》　　　　　　1955.4

峻青
《韩宁两庄的喜事》　　　　　1958.1
《傲霜篇》　　　　　　　　　1963.2

雷加
《青春的召唤》　　　　　　　1955.2

李竑
《旅伴》　　　　　　　　　　1957.2

李季
《马兰》　　　　　　　　　　1963.11

李纳
《煤》　　　　　　　　　　　1952
《女婿》　　　　　　　　　　1958.2

李青

《婆媳俩》 1965.1

李庄

《复仇者的火焰》 1951

李准

《冰化雪消》 1957.1

《两代人》 1959.12

《李双双小传》 1960.6

《耕云记》 1961.1

《麦仁粥》 1963.11

《清明雨》 1964.10

《小黑》 1964.10

李宝生

《神枪手和他的马》 1965.4

李德复

《典型报告》 1958.6

《万紫千红才是春》 1965.12

李健吾

《雨中登泰山》 1963.7

李久香

《李科长再难炊事班》 1965.8

李南力

《罗才打虎》 1956.1

李若冰

《咸宋路上》 1954.2

《寻找黑金者》 1954.2

《石油战士》 1954.2

《柴达木散记》 1960.2

《日月山和青海湖》 1960.2

《察尔汗盐桥》 1960.2

《黑风岭风情》 1963.12

李少春

《美洲之行》 1961.3

李声义

《三声笛》 1965.3

李英儒

《野火春风斗古城》(一、二) 1965.11—12

李元兴

《我的战友邱少云》 1958.6

梁斌

《红旗谱》 1959.1—5

《播火记》节选 1961.3

梁鸣达

《昆仑采玉》 1966.2

林雨

《拔敌旗》 1960.1

《我们的连长》 1960.5

《红色子弟》 1965.9

林斤澜

《台湾姑娘》 1957.4

《草原》 1961.5

刘克

《嘎拉渡口》 1959.11

《山南记事》 1959.12

《曲嘎波人》 1964.8

《铁匠和他的女儿》 1965.12

刘真

《我和小荣》 1956.4

《长长的流水》 1963.2

刘白羽

《早晨六点钟》	1951
《火光在前》	1954.3
《扬着灰尘的路上》	1955.3
《从富拉尔基到齐齐哈尔》	1958.6
《一个温暖的雪夜》	1959.2
《塔什干的呼声》	1959.1
《青春的闪光》	1959.11
《风雨黎明》	1960.5
《鼓声象春雷一样震响》	1960.7
《日出》	1960.11
《血写的书》	1961.2
《三月春风》	1961.8
《长江三日》	1961.6
《珍珠》	1962.9
《秋窗偶记》	1963.3
《灯火》	1963.3

刘大为

《钢铁元帅团》	1959.1

刘盛亚

《悬崖标灯》	1957.3

刘澍德

《老牛筋》	1960.1

柳杞

《长辈吴松明》	1958.1
《山径崎岖》	1963.10

柳青

《铜墙铁壁》（选载）	1954.2
《创业史》（选载）	1960.10—12
	1964.2—3

柳洲

《风雨桃花洲》	1961.6

鲁琪

《炉》	1951

陆俊超

《国际友谊号》	1959.6

陆柱国

《上甘岭》	1960.9

逯斐

《解冻以后》	1955.4
《在森林里工作的人们》	1957.3

路翎

《初雪》	1954.3

罗广斌　杨益言

《红岩》(4、14、18—20、29、30 章)	
	1962.5—7

骆宾基

《夜走黄泥岗》	1954.3
《王妈妈》	1955.1
《年假》	1955.3
《父女俩》	1958.5
《山区收购站》	1961.10

玛拉沁夫

《科尔沁草原上的人们》	1953.1
《善丁河畔》	1957.2
《在暴风雪中》	1959.10
《迷路》	1959.12
《路》	1961.2
《花的草原》	1962.1
《鄂伦春组曲》	1963.1

《"奴隶村"见闻》	1964.6	秦牧	
马烽		《巧匠和竹》	1963.10
《结婚》	1952	《广州盆景》	1963.10
《饲养员赵大叔》	1954.4	秦兆阳	
《韩梅梅》	1955.3	《秋娥》	1954.1
《"三年早知道"》	1959.7	《晌午》	1954.1
《太阳刚刚出山》	1960.2	《祭灶》	1954.1
《老社员》	1963.1	《麦穗》	1954.1
《难忘的人》	1964.7	《老羊工》	1954.1
马力		《选举》	1955.2
《风雪新记》	1965,9	青林	
绵英		《圆圆和她的朋友》	1964.7
《鞋》	1959.3	勤耕	
苗新		《进山》	1959.3
《满车阳光满路歌》	1966.12	曲波	
南丁		《林海雪原》	1958.6
《检验工叶英》	1956.1	权宽浮	
欧阳山		《牧场雪莲花》	1960.7
《三家巷》(1—15章)	1961.5—6	任斌武	
彭伦乎		《开顶风船的角色》	1960.2
《烘房飘香》	1966.2	茹志鹃	
《竹鸡坡纪事》	1966.4	《百合花》	1959.2
朋斯克		《静静的产院》	1960.8
《金色兴安岭》	1954.4	《如愿》	1960.12
齐光		《三走严庄》	1961.4
《高原散记》	1961.9	《春暖时节》	1961.7
齐平		《明天的开始》	1962.4
《沉船礁》	1965.1	《同志之间》	1963.3
綦水源		《澄河边上》	1963.7
《种子》	1964.4	《在东海边上》	1965.6

沙汀
《你追我赶》　　　　　　　　1961.3
沙丙德
《彩色的田野》　　　　　　　1966.4
申跃中
《社长的头发》　　　　　　　1960.1
石果
《喜期》　　　　　　　　　　1953.2
《风波》　　　　　　　　　　1955.1
舒群
《崔毅》　　　　　　　　　　1955.1
舒小兵
《荒地下面是幸福》　　　　　1956.3
司马文森
《红豆记》　　　　　　　　　1964.1
宋要武
《我给毛主席戴上了红袖章》　1966.11
孙犁
《荷花淀》　　　　　　　　　1959.10
《村歌》　　　　　　　　　　1960.1
《小胜儿和小金子》　　　　　1960.4
《铁木前传》　　　　　　　　1961.7
《嘱咐》　　　　　　　　　　1962.5
《芦花荡》　　　　　　　　　1962.9
《山地回忆》　　　　　　　　1962.9
《风云初记》　　　　　　　　1963.8—9
《丈夫》　　　　　　　　　　1964.3
《吴召儿》　　　　　　　　　1964.3
《光荣》　　　　　　　　　　1965.10
《谈风》　　　　　　　　　　1965.10

《塔里木河两岸》　　　　　　1966.2
唐克新
《第一谋》　　　　　　　　　1960.6
田汉
《忆聂耳》　　　　　　　　　1959.11
田冷
《马家茶社》　　　　　　　　1959.12
吐尔洪·阿勒玛斯
《红旗》　　　　　　　　　　1956.4
王皎
《阳光灿烂》　　　　　　　　1966.6
王安友
《十棵苹果树》　　　　　　　1956.3
《李二嫂改嫁》　　　　　　　1959.8
王慧芹
《我们的工程师》　　　　　　1966.2
《白雪皑皑》　　　　　　　　1966.6
王汶石
《大木匠》　　　　　　　　　1958.5
《卖菜者》　　　　　　　　　1959.8
《夏夜》　　　　　　　　　　1960.3
《沙滩上》　　　　　　　　　1961.8
《春夜》　　　　　　　　　　1961.12
王西彦
《哥哥下乡去了》　　　　　　1958.5
王愿坚
《普通劳动者》　　　　　　　1959.1
《七根火柴》　　　　　　　　1959.3
《亲人》　　　　　　　　　　1959.9
《三人行》　　　　　　　　　1962.3

王宗元
《惠嫂》 1961.4

魏巍
《谁是最可爱的人》 1951
《战士和祖国》 1951
《冬天和春天》 1951
《汉江南岸的日日夜夜》 1951
《挤垮他》 1953.2
《飞机也怕民兵》 1966.8

闻捷
《维族姑娘布沙热》 1958.2

乌兰巴干
《第一个春天》 1960.7
《草原烽火》(3—7章) 1965.2—3

吴强
《红日》(3、4、5、7、10、11、15、
16、17、21章) 1960.7

吴文焘
《老苏区访问记》 1959.2

浞然
《烧炭奇遇记》 1964.2

西戎
《女婿》 1959.2
《宋老大进城》 1959.4

肖平
《三月雪》 1957.4
《玉姑山下的故事》 1959.5

肖木
《红色的夜》 1960.11
《战争的里程》 1961.2

肖马
《鞋》 1964.7

肖长华
《我的十年和七十二年》 1959.11

肖育轩
《迎冰曲》 1964.6

谢冰心
《民族文化宫》 1959.11

新儒
《第一次得奖》 1957.2

徐迟
《直薄峨眉山顶记》 1961.11

徐联
《二送藏袍》 1964.11

徐怀中
《我们播种爱情》 1958.4
《卖酒女》 1962.2
《阿哥老田》 1964.9
《四月花泛》 1964.12
《珠姐》 1966.12
《人民战争汪洋大海》 1966.12

徐光耀
《平原烈火》 1955.2
《老陶》 1955.4

徐绍武
《夜宿落凤寨》 1965.4

薛焰
《农村速写二则》 1962.8

阎长林
《胸中自有雄兵百万》 1961.1—2

严阵

《牡丹园记》 1963.7

杨朔

《平常的人》 1951

《三千里江山》(节选) 1956.3

《海市》 1965.2

《生命在号召》 1961.2

《樱花雨》 1961.9

杨旭

《管家人》 1960.4

杨沫

《青春之歌》(5—10章) 1960.3—6

杨苏

《没有织完的筒裙》 1961.6

《梅恩莎》 1964.4

杨润身

《两朵花》 1959.3

叶君健

《亚非作家的节日》 1959.1

《画册》 1963.9

依力亚斯

《母亲的心》 1956.4

益宪

《访杜甫草堂》 1962.4

于世河

《凌雪梅》 1966.9

袁静、孔厥

《新儿女英雄传》 1951

袁鹰

《张天翼和他的小读者》 1959.6

张有德

《晨》 1958.4

张峻

《修房曲》 1965.2

《蝶恋花》 1966.2

张天民

《路考》 1963.7

章疆渊

《小姑娘送来的"密件"》 1966.12

赵树理

《登记》 1952

《三里湾》 1957.3

《新食堂里忆故人》 1957.12

《套不住的手》 1961.1

《杨老太爷》 1964.3

哲中

《一棵梧桐树》 1964.7

郑秉谦

《柳金刀和他的妻子》 1956.2

郑歌

《火与剑》 1961.3

郑文光

《夜渔记》 1961.5

周立波

《暴风骤雨》(上卷7—17章) 1954.1

《山乡巨变》(8、19、20章) 1959.10

《山那面的人家》 1960.2

周竟

《信》 1956.1

《军人性格》 1956.2

周而复

《在大西洋上》	1961.3
《上海的早晨》(节选)	1962.3

周非

《多浪河边》1、3、4、5 章)	1962.12

宗璞

《桃园女儿嫁窝谷》	1964.1
《锻炼》	1959.4

四、诗歌要目

艾青

《拉丁美洲之行》	1954.4

巴·布林贝赫

《车儿呀,你尽情地奔驰》	1957.2
《故乡的风》	1964.3
《草原纪事》	1965.2

包玉堂

《走坡组诗》	1961.3
《春雷》	1961.3

陈毅

《莫干山纪游》	1959.3
《赣南游击词》	1961.8
《诗四首》	1961.3
《赠缅甸友人》	1961.3
《慰问反帝战士——赵小寿》	1966.7

陈然

《我的自白书》	1960.12

邓中夏

《过洞庭》	1960.12

冯至

《北游》	1963.3

傅仇

《夜景》	1959.6
《早晨,好大的雾啊》	1965.9
《晴朗的早晨》	1965.9
《森林的电灯》	1965.9
《伐木者的住宅》	1965.9
《伐木者画像》	1965.9
《赶牦牛的姑娘》	1966.6

郭沫若

《女神之再生》	1958.4
《凤凰涅槃》	1958.4
《地球,我的母亲》	1959.5
《反帝斗争的连锁反应》	1960.7

郭小川

《为"诗歌号飞玑"送行》	1960.7
《乡村大道》	1963.1
《甘蔗林——青纱帐》	1963.1
《祝酒歌》	1963.4

何其芳

《西回舍》	1964.6

贺敬之

《三门峡之歌》	1960.8
《回延安》	1966.2
《西去列车的窗口》	1966.2

黄诚

《诗一首》	1960.12

康朗甩

《见到恩人毛主席》	1960.6
《孔雀呀,飞向北京》	1960.6

李季

《王贵与李香香》	1951

李瑛

《我们的哨所》	1961.11
《哨所鸡啼》	1961.11
《我的生日》	1961.11
《月夜潜听》	1961.11

李少石

《寄母》	1960.12

李学鳌

《每当我印好一幅新地图的时候》	1959.10

梁上泉

《放筏》	1965.10
《巴山雨雾》	1965.10
《春雪纷飞》	1965.10
《唐柳》	1965.10

刘镇

《我亲爱的工矿区啊》	1965.6
《单等汽笛一声》	1965.6
《上井》	1965.6

毛泽东

《沁园春·长沙》	1958.3
《菩萨蛮·黄鹤楼》	1958.3
《西江月·井冈山》	1958.3
《七律·冬云》	1958.3
《满江红·和郭沫若同志》	1958.3
《蝶恋花》	1960.1
《送瘟神》（二首）	1960.1
《清平乐·蒋桂战争》	1963.1
《采桑子·重阳》	1963.1
《减字木兰花·广昌路上》	1963.1
《蝶恋花·从汀州向长沙》	1963.1
《渔家傲·反第一次大"围剿"》	1963.1
《渔家傲·反第二次大"围剿"》	1963.1
《七律·人民解放军占领南京》	1966.5
《七律·到韶山》	1966.5
《七律·为女民兵题照》	1966.5
《七律·答友人》	1966.5
《七绝·为李进同志题所摄庐山仙人洞照》	1966.5
《七律·和郭沫若同志》	1966.5
《卜算子·咏梅》	1966.5
《如梦令·元旦》	1966.5
《菩萨蛮·大柏地》	1966.5
《清平乐·会昌》	1966.5
《忆秦娥·娄山关》	1966.5
《十六字令三首》	1966.5
《七律·长征》	1966.5
《贺新郎·读史》	1966.5

木塔里甫

《中国》	1956.3
《给岁月的答复》	1956.3
《考验》	1962.6
《心底的歌》	1962.6
《春天的步履》	1962.6
《来吧，解放的使者》	1962.6
《我决不》	1962.6
《愿望之歌》	1962.6

纳·赛音朝克图

《蓝色软缎的"特尔力克"》	1957.2
《白色的海》	1964.1

尼米希衣提

《伟大的中国》	1963.4
《觉醒了》	1963.4
《信》	1963.4
《告别了,但永远告别了》	1963.4
《开放吧！我的花》	1963.4

饶阶巴桑

《马背上卸下来的房间》	1964.3

沙白

《大江东去》	1965.8

苏金伞

《劳模三唱》	1963.10

田间

《少女颂》	1959.6
《棕红的土地》	1962.10
《自由,向我们来了》	1962.10
《坚壁》	1962.10
《你看》	1962.10
《山中》	1962.10
《柳树》	1962.10
《雷之歌》	1962.10
《鹿》	1962.10
《芭蕉和甘蔗》	1962.10
《自由》	1962.10
《纪念碑》	1962.10
《给藏族歌手》	1962.10

铁衣甫江

《当我看见山》	1956.3
《祖国,我生命的土壤》	1963.1

王书怀

《草原雨景》	1959.7

《第一座小房》	1965.4
《紫燕》	1965.4
《收牧》	1965.4
《轻轻的桦皮船》	1965.4
《这铺炕》	1965.4

韦其麟

《玫瑰花的故事》	1955.4

魏巍

《最美的晚餐》	1964.5
《海边》	1964.5

闻捷

《苹果树下》	1956.1
《葡萄成熟了》	1956.1
《舞会结束了》	1956.1
《种瓜姑娘》	1956.1
《战斗之歌》	1960.10
《婚期》	1961.5
《新村》	1961.5
《草原婚礼》	1961.12
《向导》	1964.1
《猎人》	1964.1

闻一多

《红烛》	1960.2
《死水》	1960.2
《洗衣歌》	1960.2
《一句话》	1960.2

肖三

《敌后催眠曲》	1958.1
《过长沙》	1958.1
《惜别》	1958.1

《我记得》	1958.1	**恽代英**	
《希望》	1958.1	《狱中诗》	1960.12
《故都吟》	1958.1	**臧克家**	
《华北》	1958.1	《海滨杂诗》	1959.6
《两首歌》	1958.1	《忧患》	1963.9
《梅花》	1958.1	《不久有那么一天》	1963.9
《古巴，我给你捎句话》	1960.7	《歇午工》	1963.9
严辰		《村夜》	1963.9
《和田》	1965.2	《答客问》	1963.9
严阵		《血的春天》	1963.9
《月下练江》	1959.9	《兵车向前方开》	1963.9
《夜曲》	1959.9	《春鸟》	1963.9
叶挺		《生命的度》	1963.9
《囚歌》	1960.12	**张长**	
殷夫		《捣米》	1959.4
《孩儿塔》	1960.5	**张永枚**	
《让死的死去吧》	1960.5	《抬起头来》	1960.2
《独立窗头》	1964.4	《轻巧的牛皮鞋》	1960.2
《夜的静默》	1964.4	《明星满天》	1966.3
《血字》	1964.4	《江边捣衣》	1966.3
《别了，哥哥》	1964.4	《三月唱渔歌》	1966.3
《我们》	1964.4	《晒网》	1966.3
《前进吧！中国》	1964.4	**邹荻帆**	
袁水拍		《给刚果河的流波》	1960.8
《云南赞歌》	1962.9	**民间叙事诗**	
《西双版纳之歌》	1962.9	《阿诗玛》	1955.3
《西双版纳的空气》	1962.9	**《红旗歌谣选》**	
《过无量山》	1962.9	《毛主席永远在身边》	1960.4
《佧瓦山中公路》	1962.9	《今日是主人》	1960.4
《加勒比海一枝花》	1960.7	《一只篮》	1960.4

《南山松柏青又青》	1960.4	鲁彦周	
《要学蜜蜂共采花》	1960.4	《归来》	1957.2
《两只巨手提江河》	1960.4	《拉郎配》(川剧)	1959.7
《村东有一个水库》	1960.4	段承滨、杜士俊	
《深深渠水是黄金》	1960.4	《降龙伏虎》(话剧)	1960.9
《片片嫩茶片片香》	1960.4	《刘三姐》(歌剧)	1961.2
《唱得幸福落满坡》	1960.4	《打金枝》(晋剧)	1961.8
《打铁》	1960.4	《情探》(川剧)	1961.10
《疑是黑龙飞上天》	1960.4	《评雪辨踪》(川剧)	1961.10
《站在高山上》	1960.4	《芦荡火种》(京剧)	1964.9
		《武玉笑远方青年》(话剧)	1964.11

五、戏曲、话剧、电影文学剧本

翁偶虹、阿甲改编

赵淑忍

《红灯记》(京剧)　　　　　　　1964.5

《游乡》　　　　　　　　　　　1966.1

李恍、张风一等

沙色、傅铎、马融、李其煌

《赤道战鼓》(话剧)　　　　　　1964.7

《南方来信》　　　　　　　　　1966.3

苏昆剧团演出

贺敬之、丁毅

《十五贯》　　　　　　　　　　1956.4

《白毛女》　　　　　　　　　　1953.2

叶元、郑君里

夏衍

《林则徐》　　　　　　　　　　1961.4

《考验》　　　　　　　　　　　1955.4

梁信

陈其通

《红色娘子军》　　　　　　　　1963.4

《万水千山》　　　　　　　　　1956.2

黄宗江

崔德志

《农奴》　　　　　　　　　　　1965.1

《刘莲英》　　　　　　　　　　1957.2

何求

《新局长到来之前》　　　　　　1957.2

图书在版编目(CIP)数据

基于语料库的英文版《中国文学》(1951—1966)作品英译研究/韩江洪,汪晓莉著. —南京:南京大学出版社,2021.12
ISBN 978-7-305-24492-6

Ⅰ.①基… Ⅱ.①韩… Ⅲ.①中国文学－当代文学－英语－文学翻译－研究 Ⅳ.①I206.7 ②H315.9

中国版本图书馆 CIP 数据核字(2021)第 100630 号

出版发行	南京大学出版社		
社　　址	南京市汉口路 22 号	邮　编	210093
出 版 人	金鑫荣		

书　　名　**基于语料库的英文版《中国文学》(1951—1966)作品英译研究**
著　　者　韩江洪　汪晓莉
责任编辑　张淑文　　　　　　　编辑热线　(025)83592401
照　　排　南京开卷文化传媒有限公司
印　　刷　江苏凤凰数码印务有限公司
开　　本　718×960　1/16　印张 17.75　字数 239 千
版　　次　2021 年 12 月第 1 版　2021 年 12 月第 1 次印刷
ISBN 978-7-305-24492-6
定　　价　85.00 元

网　　址：http://www.njupco.com
官方微博：http://weibo.com/njupco
官方微信号：njupress
销售咨询热线：(025)83594756

* 版权所有,侵权必究
* 凡购买南大版图书,如有印装质量问题,请与所购
　图书销售部门联系调换